煙沽漁唱

孫愛霞 整理

津沽名家詩文叢刊第十六種

主編 王振良

問津文庫

天津出版傳媒集團
天津古籍出版社

圖書在版編目（CIP）數據

煙沽漁唱 / 孫愛霞整理. -- 天津：天津古籍出版社，2023.3

（津沽名家詩文叢刊 / 王振良主編）

ISBN 978-7-5528-1303-6

Ⅰ.①煙… Ⅱ.①孫… Ⅲ.①詞（文學）－作品集－中國－近代 Ⅳ.① I222.85

中國國家版本館 CIP 數據核字（2023）第 016081 號

煙沽漁唱

YANGU YUCHANG

孫愛霞 / 整理

出　　版　天津古籍出版社
出 版 人　張　瑋
地　　址　天津市和平區西康路 35 號康岳大厦
郵政編碼　300051
郵購電話　（022）23517902

策　　劃　唐　艦
責任編輯　鄭　偉
翻　　譯　天津樂譯通翻譯服務有限公司

印　　製　天津市天辦行通數碼印刷有限公司
經　　銷　新華書店
開　　本　880 毫米 ×1230 毫米　1/32
印　　張　17.5
字　　數　280 千字
版　　次　2023 年 3 月第 1 版　2023 年 3 月第 1 次印刷
定　　價　96.00 圓

津沽名家詩文叢刊總序

李劍國

國人素重鄉邦文獻，方志多立《藝文志》，著録本地述作。至有薈萃前賢文集撰著，郡邑叢書作焉。明人海鹽樊維城纂輯《鹽邑志林》，開啓風氣，而清世、民國爲盛，若《畿輔叢書》《吴興叢書》《武林掌故叢編》《貴池先哲遺書》等，多達七八十種。郡邑書之纂，劉世珩《貴池先哲遺書序目》嘗云：『所以景仰前賢，嘉惠後學，乃士大夫鄉里所應爲之事也。』昔元代婺州蘭溪人編《敬鄉録》十四卷，録其鄉賢詩文。而民國永嘉黄群輯鄉賢著作，亦以《敬鄉樓叢書》爲名。『敬鄉』者，本《詩經·小雅·小弁》：『維桑與梓，必恭敬止。』郡邑之編，皆以見本鄉人杰地靈，文物之盛，寄托桑梓之情也。

較之古邑名都，天津建邑未久，明永樂二年（一四〇四）始置天津衛，於今方六百餘年。雍正二年（一七二四）升衛爲州，九年（一七三一）復升爲府，轄六縣一州。逮乎清季，直隸總督駐於津城，李鴻章、袁世凱相繼於此興辦洋務、新政。光緒二十六年（一九〇〇），天津陷於八國聯軍，淪爲列强租界。自此九河下梢之地，乃成百里洋場之都，天府津渡，工商重鎮，達官遺老蟻聚，騷人墨客麇集，物華之繁，超乎往昔矣。

《天津志略·文藝》云：『天津雖爲通都大埠，民風稍涉奢華，但澹泊致遠之士仍守本樸，鄙物質之享樂，而致力於藝術之陶冶，而度其「富貴如不可求，從吾所欲」之生活。以言著作，則歷代之文存詩稿，多如恒河沙數。……今日争以奢侈相炫，食多珍饈，衣錦晝行，惟三津尚發越前光，綿綿不墜，實晚近不數睹之邦矣。』津人藝文之作，《天津縣新志》著録明清二百七十七人、五百三十種。《天津志略》復益三十六人、七十二種。金大本《津人著述存目》乃增至四百人，著述近千。今人高洪鈞氏編著《天津藝文志》，又增入天津所轄郊縣鄉人著作，凡得著作千五百種左右，作者六百餘人。此中大部爲清世、民國人，三百年之文質彬彬，洵爲大觀也。

今存津人詩文別集，以康熙間刻龍震《玉紅草堂集》爲早，此後所存者甚衆，惜乎單部零種，未及彙編，管中一斑，難窺全豹。方今各地學人頗重本土文獻之整理研究，地方出版社亦引爲己任。吾津文事繁充，撰作衆多，自應不愧前賢，免落後塵。所幸者王振良君與問津書院同儕，正着手編輯《津沽名家詩文叢刊》，搜集整理王煐、查爲仁、梅成棟、楊光儀、嚴修、王守恂、華世奎、章鈺、郭則澐、李金藻、蘇星橋、陳誦洛等津人詩文集，將陸續出版，以彰顯津門藝文之盛。振良本吉林人，受業於南開，從事於報社。久居津城，認作故鄉，舊事新聞，諳熟於心。與同氣編輯《天津記憶》《品報》《問津》，十數年孜孜矻矻，鍥而不捨，世所难能，其志可嘉。而津沽名家詩文之刊，尤爲盛舉，誠儒林雅事，津門之幸也。

余生山右，讀書教學於南開已四十餘年，然居於斯而昧於斯，話及津事，每茫茫然。幸振良常臨陋室，聆其高論，閲其文編，津門數百年之事，遂知一二。前時振良索序，以弁叢刊之首。今稽考文獻，粗陳陋見，庶免『夏蟲語冰』之譏爾。

甲午歲清明後一日草於釣雪齋

（李劍國，南開大學文學院教授、博士生導師）

Foreword to *Jingu (Tianjin) Anthology of Poetry and Prose*

Li Jianguo

The Chinese people always attach great importance to compilation of local literature, records and accounts in series with numerous artistic and literary works collected over time, authored by the literati from local counties and prefectures. Such ethos started in the Ming dynasty when Fan Weicheng, then a magistrate of Haiyan county, who ever compiled *Records of Haiyan County*, and thrived in the Qing dynasty and the Republic of China period when the publications amounted to as many as 70—80 volumes, like *The Capital Periphery City Series, Wuxing Series, Wulin (Hanzhou) Anecdotes, The Works by Guichi Masters*, etc. As for the compilation of local works, according to Liu Shihang in his foreword to *The Works by Guichi Masters*, "It is what a scholar-bureaucrat should do to admire the masters through the ages and also reward the coming generations of literati." In the Yuan dynasty, an anonymous author from Lanxi county, Wu prefecture (Jinhua) compiled *The Anthology of My Fellow Poets and Prosers,* in 14 volumes, to record poetry and prose of local literati during the

Republic of China period, including Huang Qun, a native of Yongjia county, who also compiled works by local writers, entitled similarly as *The Series from My Fellow Poets and Prosers' Mansion.* As to "My Fellow Poets and Prosers" (*Jingxiang* in Chinese), in reference to a poem "Slightest Joy" (*Xiaopan*) in *Minor Odes to the Kingdom, The Book of Songs*, means that "even every mulberry or catalpa tree, which parents have planted around the house, deserves our esteem". Compiling the works of local literati is to highlight the greatness of local people, culture and literature and express the hometown sentiment of affection.

Compared with other time-honored towns and cities in China, Tianjin's history is not very long, not yet even a garrison town until the 2nd year of the Yongle reign of the Ming dynasty (1404), only 600 years or more so far. In the 2nd year of the Yongzheng reign (1724), it was elevated to a prefecture, and seven years later (1731), it was assigned as a quasi-province under which were six counties and one prefecture. In the late Qing dynasty, Zhili (literally "direct affiliate to the imperial government") provincial governors stationed in Tianjin, such as Li Hongzhang and Yuan Shikai, who stayed in Tianjin in succession for the Westernization drive and innovative governance. In the 26th year of the Guangxu reign (1900), Tianjin was occupied by the Eight-Power allied forces and became a city of those countries' concessions. After that, the estuary of nine rivers was turned into a trade port for foreign adventurers, and almost gone was ever a seaport adjacent to the capital, a key city of industry and commerce, a destination of senior officials and old fogies, a community of literati, and a bustling metropolis.

In "Literature and Art", as part of *Concise Chronicles of Tianjin,* it reads, "Tianjin is a large port with a little bit extravagant folkway, but there are still people indifferent to fame, wealth or rank, who, instead, would keep their true qualities, try to accomplish something lasting while leading a life 'to the heart's content despite shortage of wealth', and embrace the edification of art. Regarding works, there exist poem and prose manuscripts left over the past dynasties, as numberless as the sand in the Huai River. Now people tend to flaunt luxury to their peers, enjoy rare delicacies, and walk home in the daytime with silken clothes (back home after acquiring wealth and power), but Tianjin has lights on all night for reading, late into the night regardless of the charming view of the city." As to authors and works of Tianjin, The updated edition of *Chronicles of Tianjin County* records 277 authors and 530 works of the Ming and Qing dynasties; *Concise Chronicles of Tianjin* adds 36 authors and 72 works more. Jin Daben, in his *Catalog for Tianjin Accounts of Art and Literature* lists 400 authors and nearly a thousand works. Gao Hongjun, a contemporary literatus, has recorded approximately 1,500 works by some 600 authors in his *Record of Prose of Tianjin,* including those from Tianjin suburbs, counties and towns, mostly in the Qing dynasty and the Republic of China period, with elegant writings over the past three centuries.

The earliest anthology of poems and prose of Tianjin existent includes *The Anthology of Yuhong Cottage* by Long Zhen in the Qianlong reign of the Qing dynasty. There remained many pieces after that, but most of them were just published separately or scattered without compilation and thus failed to show an overall picture of the styles of the time. Now, literati from place to place pay attention to collection and study of local literature, and the publishers also take it their own responsibility to publish the works related. Nowadays, in Tianjin, cultural undertaking flourishes with a great number of writers or compilers and substantial works, a worthwhile outcome without lag behind. Among them, fortunately, Wang Zhenliang, together with his peers at the Tianjin Enquiry Academy, is ready to compile *The Jingu (Tianjin) Anthology of Poetry and Prose,* by collecting and sorting the works of Wang Ying, Zha Weiren, Mei Chengdong, Yang Guangyi, Yan Xiu, Wang Shouxun, Hua Shikui, Zhang Yu, Guo Zeyun, Li Jinzao, Su Xingqiao, Chen Yongluo and other Tianjin poets and prosers. The series will soon be published successively to manifest the literary and artistic prosperity of Tianjin in history. Though a native of Jilin province, Wang himself received university education at Nankai and is now working with a newspaper. He has long lived in Tianjin and has also regarded Tianjin as his hometown, well familiar with the old and new stories about the city. He has also worked with his like-minded peers, assiduously with commendable perseverance against all odds, for some ten years on *Tianjin Memories,* Experiencing as a Newspaper Journalist and Tianjin Enquiry. His compilition of the Anthology can be an elegant deed in the academics as well as a good fortune for Tianjin.

A native of Shanxi, though, I graduated from Nankai and have been teaching at the University for more than 40 years. I live in Tianjin but feel ashamed at my very limited knowledge and scanty information about this city. However, I am lucky to see Wang Zhenliang often drop in on me, and have the chances to listen to his enlightening remarks and read his works, from which I learn a little more about Tianjin over its hundreds of years in history. The other day he even invited me to write a foreword to his anthology. To minimize any ridicule on me for "talking of ice or snow to a summer worm", I studied some references prior to my humble views here.

Li Jianguo
Professor and PhD supervisor
School of Liberal Arts
Nankai University

Home Snowfishing (*Diaoxue Zhai*)
April 6, 2014

滄海月明　遺音可會：《煙沽漁唱》中的心靈世界探微

孫愛霞

二十世紀二十年代末，天津出現了歷史上第一個詞社——須社。该詞社於一九二八年五月成立，於一九三一年自然解散，歷時三載。三年間，須社詞侶計有廿人，社外詞侶十三人，人數雖不算太多，但均為擅填詞者，中亦不乏詞壇名宿。三年間，須社詞侶『旬必有集，集必以詞』，所填詞皆係當筵之作，所謂『停觴選韻、限漏傳箋』者。社外詞侶則同聲相應，爲唱和之作，其所填詞大多同題同調，同題異調者較少，而異題與調者則無。三年間，『社中依期所製、社外酬唱所施，歌咏蔚然，遂成巨觀』。須社風流雲散後，郭則澐勤心蒐拾須社詞侶所作，『排比眷輯，訂爲七卷』，名之曰『煙沽漁唱』。

《煙沽漁唱》是一部詞之總集，關於『詞』，須社袁思亮嘗云：『耳目所聞見，感於心而發於言，言不可以遂，乃託於聲。聲之幼眇跌宕，悱惻淒麗，言近而指遠，若可喻若不可喻者，莫如詞。』（袁思亮《煙沽漁唱序》）徐沅則云：『託體雖小，寄慨則深。』（徐沅《煙沽漁唱序》）二人皆看到並認可詞體本身所具有的特質，即王國維《人間詞話》中所説『詞之爲體，要眇宜修，能言詩之所不能言，而不能盡言詩之所能言。詩之境闊，詞之言長』。詞雖興起於酒筵歌席之畔，卻能『道賢人君子幽約怨悱不能自言之情』（張惠言《詞選序》），故而較之於詩，詞可以更真實、真誠地透射填詞人内心之幽微世界，以此視角觀《煙沽漁唱》，則其中詞作不失爲須社詞侣的心靈之歌。

須社詞侣中有已遁隱之前清士人，有追隨溥儀之遺老，有致仕之北洋政府中人，亦有仕於民國而以遺民自視者。雖行跡複雜，但須社詞侣皆有『玉堂金粟前身』之履歷以及天涯泛梗之境遇，加之其時社會板蕩，故而詞中的心靈世界是相通的。觀《煙沽漁唱》，須社詞侣對自我心靈世界的書寫，大致有以下幾個角度：

一、泛梗之愁苦

須社詞侣中並無津籍文人，均係客居津沽，袁思亮在《煙沽漁唱序》中説：『世異變，士大夫所學於古無所用，州郡鄉里害兵旅盜賊，不得食壟畝、棲山林，群居大都名城爲流人。』或許須社詞人栖遲沽上的具體理由並不相同，但客居津城後的心境頗相類，即皆有一種流人心態，於是所填詞中便常見泛梗漂泊之愁苦。如查灣

《齊天樂·咏秋燈》云：『黄昏不隔疏簾影，樓頭酒家人語。店壁凝塵，戍旗颭雨，照澈天涯羈旅。河橋甚處。又漁火秋懸，市春宵杵。夜渚移檣，一星紅點渡旁渡。儒兒時滋味憶否？歎蘭心剪盡，衰鬢如許。蠅鼻花殘，鴨頭煙冷，消得西風幾度。儒冠總誤。剩屋角寒檠，案螢窺汝。蕭瑟蘭成，楚臺休更賦。』查爾崇，字峻丞，號查灣，順天宛平人，光緒十一年（一八八五）舉人，曾任四川全省保甲局總辦、河南開封電報局總辦、河南税務局局長、直隸全省煙酒專賣局局長，著有《查灣詩抄》。查灣是須社主要人物，參與須社社集活動頻率極高：百次雅集，其未與者僅十餘次，填詞八十餘首。此《齊天樂·咏秋燈》乃其參與須社第六次雅集所填，同期雅集者有七人，『秋燈』一詞因『秋』而自帶蕭瑟。『黄昏不隔疏簾影，樓頭酒家人語』，一幅孤獨又略帶蕭瑟之感的天涯羈旅圖：黄昏時分，異鄉漂泊之人於酒樓獨處，看燈映疏簾，聽酒家人語。『店壁凝塵，戍旗颭雨，照澈天涯羈旅』，燈光映照着凝塵店壁，也映照着秋雨中颭颭之戍旗，更照亮羈客的天涯倦旅。酒家燈光，或許寫實，亦或想像，重在傳達一種漂泊之感。『河橋甚處。又漁火秋懸，市春宵杵』，河橋在哪裏？未見當初離别之河橋，卻望見漁船上懸掛着的燈火，聽到秋夜裏『市春宵杵』之聲。『夜渚移檣，一星紅點渡旁渡』，有船夜行，只見船上燈火似紅星一點，移過渡口而去。上片書寫秋夜燈火，在對各場景燈光之描述中，傳遞出詞人濃郁的羈旅愁思。『兒時滋味憶否？』思接兒時與故鄉，詞人用一疑問句寫出對故鄉及逝去年華的懷戀。『蘭心剪盡，衰鬢如許』，剪盡燈花，燈光映照着衰鬢如許。詞人思緒又回到現在。『蠅鼻花殘，鴨頭煙冷，消得西風幾度』，唐人詩句有云：『客思聽蛩嗟，秋懷似亂沙。劍頭懸日影，蠅鼻落燈花。』詞人栖遲津城，於秋燈殘夜、蘭心剪盡之時，思接故鄉與兒時。念曾經之泛梗，憐今日之衰朽，詞人不禁慨嘆如是之生涯已『消得西風幾度』？『儒冠總誤。剩屋角寒檠，案螢窺汝。蕭瑟蘭成，楚臺休更賦』，『寒檠』即寒燈，『案螢』乃『螢几』之謂，典出《晉書》，指車胤『練囊盛數十螢火以照書』故事。『蕭瑟蘭成』指庾信，其乃北地羈臣，曾撰《燈賦》《哀江南賦》等。詞人此處用數個與燈相關的典故，實則傳達儒冠誤身之意：羈臣庾信如此，漂泊異鄉之詞人亦如此。

又如郭則澐《尾犯·咏雁字》詞：『滄墨一行秋，迢遞暮愁，淒對吟越。荻畫欹斜，誤霜眸成纈。箏柱冷、蕭雲乍染，錦書遲、顛風偏折。怕教飛散，點向荒灣，孤影涼波咽。 飄零題恨慣，問爭似、旅燕輕別。黯黯書空，奈滄流天闊。怨遥夜、羈愁難寫，趁微陽、歸心暗結。瘦毫慚汝，寄夢故林何處月。』郭則澐（一八八一—

一九四七），字養雲，又字蜇雲，號嘯麓，别號孑厂，晚號龍顧山人，福建閩侯人。生於詩禮簪纓之家，十二歲從父受詩學，十三歲遍涉經史，以文學知名，入榕蔭堂詩社。光緒二十三年（一八九七），考入國子監，次年考入京師大學堂。庚子變後，清廷舉新政，開設經濟特科選拔人才，郭則澐在被推薦之列。光緒二十八年（一九〇二）參加本省鄉試，中舉人。光緒二十九年（一九〇三）赴開封參加癸卯科會試，中第五十四名貢士，後入京經過復試、殿試、朝考，任翰林院庶吉士。光緒三十年（一九〇四），入進士館學習法政，兩年後畢業。光緒三十三年（一九〇七）被派往日本考察，歸國後爲徐世昌延攬入幕，掌幕中機密文電，兼治奏草。光緒三十四年（一九〇八）年底，由載灃提名補浙江省温處道道臺，待延邊務交涉完結後於宣統元年（一九〇九）夏赴任，兼甌海關監督。宣統二年（一九一〇），署理浙江提學使。辛亥革命爆發後，離職抵滬。入民國後，追隨徐世昌，先以徐世昌幕僚身份任國務院機要局幫辦、參議，又任正事堂禮制館提調、銓敘局局長等職。袁世凱帝制活動期間，自動離職。丁巳復辟，『召公直議政處，尋賜頭品頂戴，階光禄大夫。然公深感倉卒舉事，速之適以厄之，不旬日，事竟敗。既見時事日紛，知艱於有爲，居常鬱鬱』。（許鍾璐《清故誥授光禄大夫頭品頂戴賞戴花翎署浙江提學使司提學使侯官郭公墓表》）徐世昌任大總統後，郭則澐任國務院秘書長。一九二一年，改任僑務局總裁。次年徐世昌去職，郭則澐亦辭職。此後，郭則澐脱離宦海，隱居京津。關於郭則澐是否爲遺老，許鍾璐《清故誥授光禄大夫頭品頂戴賞戴花翎署浙江提學使司提學使侯官郭公墓表》中稱：『逌法駕狩天津，公亦引嚮以退，然近朝行在，遠謁諸陵，猶以君恩親命終無以報，引爲遺恨。未幾，丁文安公憂，遂杜門不聞時事。逮山陵之變，與遁荒於遠隅，皆會南朔耆舊馳書當軸，力事營護，其始終厥志如此。』這段文字認可郭則澐對前清的情感。另據胡嗣瑗《直廬日記》，郭則澐與溥儀身邊遺老有頗多往還，也曾拜領溥儀恩賜。又據《郭則澐著作輯刊》，郭則澐詩詞中頗多『君恩』『故國』之書寫。如此，郭則澐情懷頗類清遺民，似是遺民無疑。但筆者以爲，郭則澐出任民國國務院秘書長之行跡與其遺民之思相左，此悖論現象一如民國大總統徐世昌。徐世昌在其日記中以遺老自視，但又出任民國大總統。如此，筆者也只能認可徐世昌與郭則澐雖有『遺民之思』，但終難入遺民之屬。郭則澐是否具有遺民身份與其詞中所書泛梗之苦並無必然關係，這首《尾犯・咏雁字》詞即借咏『雁字』而傳達一種漂泊之苦。所謂『雁字』，指大雁飛行時整齊的序列像排成的漢字。『澹墨一行秋，迢遞暮愁，淒對吟越』，秋雁南飛，以天作箋，瀋墨留書。『暮愁』『吟越』，莊舄越吟，秋雁南飛，羈旅之愁凸顯。『荻畫欹斜，誤霜眸成纈』，『荻畫』，以蘆管於沙地寫字，所書字歪斜不正，此處指大雁飛行過程中不斷變換隊形，『雁字』似欹斜之荻畫。『箏柱冷、蕭雲乍染』，『蕭雲』指彩雲，《宋書·禮志》中有云：『重以榮露騰軒，蕭雲掩閣。』此處指大雁飛行過程中遇到彩雲漫天，彩雲映襯着『雁字』。『錦書遲、顛風偏折』，『顛風』指暴風、狂風。大雁傳書，憑其報與故人消息，但『顛風』吹折，錦書遂遲。『怕教飛散，點向荒灣，孤影凉波咽』，詞人擔心有孤雁離群向荒灣暫住，憂心荒灣孤雁伴『凉波』嗚咽。下片則抒漂泊之恨。『飄零題恨慣，問争似、旅燕輕別』，大雁南歸，以天爲箋，書寫漂泊之恨。雖大雁慣已漂泊題恨，問怎似旅燕一樣『輕別』呢？『黯黯書空，奈滄流天闊』，此句用殷浩『咄咄書空』典，寫大雁心中失志、不平、憤慨等情緒。『怨遥夜、羈愁難寫，趁微陽、歸心暗結』，漂泊天涯，羈旅孤獨，黯黯遥夜難書羈愁，於是趁微弱陽光尚在，暗結歸心。此『歸心』，乃天涯漂泊之『倦心』，亦是思鄉之心。『瘦毫慚汝，寄夢故林何處月』，以人較雁，大雁可以題恨、書空、寫愁，而詞人之筆卻難做到：欲寫鄉夢愁心，寄與明月，卻不知『故林月』在何處。郭則澐咏雁字所傳達出的漂泊之苦，實乃一己情感之發抒，『滄流天闊』『羈愁難寫』『歸心暗結』等描寫則是詞人心曲之自述。

再如林葆恒《惜秋華·栩樓宴集賞菊》詞：『側帽西風，自題糕去後，心情都倦。爲拾墜歡，重過暮凉庭院。新詞醉裏傳看，半前度、登高群彦。東籬，晚寒花媚日，當筵微顫。猶記社壇畔。賽黃嬌紫婉，冷香霜絢。錦甸俊游，愁逐市朝俱變。天涯斷梗漂零，念晼晚、秋容重見。淒戀。對宫妝、淚痕空泫。』林葆恒，字子有，號訒庵（《煙沽漁唱》中作『忉盦』），福建閩侯人，林則徐姪孫。曾任駐小吕宋（今菲律賓）副領事、駐泗水領事，勤於詞學，輯有《閩詞徵》六卷，有《訒庵詞》傳世。《惜秋華·栩樓宴集賞菊》詞，林葆恒填於須社第十一次社集之時。栩樓爲郭則澐所建，是當時須社詞侣一處雅集之所。林葆恒此詞於歡宴背景中蕴鬱鬱之情緒，傳達出天涯斷梗飄零之愁苦。『側帽西風，自題糕去後，心情都倦』，『側帽』，係獨孤信『馳馬入城，其帽微側』典故，後謂灑脱不羈之裝束。『題糕』，用劉禹錫重陽不敢題『糕』字故事。此句意謂重陽節雅集之後，詞人倍感懶倦，遊興大減。『爲拾墜歡，重過暮凉庭院』，爲重拾往日朋簪雅集之樂，傍晚時分又至郭則澐栩樓參加須社活動。『新詞醉裏傳看，半前度、登高群彦』，栩樓雅集果真歡樂：舊雨新知，共聚一堂，飲酒填詞，流連談咏，『有笙鳴鏞應、磁動針合之樂』。放眼此次雅聚之人，大半是參與前度重陽雅集之友。『東籬，晚寒花媚日，當筵微顫』，至此菊花始出。下片則回憶社壇畔之菊花。『猶記社壇畔。賽黃嬌紫婉，冷香霜絢。』『黃嬌紫婉』，即姚黃魏紫，兩種名貴牡丹。『冷香霜絢』，指菊花於霜天盛放，蘊清冷之香。此句意謂社壇畔之菊花開放之時，較之姚黃魏紫，其『冷香霜絢』更勝一籌。『錦甸俊游，愁逐市朝俱變』，由菊及人。當年意氣風發之『俊游』因『市朝俱變』而不再有，只剩愁心追隨『市朝』之變。此『市朝』之變，或指改朝換代之變，或指民國政壇之變，或指民國社會思潮之變，亦或此數種變化皆包含在內。『天涯斷梗漂零，念畹晚、秋容重見。淒戀。對宮妝、淚痕空泫』，思緒重回栩樓，回到眼前所賞之菊。『天涯斷梗飄零』，此處指菊，也指人。『畹晚』，指年歲將老，陸機有句云：『時飄忽其不再，老畹晚其將及。』詞人年華老去依然漂泊天涯，思及此，不禁對花而泣，所謂『對宮妝、淚痕空泫』。

須社詞侶的泛梗之苦大都與思鄉情緒聯繫在一起，如李孺《錦纏道·長至》：『六琯飛灰，弱綫乍添時候。記陰晴，染圖初九。破寒春信梅梢透。數點青痕，岸上將舒柳。歎年年海濱，景光依舊。只窮愁、客中消受。更驀驚、吾獨形容老，路迷鄉國，且覆杯中酒。』李孺，原名寶巽，字子申，號龠闇、龠庵、五峰山人、苦李等，河北遵化人，漢軍籍。光緒十一年（一八八五）舉人，曾任湖北提學史。一九〇四至一九〇六年間，被張之洞派往日本任留學生監督。辛亥鼎革後，易名李孺。工治印，擅花卉松梅，以遺老終於沽上。著有《龠闇詩詞》，惜不存。《煙沽漁唱》中收李孺詞近三十首，可窺其心志，此《錦纏道·長至》詞即其漂泊津門之感。『長至』指冬至，須社第十九次社集題目是對『長至日』的吟咏。李孺詞之上片書寫冬至來臨所引起的物候變化。『六琯飛灰，弱綫乍添時候』，此句化用杜甫《小至》詩意，言冬至到來。杜甫《小至》詩云：『天時人事日相催，冬至陽生春又來。刺繡五紋添弱綫，吹葭六琯動飛灰。』『記陰晴，染圖初九』，冬至開始數九，舊俗有作九九消寒圖。『破寒春信梅梢透。數點青痕，岸上將舒柳』，此三句言物候變化。『青痕』是一種生意萌動、草木返青之象，而又未至『緑痕』程度。冬至一陽生，梅透春消息。陽氣令草木生意萌動，岸柳亦將隨之而舒，此即杜詩所謂『冬至陽生春又來』。下片則反省白身，『歎年年海濱，景光依舊』，客居津沽數載，生活狀態並無改變，所謂『年年海濱，景光依舊』。『只窮愁、客中消受』，不僅没有什麼變化，還要年年客裏消受窮愁。『更驀驚、吾獨形容老，路迷鄉國，且覆杯中酒』，既要度過光景依舊之歲歲年年，又要消受人生之客裏窮愁。而更驚心者，乃歲華將晚、形容獨老。為什麼不回歸故鄉呢？因為『路迷鄉國』。『鄉國』既指故鄉，也指故國。『路迷鄉國』意謂歸路已迷，很難回去了。詞人傷年華老去，嘆窮愁無聊，嗟故鄉難回，傳遞出一種鬱鬱惘惘之情緒。『路迷鄉國』之後要如何呢？『且覆杯中酒』，惘惘不甘之中又不得不接受現實，面對現實。整首詞的脈絡由冬至物候新變到自我反省，又到結句『且覆杯中酒』，詞人內心情緒之變化躍然紙上。

又如章鈺《江城子·憶梅》：『石湖佳處舊家山。路漫漫。思無端。迸起鄉心，心與鶴俱還。怎奈雲霄難插翅，香夢杳、又經年。早春獨步記從前。對遥天。黯無言。那得江南，驛使遞吟牋。一樣胡天仍不慣，多少恨，感詞仙。』章鈺（一八六四—一九三七），字式之，號茗簃，一字堅孟，號汝玉，别號蟄存、負翁，晚號北池逸老、霜根老人、全貧居士等，近代著名藏書家、校勘學家，江蘇長洲（今蘇州市）人。光緒中，肄業於『學古堂』。光緒二十九年（一九〇三），中進士，官至一等秘書，事務司主管兼京師圖書館編修。辛亥鼎革後，僑寓天津，以收藏、校書、著述爲業。一九一四年，任清史館纂修。晚年移住北平，於北平去世。家有藏書處爲『四當齋』，取宋藏書家尤延之以書籍『飢當肉、寒當裘、孤寂當友朋、幽憂當金石琴瑟』之語，儲書萬册。另有『算鶴量琴室』，聚書兩萬余册，抄本甚多。著有

《四當齋集》《宋史校勘記》《錢遵王讀書敏求記校正》《胡刻通鑒正文校宋記》，世稱校勘精審。章鈺去世後，後人遵其遺囑將藏書全部贈予燕京大學圖書館，後歸北京圖書館。章鈺不以詞名世，《煙沽漁唱》收詞六十首，可窺其心靈世界。此《江城子·憶梅》借憶梅而發思鄉情緒，『石湖佳處舊家山。路漫漫。思無端』，石湖在章鈺故鄉蘇州西南，相傳爲范蠡入五湖之入口。宋代詩人范成大晚年居此，自號石湖居士，並於石湖玉雪坡上植數百株梅花，姜夔曾來此賞梅，並寫下《暗香》《疏影》等流傳千古之佳作。因此，詞人説『石湖佳處』是『我』舊家山所在地。詞題爲『憶梅』，所憶者乃石湖梅花，而『憶梅』即憶家鄉。詞人客居津門十餘載，欲歸而不能，因爲路程太過遥遠了，所謂『路漫漫』者。雖如此，並不能阻止詞人對故鄉的思念之情，且此鄉關之思起發『無端』。既已心動，所謂『迸起鄉心』者，便希望『心與鶴俱還』。可是雲天路杳，鶴也有翅難飛，所謂『怎奈雲霄難插翅』者，於是詞人『心與鶴俱還』之歸夢破碎了。『香夢杳，又經年』，詞人既感慨歸夢難圓，又感嘆歲月流逝：回鄉美夢渺茫，客裏又過一年。『早春獨步記從前』，詞人客裏早春獨步，回憶故鄉梅花，念及羈留天涯，只能『對遥天，黯無言』。『那得江南，驛使遞吟牋』，感嘆津沽不似江南，無梅可折可寄。此句用江南驛使梅花典：『陸凱與范曄相善，自江南寄梅花一枝，詣長安與曄，並贈花詩曰：「折花逢驛使，寄與隴頭人。江南無所有，聊寄一枝春。」』『一樣胡天仍不慣，多少恨，感詞仙』，姜夔《疏影》有句云：『昭君不慣胡沙遠，但暗憶、江南江北。』章鈺用姜夔咏梅詞意，『一樣胡天仍不慣』言今日梅花仍不慣『胡天』，既是咏梅，也是自指。『多少恨，感詞仙』，梅花身上有多少人間故事，多少離情別恨，令詞仙爲之感慨萬千，泛梗天涯之詞人章鈺也因梅花而生出諸多思鄉情緒。

泛梗漂泊之苦與思鄉情緒結合在一起書寫的詞作，於《煙沽漁唱》中有很多，如楊壽枏《驀山溪·寒食》詞云：『花朝過了，又是清明近。春色已三分，尚恁地、留寒做暝。江鄉此日，酒熟杏餳香，槐火暖，柳煙輕，門巷東風靜。天涯倦旅，減卻看花興。懶檢蹋青鞋，怕明日、陰晴不定。漢宮傳蠟，舊事總淒迷，城南路，鈿車稀，一碧蘼蕪冷。』寒食節至，北地猶寒，故鄉江南卻春光正好，所謂『杏餳香』『槐火暖』『柳煙輕』『門巷靜』者。下片詞人思緒回到眼前，『天涯倦旅，減卻看花興。懶檢蹋青鞋，怕明日、陰晴不定』，漂泊天涯太久了，詞人倍感倦怠，即便天涯春色已有『三分』，卻無半點看花興致。同一時序，江南與津北卻風光迥異，詞人在思鄉之表達中傳遞出漂泊天涯的倦怠感。又如林葆恒《淡黃柳·花朝》詞云：『春光二月，長憶江南宅。撲蝶歸來情脈脈。看遍桃堆柳織，織影和香弄晴碧。滯津北。春寒奈無極。畫闌外，雪猶積。恁蕭條忒負花生日。廿四番風，二分過了，終竟何人覺得。』春來二月，江南故宅風光好：花開簇簇，蜂飛蝶舞，柳絲如織，和香弄晴。而此際津沽仍春寒料峭，白雪堆積，觸目蕭索，不見春意。『廿四番風，二分過了，終竟何人覺得』，二十四番花信風已過『二分』，津北卻難見花開，亦無人意識到二十四番花信風已過二分。該詞在江南與津北風景殊異之對比中，寫出詞人天涯漂泊之狀態及流人思鄉之情。

須社詞侶皆屬流人，且處亂世，如徐沅所言：『戊己以還，滄流滋苦，一時寓公僑客播遷栖屑，局促於海津一隅。』『不得已而栖遲津沽、泛梗天涯，須社詞侶自然會頻書羈旅之愁與思鄉情緒於詞中。

二、遺民之思

須社及社外詞侶中有不少清遺老，諸如李孺、章玨、胡嗣瑗、陳曾壽、陳寶琛等，故而《煙沽漁唱》中書寫『遺民之思』的詞作較多。觀清遺老對『遺民之思』的書寫，方式主要有兩種：或吟咏具有象徵意義的物像，或直抒內心鬱鬱惘惘之情思。

須社第四十九集社題爲『咏忠樟』，詞序云：『杭州南高峰麓法相寺前古樟，純廟南巡，累經題賞。辛亥遜位詔下，樟忽一夕而枯。過客驚歎，謚爲忠樟。同人約填是調紀之。』末代皇帝遜位之時，法相古樟一夜而枯，似爲清朝殉身，這實在是件離奇的事情。於是，身死之古樟被賦予『忠貞不二』之品性，並得到須社詞侣稱頌。如章鈺《滿江紅·咏忠樟》詞云：『桃柳争春，賴有此、聖湖生色。一樣是、樟公安否，承恩金闕。檜不分屍王墓下，梅休招隱仙祠側。是天生、不二木之神，甘銷歇。舊巢掃，真香滅。人誰顧，僧能説。尚空山揞拄，託鵑啼血。只願心灰炎井火，定嫌幹挂秦時月。忍更看、賜號太平花，宫牆缺。』『聖湖』即杭州西湖，法相古樟所在南高峰是西湖十景之『雙峰插雲』中的『一峰』。『桃柳争春，賴有此、聖湖生色』，桃紅柳緑，争艷於春日，而西湖賴法相古樟而生色，因此古樟可以『表靈山、偶古德』，爲『西湖諸勝跡所僅留之典型瓌物』（陳三立《樟亭記》）。『一樣是、樟公安否，承恩金闕』，此句用宋高宗趙構事典。據《太平寰宇記》載，宋高宗趙構南渡修河，曾於港口大樟樹下小憩，呼曰『樟公』。後建昌邑李公懋入朝，高宗嘗問『樟公安否』？李答奏以枝葉扶疏，歲寒獨秀。宋代『樟公』得九五之尊惦念，是『承恩金闕』，法相古樟累承乾隆題賞，同樣是『承恩金闕』。章鈺此處用宋高祖「樟公」事典極妥貼，意在傳達杭州樟樹「沐君恩」之意。「檜不分屍王墓下，梅休招隱仙祠側。是天生、不二木之神，甘銷歇」，用分屍桧、招隱梅典故，傳達「忠樟」有「不仕新朝」之持守，甘願「一夕而枯」，選擇爲前朝殉身。下片書寫對法相古樟枯死的感慨。「舊巢掃，真香滅。人誰顧，僧能説」，自法相古樟死後，罕有人來此一顧。陳三立《樟亭記》中云：「西湖之勝，可指而名者百數十，獨法相寺旁古樟，罕爲遊客所稱説。」而關於古樟的故事，只有山僧能言説了。「尚空山撐拄，託鵑啼血」，法相古樟雖已身死，但枯木仍撐拄空山，心事則託於啼血杜鵑。「只願心灰炎井火，定嫌幹挂秦時月」，「炎井」指火井，「炎井火」即火井之火。「秦時月」，此處用以表達古樟對易代之觀感。此句意謂古樟身已死，心亦如灰，只希望炎井之火亦不能令其心灰復燃，否則定會嫌惡枝幹上懸挂着「秦時月」，一輪明月照過前朝又映新朝。詞人賦與古樟遺民心性，傳達對易代的感慨。「忍更看、賜號太平花，宫牆缺」，「忍更看」，不忍更看。「太平花」此處似指被乾隆移植到圓明園中的「太平瑞聖花」，後被道光帝改名爲「太平花」，英法聯軍火燒圓明園時，太平花被焚燒殆盡。詞人用太平花之遭際指鼎革之變，言古樟身死心灰，也是不忍看到易代之亂。又如胡嗣瑗《滿江紅・咏忠樟》：「大厦誰支，終古剩、孤根兀立。經萬劫、凜然生氣，鬼神潛泣。歲月參天忘換世，風雷縱壑驚移國。望翠華、忍死賦中興，何人筆。名不朽，悲遺逸。僵更起，橫胸臆。怎冬青傳恨，六陵非昔。任撼蚍蜉身拔地，能容螻蟻心如石。配鄂王、精爽拄乾坤，南枝柏。』胡嗣瑗（一八六九—一九四九），字晴初，別字琴初，又字愔仲，别號自玉，貴陽人。光緒二十九年（一九〇三）進士，精通史學，擅長詩詞、書法。歷任翰林院編修、天津北洋法政學堂總辦，亦曾充任直隸總督陳夔龍幕僚。鼎革前後任江蘇金陵道尹、江蘇將軍府咨議廳廳長，民國初年被馮國璋聘爲督軍公署秘書長，後離開馮國璋幕府參與丁巳復辟，此後便一直追隨溥儀，直至僞滿。該詞也對樟樹大加肯定、稱頌，所謂『孤根兀立』支大廈。法相古樟乃『唐樟』，由唐至清，此樹已歷經萬千塵劫，但仍舊生氣凜然。可辛亥鼎革之變，卻令其驚心移國，一夕身死。『名不朽』『配鄂王、精爽拄乾坤』，此係胡嗣瑗對樟樹『殉身』之稱頌，言其雖已身死，精神卻長留天地。吟詠、稱賞類似『忠樟』之物像是須社詞人書寫『遺民之思』的一種方式，通過肯定、頌揚『忠貞』物像，清遺民也達到了一種自我身份的認同。

冬青也是遺民所咏物象，其與遺民有關聯蓋始於宋末元初。一二七八年，元兵攻佔杭州，西域僧人楊璉真加便對南宋六陵開始盜掘，把陵中骸骨扔到山谷中，後又把諸帝骸骨雜以牛馬骨在臨安故宮築塔十三丈，名曰鎮南，以壓制江南士人的反抗意識。南宋皇陵被盜掘事件，引起朝野震動，越中王修竹『出金帛與諸惡少……衆皆諾，遂夜往收貯遺骸骨而葬，上種冬青樹爲識』。宋遺民謝翺作《冬青樹引別玉潛》：『冬青樹，山南陲，九日靈禽居上枝。知君種年星在尾，根到九泉雜龍髓。恒星晝霣夜不見，七度山南與鬼戰。願君此心無所移，此樹終有開花時。山南金粟見離離，白衣人拜樹下起，靈禽啄粟枝上飛。』《樂府補題》中也有『一片冬青冢畔心』的書寫，於是『冬青』便與『遺民』聯繫在一起，有了象徵意義。而且清遺民也遇到與宋遺民一樣的事情：軍閥孫殿英於一九二八年七月七日盜挖了清東陵，也把陵中骸骨扔得七零八落。因此，須社第三集便對冬青進行吟詠。胡嗣瑗《淒涼犯·咏冬青》詞云：『細花散雪。殘陽外、南山恁地蕭索。晉宮漢寢，興亡閱盡，恨生邊角。橫飈更惡。託根到珠邱尚薄。是何時、蛟龍破匣，幻影出溟漠。休問承平事，薜步花甎，聽鐘長樂。萬年未有，莽寒蕪、碎瓊零落。淚洗繁霜，滿枝血鵑魂記著。待春回、石上歷劫，認舊約。』上片吟詠冬青，多用與南宋帝陵相關典故，此咏物詞常見之寫法。『細花散雪。殘陽外、南山恁地蕭索』，南山殘陽、散雪細花，冬青長於南山帝骸被草草收攏埋葬之地，環境透着悲涼蕭索。『晉宮漢寢，興亡閱盡』，冬青樹見證朝代更迭、王朝興衰，於是有『恨生邊角』，此『恨』即易代之恨。『橫飈更惡。託根到珠邱尚薄』，『橫飈』指狂風，『珠邱』是傳説中的古跡，舜被埋葬之地。《拾遺記》：『舜葬蒼梧之野，有鳥如雀……時來蒼梧之野，銜青砂珠，積成壟阜，名曰「珠丘」。』此處指冬青被植於帝骸所葬之地，『根到九泉雜龍髓』，但冬青『託根』尚淺，怕被肆虐狂風吹倒。『是何時、蛟龍破匣，幻影出溟漠』，『蛟龍匣』指殮帝王之具，此句似言希望帝魂歸來。下片詞人借冬青而發對清東陵被盜之感慨：承平世杳，萬事難憑，千萬年未有此『碎瓊零落』之恨。『待春回、石上歷劫，認舊約』，詞人的一點希望。咏物詞一般是託物言志，借咏物寫詞人心曲，於是所咏之物便被賦予『我相』『人相』，須社詞侶中遺民就借忠樟、冬青這樣富有象徵意義的物像，書寫出一己之心志、情懷。

直接發抒對『前朝』的惘惘之思也是《煙沽漁唱》中常見的表現方式，如章鈺《百字令·柳野感舊》：『蜃臺鮫市。掃翠華駐處，荒荒無迹。一角平林兼淺渚，並少宫人閑説。雲寺頒香，海樓閱武，壞劫今何日。白頭吟望，舊時楊柳顔色。休溯玉輦宸游，鑾迎酺賜，盛典光千葉。剛痛銅駝荊棘裏，又痛龍年蛇月。那覓新亭，權呼汐社，來躅啼鵑血。沽潮起落，料應終古嗚咽。』該詞是『柳野感舊』，在撫今追昔、傷今弔古中蘊含一股對前朝的鬱鬱惘惘之情。『蜃臺鮫市』，蜃臺即蜃樓，鮫市即海市，言虛幻不實。『掃翠華駐處，荒荒無迹』，『翠華』，天子儀仗中以翠羽爲飾的旗幟或車蓋。此句言當年天子曾駐蹕處，如今是荒蕪一片，再難覓舊時勝跡。『一角平林兼淺渚，並少宮人閑説』，平林淺渚，今時所有。前朝盛事，宮人也不能言説了。『雲寺頒香，海樓閱武，壞劫今何日』，此句關涉兩處津城名勝，即孤雲寺與望海樓。章鈺自注：『孤雲爲津門古寺，望海樓宸翰尤多，今皆不可蹤迹。』孤雲寺『頒香』、望海樓『閱武』，皆是前朝盛事，而當下卻難覓孤雲寺、望海樓往日蹤跡，於是詞人感嘆『壞劫今何日』。所謂『壞劫』，乃『成住壞空』四劫之一。『白頭吟望，舊時楊柳顔色』，往事不堪追摹，白頭詞人吟望，只有楊柳青青似前朝。『休溯玉輦宸游，鑾迎醽賜，盛典光千葉。剛痛銅駝荆棘裏，又痛龍年蛇月』，『銅駝荆棘』，指鼎革易代後的衰敗景象，典出《晉書·索靖傳》：『靖有先識遠量，知天下將亂，指洛陽宮門銅駝，嘆曰：「會見汝在荆棘中耳！」』『龍年蛇月』，此處指清東陵被盜時間，即一九二八年七月七日。此句意謂『玉輦宸游』『鑾迎醽賜』，前朝盛事光耀千秋，但莫再追溯，現實只會令人傷感，即所謂『銅駝荆棘』之恨與夫『龍年蛇月』之悲。詞人易代鼎革之悲未解，龍年蛇月之痛又經，一如宋遺民身歷改朝换代又遇皇陵被盗事，此乃典型遺民書寫。『那覓新亭，權呼汐社，來蹋啼鵑血。沽潮起落，料應終古嗚咽』，『新亭』典出《世説新語》：『過江諸人，每至美日，輒相邀新亭，藉卉飲宴。周侯中坐而嘆曰：「風景不殊，正自有山河之異！」皆相視流淚。唯王丞相愀然變色曰：「當共勠力王室，克復神州，何至作楚囚相對！」』『汐社』，宋遺民所成立文社。『鵑啼血』，指啼血杜鵑，此處指杜鵑花。陳維崧有詞句云：『無聊笑捻花枝説，處處鵑啼血。』詞人意謂舊朝已覆，新亭難覓。無力改變現實，不若且效汐社，詞侶約集，同看啼血杜鵑。『沽潮起落，料應終古嗚咽』，潮起潮落，料想也是終古『嗚咽』。此《百字令·柳野感舊》是較爲典型的遺民詞，在今昔俯仰中書寫出一種鬱鬱惘惘的『遺民之思』。又如胡嗣瑗《踏莎行》：『酗我能狂，書空無字。芳馨何遽成凋悴。早知天遠望難窮，偷生可也符天意。劫局全輸，童交半逝。依然白雁霜前至。回頭故國剩斜陽，痴兒孰了公家事。』此《踏莎行》詞作於胡嗣瑗追隨溥儀寓居天津時期，『劫局全輸，童交半逝』『回頭故國剩斜陽，痴兒孰了公家事』，此皆遺老之思。縱然『故國只剩斜陽』，依然惦記誰能『了卻君王天下事』，此爲改朝换代後某些執着於復辟之人的惘惘不甘之思。

須社詞侶借詠『忠樟』『冬青』等具有象徵意義或遺民文化内涵的物像傳達對『前朝』的眷懷之意，或直接發抒對『前朝』鬱鬱惘惘之情思，皆是『遺民之思』的表達方式。這里需要注意一點，即非遺民的『遺民之思』，如查爾崇詠忠樟詞：『地老天荒，獨此樹、婆娑竟死。應愧煞、南山樗櫟，北山杞梓。草木也懷銅斗恨，乾坤拚共金甌碎。算大夫、低首拜秦封，偷生耳。吹不散，旃檀氣。滴不盡，冬青淚。要披蘿帶荔，魂依山鬼。埋骨世無乾淨土，傷心地認前朝寺。盼孫枝、一夜動春雷，拏雲起。』對於法相古樟一夕而枯事件，查爾崇也賦予其爲清朝殉身之象徵意義，並以樗櫟與杞梓之才及偷生之士大夫反襯法相古樟之『忠』：易代之際惟有樟樹赴死，其心有亡國之恨，所謂『草木也懷銅斗恨』者；天地共河山同碎，古樟樹也應劫殉身，所謂『乾坤拚共金甌碎』。樟樹之品格，不惟令樗櫟、杞梓無地自容，亦令人間士大夫深感羞愧。下片則對古樟忠魂進行書寫：『要披蘿帶荔，魂依山鬼。』『若有人兮山之阿，披薜荔兮帶女蘿』（《九歌・山鬼》），想來古樟之魂要『披蘿帶荔』向山鬼而依。『埋骨世無乾淨土，傷心地認前朝寺』，此句意謂河山破碎，世無淨土可埋忠骨。于兹傷心，地認方外前朝寺。法相古樟死後，陳曾壽倡議『築亭其間，避風日雨雪之侵欺』，陳三立、陳曾壽、鄭孝胥、胡嗣瑗等人響應籌資爲建樟亭，陳三立並作《樟亭記》以述始末。前朝法相寺是傷心地，也是忠骨所在地。欲祭忠魂，只能去往此處。『盼孫枝、一夜動春雷，拏雲起』，雖然古樟已死，但軀幹尚在，惟盼其孫枝能够遇春而活，能够凌雲而起。查爾崇這首詞裏有明顯的易代之悲以及對古樟『殉身盡節』的稱頌。再如郭則澐詠忠樟詞：『鬱鬱蒼蒼，縱灰燼、猶存正色。愧幾輩、偷生草莽，靦顔愧赧。材大恥幹梁棟用，心摧怒挾神明力。問長陵、松柏更如何，鵑啼急。安否訊，閑僧識。生死劫，遺民泣。恁萬牛難挽，故根如石。定有蟲書成病已，終煩羽葆扶玄德。歎空枝、留照總淒凉，虞淵日。』其中『縱灰燼、猶存正色』『愧幾輩、偷生草莽』『恁萬牛難挽，故根如石』等句皆是對樟樹忠於前朝、不事二主等遺民精神的稱頌。如何看待《煙沽漁唱》中非遺民詞中的『遺民之思』？筆者以爲：首先，此類詞於《煙沽漁唱》中俱屬命題限調之作，如『詠忠樟』即須社第四十九集社題，調選『滿江紅』。命題限調，又囿於咏古樟之『忠』，故而須社詞侶在表達上十分相近。其次，於某些入民國參與政府治理工作的前清士人而言，其内心對遺民『忠貞不二』之品行也並非不認可，加之常與遺老往還，故也能寫出頗具『遺民之思』的詞作。

三、短暫歡愉與無奈自適

須社詞侶皆屬客居津沽，也都有過仕宦經歷，故其對人生的感悟較爲深刻，對一己之境遇認知清晰，雖於詞中屢抒羈旅之愁與夫遺民之思，但在無力改變現實之情境中，也只能調適自己，於是《煙沽漁唱》中便有了占比不是很高的歡愉之調。

章鈺與須社詞侶人日雅集所填詞云：『官梅紅一萼。記白石仙翁，好詞曾讀。故鄉雁後，歸無計、且喜雲萍栖泊。宫妝戴勝，已盼斷伊人標格。挑菜節、何處尋春，尊前幾番商略。媧皇果否摶成，爲肇錫嘉辰，乍回龍朔。寄詩舊約。千載下、漫道草堂蕭索。新蟾掛角。更擬趁燈宵行樂。誰好事、烹鴿延賓，轟傳字錯。』該詞調爲『玉燭新』。『官梅紅一萼。記白石仙翁，好詞曾讀』，人日春歸，官梅一萼紅。詞侶雅集，記有詞仙曾讀佳作。『故鄉雁後，歸無計、且喜雲萍栖泊』，『人歸落雁後，思發在花前』，人日思歸，卻無計可歸，權且選擇與須社詞侶一起雅集。諸友皆爲『雲萍栖泊』之人，能於人日天涯相聚，也是值得開心的事。『挑菜節、何處尋春，尊前幾番商略』，『挑菜節』指二月初二，此日仕女出郊拾菜，士民游觀其間。須社詞侶歡聚一堂，樽前商量二月二去哪裏踏青尋春。足見須社成員自我調適生活之心態。下片中『更擬趁燈宵行樂』『誰好事、烹鴿延賓，轟傳字錯』生動形象地寫出雅集之樂：主人熱情招待，詞侶當筵填詞。而有人寫錯字，則造成『轟傳字錯』的熱鬧場面。又如辛盦《玉燭新・人日栖白廎宴集》詞：『新年清晝暖。正小試東風，落梅庭院。畫屏幾扇翻新樣，彩勝和雲輕展。花鬚柳眼，漸漏洩、枝頭春淺。看七日、都放晴曦，今年杜陵愁減。依然汐社風流，雅集朋簪，酒邊詩畔。漏長燭短。霏珠玉競，向銀箋題遍。天涯望遠。怕有客、傷心歸雁。留逸興、厮到元宵，華燈夜宴。』許鍾璐，字佩丞，號辛盦，山東濟寧人，有《辛盦詞》《辛盦詩説》《燼餘集》傳世，曾督修《福山縣誌》。在津旅居時，是城南詩社、須社成員。辛盦《玉燭新》詞上片描摹人日里的融融春光：晴暖天氣、東風彩勝、落梅庭院、花鬚柳眼。『看七日、都放晴曦，今年杜陵愁減』，由元日至人日，一直都是晴和天氣，故無杜陵之愁。何爲杜陵之愁？杜甫《人日》詩曾云：『元日到人日，未有不陰時。冰雪鶯難至，春寒花較遲。雲隨白水落，風振紫山悲。蓬鬢稀疏久，無勞比素絲。』此處用『杜陵愁減』，主要言天氣晴好。『依然汐社風流，雅集朋簪，酒邊詩畔。漏長燭短。霏珠玉競，向銀箋題遍』，乃述雅集之歡：飲酒賦詩，雅集朋享朋簪雅集之樂；銀箋題遍，寫塵世相逢之歡。汐社流風，未墮於世，於此可觀。此數句極言須社詞侶雅集之盡興。『天涯望遠』，歡宴之會，忽起鄉思，所謂『天涯望遠』。『怕有客、傷心歸雁。留逸興、厮到元霄，華燈夜宴』，客裏漂泊，天涯望遠，怕是有人見歸雁而傷心。怎麽辦呢？『留逸興、厮到元宵』，再來一起『華燈夜宴』。須社成員皆是流寓津城，新春之際更易思鄉，故而希冀通過朋簪宴集而紓解天涯漂泊之感與思鄉愁緒。

須社詞侶也會相約一起踏青，尋求一種相對自適的生活狀態。如息庵《驀山溪·寒食》：『兩三倦侶，野墅停吟屐。桃雪正飄紅，更池上、春波吹碧。小亭寂寞，柳外冷煙横，階草細，緑初生，難覓前游迹。一鞭花雨，江國長相憶。驀聽賣餳簫，纔識道、今朝寒食。新來燕子，猶繞舊簾櫳，呼薄酒，試生衣，都是他鄉客。』周學淵（一八七八—一九五三），原名學植，字立之，號息庵，晚年自號息翁，安徽建德人，周馥第五子。光緒二十三年（一八九七）報捐郎中，光緒二十七年（一九〇一）報捐知府。光緒二十九年（一九〇三），應光緒癸卯經濟特科，廷試二等。曾隨醇親王出使德國，後任山東候補道，山東高等學堂、山東師範學堂監督，山東調查局總辦等。爲人瀟灑不羈，工詩能畫，不以仕途爲意，喜結交文人雅士。著有《晚紅軒詩存》，其詞見於《煙沽漁唱》。『兩三倦侶，野墅停吟屐』，與兩三友人踏青，倦了便停下脚步。『桃雪正飄紅，更池上、春波吹碧』，三月桃花盛開，東風吹過，花瓣如雪。東風不僅吹出桃雪，還吹緑一池春水。『小亭寂寞，柳外冷煙横，階草細，緑初生，難覓前游迹』，寂寞小亭、柳外冷煙，緑生階草，難覓舊游蹤。詞人的游玩情緒，忽焉低落。『一鞭花雨，江國長相憶。驀聽賣餳簫，纔識道、今朝寒食。』『江國』，指江南；『餳簫』，賣飴糖人用糖所吹之簫。詞人與友朋踏春游玩，本爲散心，卻勾起鄉思。又能如何？『呼薄酒，試生衣，都是他鄉客。』

歡宴、歡愉總歸是短暫的，因而《煙沽漁唱》中此類詞作數量占比不高，但足以説明須社詞侶對自身生活狀態的反省，或者説一種無奈的自適，畢竟人不能一直耽滯於鬱鬱惘惘之情緒裏。陳曾壽詞對自我人生的調適還提到一種方式，其《畫堂春・咏燭》詞云：『更無人處照無眠。宵長越顯愁箋。一生替淚已堪憐。何事化輕煙。故事玉堂都渺，深情塵篋難捐。何如蕭寺伴枯禪。籠去訪秋山。』陳曾壽（一八七八—一九四九），字仁先，號耐寂、焦庵、蒼虬，湖北蘄水（今浠水縣）人。光緒二十九年（一九〇三）進士，官至都察院廣東監察御史。入民國，築室杭州小南湖，以遺老自視。後入遜位小朝廷，參與丁巳復辟，追隨溥儀至長春。陳曾壽詩詞俱工，其詩寫景能自造境界，與陳三立、陳衍一起被稱爲『海內三陳』。其詞『門廡甚大，寫情寓感，骨采騫騰』，深得朱彊村欣賞：『他人費盡氣力所不能到者，蒼虬以一語道盡。』此《畫堂春》詞，乃陳曾壽借咏蠟燭而自道心曲。『一生替淚已堪憐。何事化輕煙』，杜牧詩句有云：『蠟燭有心還惜別，替人垂淚到天明。』蒼虬用杜牧詩句，在原詩意上推出一層，即『替人垂淚』是『堪憐』之事，況又『化作輕煙』。『故事玉堂都渺』，玉堂故事已渺，但『塵篋難捐』，還不如選擇到『蕭寺』伴『枯禪』。這是陳曾壽漂泊天涯時心態上的一種自適，但也只是暫時的自洽，因其最終選擇追隨溥儀至關外。

結語

徐沅於《煙沽漁唱序》中云：『麻鞋杜老，皂帽管寧，須洞漂流，不期翕合，疇昔重郵累駕之不可接者，盡得萃於一堂，從而流連談咏，則亦頗有笙鳴鏞應、磁動針合之樂焉。』其時社會板蕩，尚有租界之天津便成爲諸多文人的寓居之地，而栖遲津沽之生涯又令其倍感窮愁無聊，於是與同道、同好雅集便成爲一種放鬆的方式，此即須社出現之前因。須社的出現是天津詞學史上極爲重要的詞學現象：它是天津歷史上第一個純粹的詞社，不僅推動當時天津雅文學的高質量發展，還對後起詞社有較爲深遠的影響，尤其在填詞取徑方面。另外，須社的出現也影響到上海文學社團的成立，如袁思亮所説『社友頗有以事散之四方者，漚社遂起而繼之矣』。《煙沽漁唱》是天津文學史上第一部有關詞的總集，昭示出須社詞侶豐富而又幽微的內心世界，上文所述泛梗之苦、遺民之思、歡愉與自適，皆是常見之內心書寫。還有詞作寫出一種人生孤寂之感，如查灣《更漏子·寒夜》：『玉釭凝，銀箭凍。低壓繡幰霜重。獨抱影，暗銷魂。衾香慵自熏。天心錯。人情薄。淒澀酒懷更惡。風外角，月中更。斷腸三兩聲。』孤獨、寂寞、淒苦之情緒充溢詞中。除卻須社詞侶內心世界這一視角，《煙沽漁唱》還有更多視角值得探索，諸如詞作審美旨歸、詞人創作取法以及文獻補遺、詞侶交遊等等。筆者僅擇取須社詞侶之內心世界進行觀照，並加以解讀，謬誤定有不少，誠望諸方家不吝賜教。葉嘉瑩先生《鷓鴣天》詞云：『明月下，夜潮遲，微波迢遞送微辭。滄海遺音如能會，便是千秋共此時。』《煙沽漁唱》，百年前一曲滄海遺音，今人讀之會之，並欣慕其時之文采風流，此亦與前賢『共此時』也。

整理凡例

一、整理所據底本爲一九三三年須社鉛印本。

二、正俗字混用情況，據當下古籍整理標準作規範統一。

三、詞作所署詞牌偶見訛誤，據《欽定詞譜》修改，凡修改處，均加按語給予説明。

四、詞中用字偶見不恊詞律處，整理時照實具録。

目録

第六集　齊天樂　咏秋燈

煙沽漁唱卷二

水香……〇八五

弢庵和作……〇八五

第二十六集　淡黃柳 花朝……〇八六

查灣……〇八六

龠閣……〇八六

忉盦……〇八六

息庵……〇八七

辛盦……〇八七

弢庵和作……〇八七

第二十七集　驀山溪 寒食……〇八八

查灣……〇八八

龠閣……〇八八

霜根……〇八八

補盧……〇八九

苓泉……〇八九

忉盦……〇八九

叵厂……〇八九

姜盦……〇九〇

息庵……〇九〇

水香……〇九〇

立盦二闋……〇九一

第二十八集　一叢花 詠木筆……〇九二

霜根……〇九二

補盧……〇九二

忉盦……〇九二

叵厂……〇九三

辛盦……〇九三

弢庵和作……〇九三

第二十九集　春草碧 本意……〇九四

霜根……〇九四

煙沽漁唱卷三

煙沽漁唱卷四

煙沽漁唱卷五

煙沽漁唱卷六集外詞

煙沽漁唱卷七集外詞

煙沽漁唱序

世異變，士大夫所學於古無所用，州郡鄉里害兵旅盜賊，不得食壟畝、栖山林，群居大都名城爲流人，窮愁無憀，相呴濡以文酒。耳目所聞見，感於心而發於言，言不可以遂，乃託於聲。聲之幼眇跌宕，悱惻淒麗，言近而指遠，若可喻若不可喻者，莫如詞。天津之有須社，上海之有漚社，胥此志也，而須社爲之先。須社社友都二十人，皆工倚聲，月三集，限調與題。久之，社外聞聲相和者甚衆，陳弢庵太傅、夏閏枝太守，其尤著也。起戊辰夏，訖辛未春，凡三年，得集盈百。社友頗有以事散之四方者，漚社遂起而繼之矣。於是朱彊村侍郎與閏枝太守選其詞之尤工者如干闋，郭蟄雲提學爲印而存之，名之曰『煙沽漁唱』，而督序於余，余亦漚社之一人也。嗟乎！苦其心，範其才，束縛於聲律，壯夫笑之，等諸俳優，徒蘄娭夫一二知者翫其辭，悲傷其意，吾曹之遇可謂窮矣。雖然，水深火熱，嚬呻滿國中，而吾曹猶獲從容觴咏，以自適其志。世每況而愈下，後之人讀斯集者，且穆然想像其流風，而欣羡慨慕以爲不可復得乎？然則吾曹之遇，固猶未爲窮也歟！癸酉長夏湘潭袁思亮。

煙沽漁唱序

嘗聞潛鱗印瑟，相感以至音。豐鯨應霜，罔睽於異質。而況岑苔共色，畝蕙一馨，趺宕煙霞，綢繆瀟晦。霞初星晚，倚參差兮相招；燈影杯香，按玲瓏兮如語。雖復鵑愁花落，鶴怨松孤，傷時則清角黃昏，感逝則空簾斷碧。而弦匏之音弗輟，芥珀之契彌敦，光景常新，茲可尚已。地當左輔，水繞雲津，萃永嘉之流人，多貞元之朝士。清尊罕集，客來則預掃煙蘿；短艇任呼，興至則同尋芳杜。踵遐軺於櫟社，拾幽韻於松陵。緣情綺靡，露花倒影之章；寓感蒼涼，煙柳斜陽之句。鏤冰費日，刻楮窮年。按璚簫之譜，幾遍九宮；彈錦瑟之弦，恰成雙調。蓋會逢百集，而時閲三秋焉。當夫停觴選韻，限漏傳牋，紅燭短而華夜長，黃金賤而芳春貴。花陰濛濛，明月欲墜，萍影冉冉，流波不停。桃舘筵疏，蘭山曲永，一日之樂，百歲難忘。又或一葦款春，雙橈載夢，樓尋艷雪，寺訪孤雲。風花引袂，趁野蜨以羣飛；煙水爲家，指汀鷗如舊識。蕢雨收而襟潤，薖颸下而笙清。泠然步虛，鏘如戛玉，是可忘世，因知樂天。嗟乎紅橋高讌，半屬遺民；青溪勝游，大都流寓。士當檀槐移劫，禾黍驚秋，慨露車之安歸，託邱琴以自寫，歲不與兮，心之傷矣。而又朋簪代謝，逝水如斯，暮景蹉跎，夕陽無限。謌絃紫曲，迷離京雒之塵；語笛紅樓，零落伊凉之譜。瑶情未墜，綺夢都非。猶賴是編也，追溯昔蹤，稍温前緒，折疏麻以寄思，眄芳草而移情。人間餘賞，有摩支之散辭；曲裏流年，儼樓羅之小轣。于時蒸梅雨溽，拂柳風薰，單衣試酒之天，清簟看棋之地。屐痕猶是，邈對荒落，弦怨重傳，淒聞哀竹。對客而評白紵，呼鬟而唱黄河。誰借月泉之尺，十斛平量；如披水繪之圖，千春宛在。請爲粃導，聊代聲言，世有賞音，諒其結轖。癸酉長夏苓泉楊壽枏識於雲在山房。

煙沽漁唱序

煙沽漁唱者，嘯麓詞兄輯僑津社友所作，以名其編者也。津之有詞社，始於戊辰，歷歲三周，結會百集。凡社中依期所製，社外酬唱所施，歌咏蔚然，遂成巨觀。嘯麓提點詞盟，勤心蒐拾，排比耆輯，訂爲七卷，授沅序之。沅聞周止庵先生嘗云北宋有無謂之詞以應歌，南宋有無謂之詞以應社，而獨舉碧山齊天樂之咏蟬、玉潛水龍吟之咏白蓮，比於蕙蘭芝菌。蓋王唐諸彦生當板蕩，俯仰身世，所懷萬端，危苦煩亂之情，鬱不自達者，悉於令慢發之。託體雖小，寄慨則深。後有身經世變者欽味名章，望古遥集之致，悠然激發於不自禁，在眼森然，縱難舉似，而行邁等慨、恤緯均淒。古今人同不同，未可知也。吾人今日所遭，其亦天水末造之例矣。戊己以還，滄流滋苦，一時寓公僑客播遷栖屑，局促於海津一隅，咸有潛虯尺水、負蟨荒厓之慨。然麻鞋杜老，皂帽管寧，澒洞漂流，不期翕合，疇昔重郵累驚之不可接者，盡得萃於一堂，從而流連談咏，則亦頗有笙鳴鏞應、磁動針合之樂焉。歷數三五年來，旬必有集，集必以詞，花辰月夕，即事興懷，古事今情，造端非一。時序寒暄，百物千名之趣，遞接於目；世運盛衰，千變萬紾之態，往復於胸。相蕩相摩，而皆引爲倚聲之助。一以逃喧遠累，一以娛老適情，有忘其商略之煩、集合之密者矣。顧百集既舉，人事貿遷，當日吟侶，或蓱靡各方，或凌雲以去，念之常不去懷。使已往交游，猶復展卷如親者，賴此編耳。綜其大較，雖未必聲聲歸宮、字字協律，而憂生念亂，託旨繆悠，迹之宋末社事，其義一也。海内聲家，挈而覽之，庶有亮於斯編。癸酉夏日東吴姜龕徐沅序。

煙沽漁唱序

紅桑碧海之年，西燕東勞之侶，驚心陵谷，戢影邱樊。靖節逃名，向武陵而問渡；幼安竄迹，依海曲以移床。劫後餘生，天涯重聚，於是結雲萍之社，申縞紵之歡，汎軫蠲愁，修簫選韻。每當鶯初雁後，花底燈前，聯襼偕臨，盍簪如約。團雪入拍，落紅滿階；遏雲希聲，明月在樹。麗則珠鈿翠蓋，唱屯田井水之詞；豪則鐵板銅琶，奏東坡大江之曲。歷時三稔，得詞千闋，亦足證瀟晦之清盟，寫風塵之幽蘊矣。溯自樂府寖微，詞學代起，南唐擅其綺靡，北宋衍以清妍。洎及臨安，益臻絕詣。白石自矜鐃奏，而暗香獨播人間；青兕雅負壯辭，而煙柳別成絕唱。豈不以涉興者易盡，而賦愁者多工歟？康乾右文，聲律稱盛。阮亭、迦陵揚扢於前，樊榭、竹垞喁于於後，類皆遭逢清晏，鼓吹休明。晚近而還，遂多感慨。運厄庚申，則雲左沈吟於霓節；劫丁庚子，則彊村跌宕於秋詞。今者銅陌揚塵，玉京換夢，際元黃之代謝，感風雅之凋衰。野舘呼樽，非復西園之冠蓋；渚宮辭輦，並無南渡之河山。縱復素簡抽妍，紅牙寫韻，而啼霜秋雁，總是哀音；叫月春鵑，都含恨血。擊燕市之筑而泣下，奏雍門之琴而悲來。積感既繁，變風斯作。況乃佳侶星疏，惻愴河梁之别；故鄉天遠，僮佪隴首之吟。或則擊楫渡江，寫殘山而黯黯；或則聞笳出塞，望低草而茫茫。固已傷别踟躕，當歌激楚；又或黃壚感逝，玉笥埋愁。廣陵散絶，鬱鬱乎青霞；山陽笛寒，悠悠兮白日。渚蘭凋而蕙歎，山鶴去而猨孤。言念昔游，彌傷墜夢。是則雪香殘拍，不足喻其清哀；花雨空㡖，若爲傳其僾悒者已。蟄雲社長結佩衆芳，扶輪大雅。叢桂習隱，相覝以幽馨；青楓有懷，不渝於夙契。迺以選定社詞，輯爲七卷付梓。珠酬玉唱，壽彼琱鐫；形應影隨，綜成芳逸。披卷而其人宛在，尋蹤而某水如逢。佐玉照之軼談，接碧山之遐軌。昌黎何幸，得附滕閣題名；常侍不文，且爲花間作序。癸酉四月辛盦許鍾璐序於沽上。

煙沽漁唱序

白河之南，小有林塘，港窄通橋，水明夾鏡。梅雨歇而游船集，葦風吹而歌袂颺。流鱗仰睎，恍聆瓠瑟；幽鳥潛哢，韻入牙弦。伊蓑笠者誰子？伍漁釣於其間。白舫迎秋，紅簫唱晚。挐音徑去，得水便是滄洲；蕭籟徐生，扣舷欲呼明月。此中乃著逋客，見者疑爲水仙。庶幾汐社之遺風、雲溪之逸躅歟？若乃興盡回橈，狂來命酒，或邀桓笛，或撫嵇琴。露花傷綺，澹宕暝愁；煙柳驚衰，沈冥古恨。展龢黄度，各任天倪，柳膩蘇豪，都歸談屑。鐘感霜而山應，槃泣露而宫空。味其奇芬，則袺襭蘅芷；鼓其逸奏，則喉吻鳳鸞。涼夜淒而風篁自唫，芳春邈而煙花皆淚。是又花間之變調，而松陵之嗣音也。夫何雅跽不常，流光易謝，清尊散雨，芳榭飄塵。居廬靖節，孤感停雲；接席元瑜，旋淪宿草。數巾綦之往迹，總是滄桑；寫衿佩於中年，更無絲竹。鷗天再泛，蘋雪蒼凉，鶴宇疇招，松雲寂歷。溯流風而莫繼，耿寤想以相依。是則柳亭人去，紫山爲之沈吟；秋雨齋空，迦陵於焉興歎者爾。雖然，挹蓮影斷，而不斷者馡馡；折竹音沈，而靡沈者韻藻。苕水浮花之約，猶唱惜紅；郴州渡月之吟，未拋刻素。雖復青楓夢冷，白社杯閑，一字有傳，千秋斯託。是用潛搜蠹篋，勤拾蠶箋。宮商按怨，依然爇燭之宵；么拍尋聲，驀入捶琴之涕。千金以資弊帚，或竦笑於其旁；片羽如接吉光，亦歌離而互慰。抑又聞之，有樂夫水者，何往而非江湖；以意爲釣者，所慕不在魴鯉。我輩隱非愚溪，歸無甫里。一竿焉寄？坐羨鴟夷；六逸相期，幸存鵷侶。惟是招携澥曲，放浪雲涯，抱琳琅以孤沈，甘堙曖而自放。是集也，嘯傲於滄鷗之畔，喁于於煙汐之間。擬嚴瀨而未稱，故是客星；入武陵而忘歸，何知人世。無以名之，則名之曰煙沽漁唱而已。藚洲非遠，一笛翛然；蘆中可懷，扁舟迂矣。永寄遐尚，視此零篇。癸酉夏五龍顧山人郭則澐序於水東花隱之居。

例言

須社詞侶，等是流人，戢羽雲津，希踪漁釣，集成因揭櫫爲『煙沽漁唱』。

自一集至六十集，迭丐朱彊村先生選定。六十集以後，則夏閏庵先生補選。詎無竽濫，懼有珠遺，萃輯從寬，姑待芟定。

是篇社作，依集遞編，以齒序録。南北詞壇，雅多聲應，郵箋醻唱，如共晦瀟。每集皆附録於後。

社作凡百集，每二十集釐爲一卷，爲卷凡五。社題而外，閒同笛唱，逸興所寄，雅奏斯繁，離合悲愉，宛堪共證。別爲二卷附焉。

律學綦微，辨於累黍。臨尊命譜，寧免舛疏。所望瀛內知音，不吝訂正。敢云衒璞，聊用質疑。

須社詞侶題名

陳恩澍，字止存，號紫蓴，湖北蘄水。
查爾崇，字峻丞，號查灣，順天宛平。
李　孺，字子申，號龠闇，漢軍駐防。
章　鈺，字式之，號霜根，江蘇長洲。
周登皞，字熙民，號補盧，福建侯官。
白廷夔，字栗齋，號遯園，滿洲京旗。
楊壽枏，字味雲，號苓泉，江蘇金匱。
林葆恒，字子有，號忉盦，福建侯官。
王承垣，字叔掖，號薇庵，直隸清苑。
郭宗熙，字侗白，號臣厂，湖南長沙。
徐　沅，字芷升，號姜盦，江蘇吳縣。
陳實銘，字葆生，號踽公，河南商邱。
周學淵，字立之，號息庵，安徽建德。

許鍾璐，字佩丞，號辛盦，山東濟寧。
胡嗣瑗，字琴初，號愔仲，貴州開州。
陳曾壽，字仁先，號蒼虬，湖北蘄水。
李書勳，字又塵，號水香，江蘇宜興。
郭則澐，字嘯麓，號蟄雲，福建侯官。
唐蘭，字立盦，浙江遂安。
周偉，字君適，湖北黃陂。

社外詞侶題名

陳寶琛，字伯潛，號弢庵，福建閩縣。

樊增祥，字雲門，號樊山，湖北恩施。

夏孫桐，字閏枝，號閏庵，江蘇江陰。

陳懋鼎，字徵宇，號槐樓，福建閩縣。

陳　毅，字詒重，號郇廬，湖南長沙。

高德馨，字遠香，號紓隱，江蘇吳縣。

邵　章，字伯絅，號倬盦，浙江仁和。

夏敬觀，字劍丞，號吷盦，江西新建。

姚亶素，字景之，浙江吳興。

萬承栻，字公雨，號傒園，江西南昌。

袁思亮，字伯夔，號蘉庵，湖南湘潭。

鍾剛中，字子年，廣西宣化。

黃孝紓，字公渚，號匑厂，漢軍駐防。

煙沽漁唱卷一

第一集 蘇幕遮 詞社初集即事

查灣

夢回初，茶熟後。簫譜重修，月底人依舊。蠻榼淺斟銷夏酒。細點紅牙，卻欠柔荑手。 越羅輕，湘簟瘦。似水天街，夜迴垂珠斗。歸路風荷涼沁袖。頭白江湖，賺得狂名否。

霜根

避棋讎，拋酒債。朱十陳髯，同爇心香拜。六月松風無處買。儘够傷心，忍作傷心話。 樣描鸞，塵擣麝。画肚攢眉，與遣無聊夜。汐社逍遥人莫怪。定有詞仙，字字華嚴界。

忉盦

日華遲，霞彩碎。宿雨纔消，池上炎初退。小集吟朋渾不碍。傳恨空中，此意無人會。 紙裁紅，箋刻翠。細字珍珠，何限哀時淚。夢破鈞天天亦醉。密咏閑吟，一任人憔悴。

叵厂

竹迎薰，荷結佩。悄和蟲吟，清入冰壺意。蓮社清歡如夢裏。誰譜金荃，花外瓊簫倚。　碧山遥，朱鳥逝。舊曲新愁，并作騷人淚。好拍紅牙拚一醉。北斗闌干，漸透新秋味。

姜盦

雨蒸梅，人泛梗。笛侶音稀，相望吟窩迥。短策重尋芳杜徑。碧漲池流，幾簇疏星映。　茗魂清，花夢靚。芳潤園林，一派詞人境。澹澹荷香闌耐凭。初月籠雲，天入重樓暝。

息庵

菊霜前，榴火後。檢點清尊，逸興還如舊。老去光陰惟付酒。句寫鸞箋，試覓簪花手。　晚花濃，新月瘦。夢裏前塵，彩筆干星斗。幾度茶香餘潑袖。朱鳥庵題，墨字猶存否。

辛盦

竹陰涼，花氣裊。過雨闌干，悄覓新詞料。一角林巒芳徑小。側帽風前，惹得香蘭笑。　倚吴弦，翻楚調。明日旗亭，試聽餘音繞。莫道天涯人易老。未老風情，商付花間稿。

悟仲

折瑤華，招石友。百輩花間，夢覺南朝舊。孤倚斜陽人影瘦。幾度黄昏，消得愁時候。怕聞箏，難述酒。側帽風流，春去休回首。傳恨空中差不負。歌泣無端，白眼看誰某。

第二集　祝英臺近

詠苔

查灣

篆紋圓，錢樣碎，迤邐畫橋路。幾曲弓彎，淺印小蓮步。是誰蹴損柔鬟，揉殘細髮，悄行過、翠蘿深處。　暗雲度。遮了一片芳暉，輕陰便成雨。滑倩人扶，羅袜怯微汙。晚來捲起簾衣，勻鋪側理。試濃寫、半庭風露。

龠閣

玉階前，金井畔，夜夜濕秋露。雲護松陰，又過幾番雨。故園倘許歸來，向經行地，試認取、屐痕前度。　昔游處。愁看滿壁蝸涎，不見舊題句。寂寞花開，徑滑已迷路。傷心別後春宮，青青一色。空付與、江郎詞賦。

叵厂

上頹垣，侵古甃，一徑繡新碧。宿雨連綿，芳意亂如織。儘教鋪遍閑階，散錢滿地，任飄灑、無人偷得。　惜狼藉。記曾淺罥飛花，斜陽在簾隙。故國平蕪，同岑鎮相憶。生憎屐齒宵來，橫斜碾破，剩斑駁、半庭春色。

薇庵

小庭空，幽徑仄，夜雨長新碧。無那殘花，幾點落紅積。可憐一抹芳暉，深林返照，怎消遣、者般岑寂。俗塵滌。獨自靜掩重門，濃痕上階石。愁檢殘題，惆悵感今昔。分明丁字簾前，香羅淺印，猶認是、別時行迹。

叵厂

綴桐陰，尋竹徑，雲澹掩芳磴。小院淒迷，一片綠痕淨。猶憶悄步瑤階，凌波細蹴，綺錢疊、翠荷分影。夕陽冷。年時曾碾香車，玉鬟晚妝靚。金谷春歸，舊夢那堪省。只剩掃石題詩，伴碪漬淚，更零落、絳英偎瞑。

辛盦

槲煙濃，梅雨漬，淨綠掩深院。遍地秋陰，紅襯落英點。曾經江水飄殘，春山繡出，試圖向、吳綃深淺。寄情遠。舊時石上留題，掃來又重滿。散髮霜侵，鬖髿碧初減。最憐舊殿離宮，青青似此，待誰賦、玉階幽怨。

愔仲

廢城陰，荒殿脊，愁碧遽如許。石上詩塵，悽斷舊游處。儘他銅輦秋痕，玉階宵印，也經受、幾番風雨。枉凝佇。歸掩芳草閑門，落紅散無主。零亂青錢，不買好春住。可堪葉下殘碑，花迷寒甃，總分付、夕陽終古。

水香

鎖煙濃，鋪石軟。雨後緑成染。牆角秋陰，點點寫幽怨。猶憐涼月前宵，玉階立遍，只暗認、袜羅輕剗。夢痕遠。又剩蟲語青莎，朱門幾重掩。墜葉低侵，凝碧露餘泫。便教留襯殘紅，莫愁舊巷，憑誰問、此情深淺。

蟄雲

疊錢輕，鋪罽碎。層碧繡深淺。掩上虛廊，屧步幾回懶。最憐楊柳門前，香驄去遠，剩行迹、被伊遮斷。寂寥慣。只傍冷甃荒階，幽情怕人見。細雨殷勤，殘英遺相伴。憑誰淨拭塵痕，碾青成紙，把離恨、斑斑題遍。

立盦

傍陶籬，沿蔣徑，生趣尚如許。苒苒綿綿，舊雨更新雨。別留一段芳暉，逃虛寄寂，早多謝、尋花來去。戀香土。怪他絮影萍蹤，漂零竟無主。井塌臺傾，獨自費支拄。賦心擬仿江郎，行吟倦矣，待分付、涼秋蛩語。

第三集　凄涼犯

詠冬青

查灣

細花密葉。青青處、蟠根最耐瓊雪。萬年竦翠，香披晉殿，蔭垂漢闕。金盤露揭。洒殘淚銅仙暗咽。亂滄桑、魂招禹穴，啼斷杜鵑血。　誰賦長生樹，老去嵇含，自憐騷屑。勁飆怒卷，蓊蒼黄、女媧石裂。天柱西傾，又横被共工觸折。閲興亡、獨有太液，一片月。

臣厂

竦柯自碧。華林迥、凄風颭葉聲激。夕陽有限，山南對景，幾株蕭瑟。陰沈薜甓。更枝上啼烏夜急。宛驚心、寒瓊入夢，草掩斷人迹。　金粟知何處？太液長生，拂雲猶昔。萬年頓幻，問珠邱、睡龍誰識。殉蜀枯桑，等摇落如聞歎息。只離離、綴實涴露，赤淚滴。

息庵

萬枝承日。披香殿、龍顔舊種曾識。那堪玉樹，青葱頓改，更生荊棘。斷魂化碧。正原上秋風勁急。剩年年、開花結子，麥飯阻寒食。嗚咽蘭亭水，無情翠葉，對看如泣。玉衣石馬，想當年、也曾汗滴。漫説長生，謝湘竹猶留淚迹。奈寒瓊、莫拾永化，杜宇魄。

愔仲

細花散雪。殘陽外、南山恬地蕭索。晉宮漢寢，興亡閱盡，恨生邊角。橫飈更惡。託根到珠邱尚薄。是何時、蛟龍破匣，幻影出溟漠。休問承平事，蘚步花輒，聽鐘長樂。萬年未有，莽寒蕪、碎瓊零落。淚洗繁霜，滿枝血鵑魂記著。待春回、石上歷劫，認舊約。

蟄雲

洛宮夢隔。春風冷、空山遍長荊棘。熟梅過也，幽瓊霣雨，涴襟俱濕。攀枝怨極。問誰護蘭亭剩甓。驀回看、雲根蘚破，斷影黯西日。箋恨天何忍？枉説長生，閏楊同厄。雪香路渺，奈珠襦、也無消息。劫後青殘，更休話靈芬太液。訴啼鵑、幾許淚血，半化碧。

第四集 蝶戀花

詠秋蝶

查灣

鴨腳牽牛開欲遍。小鳳纖腰，比似前時懶。褪卻金泥衣更淺，秦宮也悵風流倦。

草滿西園蘭徑斷。媚子搔頭，鏡裏芳華變。瘦粉伶俜花外見，等閑換了春人面。

龠闇

記與春風曾識面。昨夢醒來，容易秋光換。粉翼不隨塵絮亂，憐伊禁得霜風慣。

瘦影娉婷誰與伴。別後思量，那得時相見。畫裏秋魂吹不散，幽香獨抱黃花晚。唐伶采芝畫菊蝶扇。

薇庵

百五韶光春事了。顦顇西風，膩粉腰肢小。墜葉偎簾霜信早，伶俜愁見紅心草。

瘦損玉顏秋又老。舞袖飄零，夢後香塵杳。憶否花房雙宿好，癡魂猶把空枝繞。

姜盦

翠幕新凉霏露屑。鳳子尋來，小院清香別。撲粉唐宮芳序歇，媚黄還舞金風節。辛苦憐伊花底活。蕃錦飄殘，力薄難收拾。繞遍蘭叢霜一抹，相依飛趁青陵月。

辛盦

金粉漂零春夢醒。花落花開，幾度傷流景。一縷秋魂來不定，緑蕪滿地斜陽冷。佳會匆匆空記省。露草煙叢，何處尋香徑。欄外西風紅袖凭，隔花忍見雙飛影。

愔仲

瘦盡春魂春不住。風露衣單，慣受新凉否。舊日香栖無覓處，雙飛且過西園去。粉褪愁痕餘幾許。天外羅浮，歸夢何曾度。更醉花時誰可語，美人總易傷遲暮。

水香

漂雨凉階衣粉濕。舞怯風尖，仙袂慵無力。絶憶西園芳草色，而今都作傷心碧。冉冉芳愁和淚織。瘦了纖腰，憔悴知誰惜。冷抱籬花添寂寂，夢中春去無消息。

蟄雲

飄夢花簾春一瞥。冷翠閑園，不信芳期歇。瘦粉偎煙飛又怯，青陵前路迷茫月。輕去流光沈斷葉。蹙損金泥，猶誤綃裙褶。憔悴紅蘭如怨別，舊時風露都愁絶。

記否華林芳草碧。舞趁羅巾，香雨仙衣濕。劫後花魂招不得，寒蕪處處傷心色。憐取伶俜雙瘦翼。金粉抛殘，舊恨無人識。多事尋尋還覓覓，夢邊那有春消息。

第五集

摸魚兒

戊辰七夕和石帚韻

查灣

是何時、聘錢償了，黃姑行過東井。芻尼多少填河翼，化作玉繩雙枕。應共省。又月帳星房，次第開復整。鴛盟未冷。有天上金梭，人間鈿合，密意個中領。雲屏外，銀燭秋光炯炯。歡期如夢俄頃。年年此夜鸞軿過，不待黃鸝三請。霄漢迥。恰瞞住明蟾，隔斷弓樣影。滄桑漫問。只七孔穿針，千絲罥網，笑靨對花飲。

霜根

正人間、輟犂停杼，生機荒盡墟井。天孫有巧何從乞，空自北窗高枕。渾不省。聽兒女青紅，慣把瓜果整。秋心本冷。奈金虎號風，石鯨咽雨，愁緒夠人領。通天表，歸計休提沈炯。滄塵偏感俄頃。浮生貴壽原無謂，早笑令公私請。閶闔迥。怪到眼欃槍，望斷河漢影。佳期怕問。且盒放珠絲，罏尋犢鼻，相與破顏飲。

薇庵

怯西風、葛衣初換，瘦梧猶戀金井。絳霄鵲駕何時過，似見雲裳娟影。孤思耿。

任涼露無聲，悄共栖鶴警。伶俜自領。歎海水横飛，秋烽滿地，誰與訴悲哽。江湖夢，渾似漂蓬泛梗。名心空付灰冷。銀州吉語都虚望，洗甲可容重請。層碧迥。又淚雨牽愁，斷續涼夜永。浮生莫問。只竹舘敲詞，芸窗檢帙，聊遣此時興。

臣厂

悵秋期、許多幽怨，瘦蛩啼斷桐井。今宵雨灑淒涼淚，漏促夢回孤枕。誰更省。有天寶蛛絲，綴合斜復整。金飆送冷。看青鳥來頻，赤龍蟄久，夜顥只空領。剛凝睇，碧漢雙星炯炯。橋成靈鵲俄頃。銀州記拜天孫語，故事倘堪重請。晶闕迥。念寸碎殘山，照入微月影。璇璣莫問。歎羈泊年年，何心乞巧，姑作祓愁飲。

姜盦

睠銀灣、步虚歌起，一笛作平飄度榆井。瓊窗舊綴花瓜戲，消瘦素馨涼枕。懽緒省。記窺向、雲幬霧幌妝晚整。游蓬夢冷。早嫩約無憑，微波倦託，翠被遣愁領。空中語，昨夜星辰對炯。羅雲流照千頃。天孫浪與人間巧，多事聘錢酬請。桑海迥。幾電笑黄姑，歷亂環佩影。靈槎漫問。只悶曬秋芸，閑陶逸斝，隨分月泉飲。

辛盦

又今年、絳河秋早，金飆吹過梧井。天階夜色涼如水，星斗掛空疏整。憑倦枕。

説河鼓、天錢故事無人省。銀潢萬頃。正鵲羽填橋，蛛絲罥盒，望斷碧雲冷。知誰是，天上人間管領。鴛波重照雙影。年年但乞無離恨，敢向碧翁祈請。清夜迥。有倦侶、西窗話雨銀燈炯。悠悠莫問。把巢燕新愁，哀蟬舊怨，拚付羽觴飲。

息庵

又宵闌、幾番疏雨，碧梧初落秋井。何人更譜長生曲，私語剩留鴛枕。情暗省。笑往日、金釵半擘冠不整。興亡迹冷。更古驛香銷，宮牆笛破，此恨恨長領。依然是，天上星河炯炯。人間桑海俄頃。偏教巧賺穿針女，悄把彩絲牽請。秋意迥。空望盡、盈盈隔水環佩影。佳期待問。且扇撲流螢，光搖銀燭，夜色助涼飲。

愔仲

做新寒、一簾淒雨，素商催遍梧井。撲螢已罷輕羅扇，閑背畫屏支枕。渾不省。又天上、黃姑小別經歲整。機絲淚冷。倘洗甲傾河，駕橋無路，秋諾幾時領。羈臣賤，猶滯東歸沈炯。仙蹤來去俄頃。承華高宴何年事，飢朔也同朝請。涼夜迥。卻只剩、繞枝三匝烏鵲影。君平莫問。便犢鼻長貧，蛛絲難巧，漉酒且呼飲。

蟄雲

甚秋河、幾番清淺，暗雲遮斷瑤井。啼痕碎灑梧桐雨，涼到曲屏單枕。幽緒省。

儘拋卻、蛛絲舊盒慵更整。天街露冷。料駕鵲歸遲，驂龍去遠，綺恨又新領。凝眸處，弦月窺人夜炯。歡期難駐俄頃。十年洗甲成虛願，心炷這番重請。蟾佩迴。又驀見、殘山一角天外影。支機怕問，只黍餅香初，芸籤曬罷，拚付逭愁飲。

立盦

又金飆、悄捎秋恨，葉聲飄過梧井。玉繩斜後涼如水，瞥眼銀雲千頃。愁暗省，奈零亂、蛛塵幽緒憑誰整。湘屏夜靜，正靈鵲飛回，流螢撲罷，冷夢倦欹枕。針樓畔，斜月疏星炯炯。伶俜應駐仙影。幾回便欲乘槎去，卻恐絳河飄梗。同心咏。算輸與、牽牛歲歲雲幬並。江湖夢醒，儘碧海青天，離情何限，未許舊盟證。

第六集 齊天樂

詠秋燈

查灣

黃昏不隔疏簾影，樓頭酒家人語。店壁凝塵，戍旗颭雨，照澈天涯羈旅。河橋甚處。又漁火秋懸，市春宵杵。夜渚移檣，一星紅點渡旁渡。兒時滋味憶否？歎蘭心剪盡，衰鬢如許。蠅鼻花殘，鴨頭煙冷，消得西風幾度。儒冠總誤。剩屋角寒檠，案螢窺汝。蕭瑟蘭成，楚臺休更賦。

忉盦

一痕簸夢來新雁，西窗夜涼如許。玉漏頻催，金釭暗撥，撩亂離人情緒。蕉廊過雨。又對影幢幢，做成悽楚。幾度花垂，暗占芳約總無據。宵闌孤枕不寐，正明膏欲燼，窺壁飢鼠。短焰支風，殘輝避月，只伴莎蛩涼語。霜鐘罷杵。漸窗紙微明，亂鴉啼曙。蕩盡秋魂，此心無著處。

薇庵

銅荷黯黯籠愁夜，新涼未寒天氣。錦字機邊，紅蕤枕畔，照澈相思兩地。玉蟲悄墜。正斷雁聲低，畫簾如水。幾負秋衾，一星句起夢痕碎。樨屏殘雨過後，油花還取卜，憑遺幽思。遠火漁舟，疏星蟹簖，憶著江鄉畫意。銷魂此際。縱暖到蘭心，總憐憔悴。戀影窗螢，比兒時有味。

臣厂

金風何意飄珠箔，瀟瀟又添涼雨。促織三更，流螢數點，搖曳秋心無主。荊臺甚處。正愁伴仙靈，夢尋機杼。待看牽牛，畫屏低擁夜深語。梧窗香蕊炧盡，歎江郎老矣，誰更能賦。壁粉銜青，池蓀卸碧，銷得騷魂幾許。孤吟最苦。把如豆殘檠，夜長添炷。漫憶春嬉，剪花千萬樹。

姜盦

風釭顫箔秋如夢，秋懷蕩搖無據。苡閣燃春，樨屏繪艷，都是曾忺情處。芳塵暗數。尚省識梔簾，那人修嫭。一穗垂花，嫩涼轉簟舊歡誤。游蓬孤笑旅鬢，玉荷無賴甚，空映霜素。把劍挑愁，籠紗擁睡，人瘦黄昏庭户。蘭成倚暮。但薄弄寒青，自娱詞賦。夜鑽南濠，百城煙棹阻。

愁煎永夕膏蘭悴，依依照人無寐。蟀怨疏籬，蟾移薄幌，檠短檠長誰計。新涼客思。忍閒話鱸鄉，兩三星碎。易過黃昏，漫燒樺燭更垂淚。樊樓共誰買醉，少年何太喜，花颭雙穗。院落霜清，江湖雨舊，換盡兒時情味。琴絲倦理。甚吹影虛堂，恥逢幽魅。斷送南朝，可憐春夢墜。

水香

清輝漸與人親近，涼宵瘦吟窗底。澹幌偎花，輕㡘颺夢，耐盡黃昏滋味。蘭心漾曳。儘相對無言，冷清清地。照入牆陰，白頭幾輩怨輕棄。銀閨幽夢醒未，釭花曾展笑，憑綈幽會。颭雨淒吟，籠寒淺坐，愁說春筵影事。天涯費淚。只偷博蛾憐，漫教螢替。移向風廊，不知涼月墜。

蟄雲

窺窗碧颭天如水，依稀暗愁來處。靜墮雙花，涼分半豆，聽到隔作平簾疏雨。宵長更苦。儘煎透蘭心，暗隨譙鼓。旅枕醒初，秋魂搖碎向誰訴。春筵珠翠散盡，剩枯龕伴影，霜鬢千縷。黯黯沉沉，淒淒悄悄，消領黃昏幾度。荊臺夢阻。便翦恨成灰，總牽殘緒。照淚分明，亂蛩啼到曙。

第七集

玉京秋

咏殘荷依草窗体

查灣

瑶宇闊。泠泠翦瓊佩，雁翎風切。鷺點栖煙，鷗心眷水，愁歆涼葉。衣褪紅雲冷靚，洗秋妝、低壓蘆雪。恨輕別。吴娃歸後，舊歡誰説。微步淩波疑怯。碧亭亭、玉盤漸缺。色變清霜，聲挽疏雨，菱謳都歇。試拍闌干，問底事、虚負藏鴛時節。露淒咽。腸斷珠房夜月。

霜根

天宇闊。淩波衆仙侣，賦歸情切。霞鏡抛花，露珠泫梗，風裳飄葉。閑煞追涼艇子，讓鳧翁、來點晴雪。黯然别。鬧紅前夢，向誰重説。水殿尋秋初怯。訪歌詞、摩訶早缺。拾瓣裝書，留房揩硯，真香吹歇。劫换昆池，盼只盼、船藕年年添節。儘淒咽。翻愛湖心蕩月。

湘浦闊。騷人悄聽雨，眷芳心切。結珮餘芬，集裳剩錦，風搴珠葉。清影瑶津夢裏，步生花、仙袂回雪。怨輕別。冷紅憔悴，可憐誰說。一樣淩波嬌怯。照銀塘、蟾輝又缺。打起鴛鴦，無情涼夜，幽盟銷歇。望斷溪雲，怎得似、雙槳若耶時節。晚螿咽。空憶飄煙抱月。

姜盦

鴛夢闊。臨秋怨風露，碎妝顰切。太液池頭，記邀宴賞，重臺千葉。嬌極真妃浴罷，曳霓裳、還舞回雪。舊情別。鬧紅前事，冷鷗空說。徙倚橫塘寒怯。墮嬋娟、瓓零珮缺。淚漬銅仙，雲沈玉蝀，嫣香銷歇。萬柳堂空，早過了、花底妍歌時節。晚蟬咽。愁弄蘭橈蕩月。

愔仲

荒苑闊。依稀隔煙語，佩環聲切。曲宴何年，翠雲逭暑，舠輕如葉。彈指紅芳換盡，傍菰蘆、詩鬢吹雪。忍分別。那時鴛夢，野鷗難說。瑟瑟新涼衣怯。捲秋心、圓姿漸缺。露泫斜槃，自傾鉛淚，幾曾休歇。寫影文漪，便老去、猶見亭亭高節。暗香咽。消受池臺曉月。

水香

秋水闊。娟娟弄纖影，雨聲清切。夢破銀塘，峭風飄斷，年時花葉。仙袂霓裳慵整，問何時、重舞回雪。舊香別。暗憐心苦，爲誰重説。幾度禁寒猶怯。任宵深、青鴛夢缺。泛碧留香，跳珠沈響，清游愁歇。卅六灣頭，儘誤了、花底追涼時節。笛淒咽。吹瘦蘆邊曉月。

蟄雲

秋恨闊。銀塘渺千頃，雨聲淒切。水珮驚寒，霧裳怨晚，離披花葉。容易西亭夢破，甚汀蘆、還舞回雪。暗傷別。液池天遠，舊情空説。玉腕重搴寒怯。罥鴛波、涼雲半缺。影悴誰憐，香清難駐，風懷都歇。瀉淚盤空，剩冷蒂、捱過新霜時節。櫂歌咽。愁對前溪瘦月。

第八集　南樓令

待月　　查灣二闋

蕭瑟白蘋洲。涼雲凝不流。雁聲寒、飛過西樓。斜字一行煩寄與，爲喚起，玉京秋。　盼到柳梢頭。黄昏人在不。忍伶俜、誰訴閑愁。算有姮娥差解意，偏底處，弄珠游。是闋用龍州韻。

憑暖舊時闌。禁他羅袜寒。露華濃、濕了雲鬟。數遍瑶星渾不寐，爲徙倚，到更殘。　幽恨上眉彎，秋深人未還。擲金錢、暗卜團欒。怕碍素娥來處路，先移卻，小屏山。

霜根

三十六雲廊。行行長復長。要登樓、又隔紅牆。盼到姮娥梳裹好，怎禁受，晚風涼。　歷亂萬星芒。空撩人斷腸。且停琴、心口商量。知道冰輪隨例滿，更何處，聽霓裳。

忉盦

弦管促飛觴。含情倚竹廊。甚秋陰、特地淒凉。偏是西風能解事，又做出，一天霜。星斗斂寒芒。棲鴉樹幾行。想姮娥、正理明璫。試把盆花移畫檻，待清影，上東窗。

姜盦二闋

中酒木犀天。桐陰金井寒。憶秦樓、夢斷年年。避面姮娥如有恨，問清影，幾時圓。漏靜坐枯禪。添香爐費煙。緩修簫、且倚闌干。看足燈昏花暝候，已無意，説嬋娟。

扶夢上南樓。高寒棲古愁。撥殘薰、心事閑兜。眼下繁星都不是，只昏樹，亂鴉投。曠宇冷修修。迷藏白玉甌。幾吹燈、閑話蓬洲。未必流雲長點滓，要著〔作平〕意，捲簾鈎。

辛盦

消息問清碪。南樓幾度臨。睇清輝、杳隔遥岑。準備良宵消遣事，一尊酒，一張琴。萬里故人心。歸鴻遞遠音。盼佳期、盼到如今。只恐團欒三五夜，暮雲起，半天陰。

立盦 用龍洲韻

涼露浸菱洲。暗星縈碧流。正誰家、倚遍南樓。莫道夜深無個伴，有圓月，近中秋。對鏡强抬頭。能如天上不。算姮娥、應也多愁。碧海來時思問訊，只難得，廣寒游。

第九集　尾犯

咏雁字

查灣

縹緲隔瑶空，千里暮雲，誰寄瓊札。筆陣秋横，轉湘波三折。憶乞米、凌霜背冷，警來禽、眠沙夢闊。最無聊是，寫遍相思，羞共人人説。書空緣甚事，憑闌久、怎奈愁疊。荻畫蒼茫，著斜行天末。乍飛白、碑傳碧落，更回文、詞題片葉。待尋泥爪，小印戲鴻摹快雪。

薇庵

冷夢落衡湘，歸雁數行，妝點秋色。底恨書空，界遥天寒碧。排遠陣、纔看折柱，度平沙，旋疑畫荻。倚樓人遠，巧寫來禽，誰灑題裙墨。　年年汾水上，有多少、别淚空滴。漫笑鴉塗，寄江湖消息。問前路、元霜重染，趁回風、烏絲又掣。半生飄夢，剩向雪泥尋爪迹。

臣厂

篆就碧煙痕，何事半天，群戲飛白。隔水秋高，認横斜波磔。歛晚樹、折作平釵乍辨，點晴霄、回文漸密。陣寒千里，遠近分行，雲表濃添墨。書空憐意在，胡天迴、早斷題帛。好寄相思，問秋來消息。歎征羽、虛傳鄉夢，睇平沙、誰描夜色。影回衡浦，寫向五湖羈旅客。

息庵 用夢窗韻

峭影落平沙，閑聽碎弦，如寫清越。列陣分行，更斜飛飄纈。加點細、元霜乍染，撇波回，寒蘆旋折。甚時歸晚，遠帶殘星，橫惹西風咽。相思何處寄，上林路、似怨輕別。惱盡鴉塗，奈雲藍箋闊。蘸殘照、天遥山遠，寫孤情、煙凝霧結。斷腸書罷，澹卻半鈎金明月。

辛盦

去影逐西風，寥落數行，斜點天末。草不成書，笑來禽新帖。摹水墨、雲綃半幅，寫關河、離愁千結。塞垣緘帛，織室回文，含意從誰説。題紅無限恨，御溝畔、幾陣殘葉。露布秋馳，想南征時節。料應悟、斜陽身世，怎徘徊、書空咄咄。爪痕空印，望斷洞庭煙水闊。

愔仲

萬里一繩秋，顛倒個人，天外消息。筆勢翩翩，倘家雞摹得。傳別恨、霜榆未遠，厭書空、雲藍更拭。暮寒驚起，爪印依稀，晴雪尚留迹。群鴻還戲海，波三礫、寫照深碧。鳳泊鸞飄，恐人間難識。舊箏柱、斜行愁斷，畫錐痕、圓沙夢窄。稻粱謀短，淡墨塔尖誰愛惜。

水香

點入蔚藍天，風急倦回，偏弄波礫。小隊賓秋，耿疏行還密。湘水遠、相思正苦，趁南征、傳來訊息。淡雲如紙，寫盡荒寒，愁荻花飛白。排空猶記省，問鴻爪、幾處留迹。塔寺塵題，總憐伊清格。看斜上、江雲空卷，辨回文、汀煙暗織。旅情憑寄，爲問倚樓人可識。

蟄雲用夢窗韻二闋

澹墨一行秋，迢遞暮愁，淒對吟越。荻畫欹斜，誤霜眸成纈。箏柱冷、蕭雲乍染，錦書遲、顛風偏折。怕教飛散，點向荒灣，孤影凉波咽。飄零題恨慣，問争似、旅燕輕别。黯黯書空，奈滄流天闊。怨遥夜、羈愁難寫，趁微陽、歸心暗結。瘦毫慚汝，寄夢故林何處月。

斷影似留題，天外夢痕，關堠飛越。争奈斜風，更回波成纈。殘照後、汀煙乍灑，暮雲邊、溪流共折。峭帆人遠，漫認人人，飄恨添淒咽。飛騰憐意阻，上林遠、寄淚空別。好語誰傳，正江湖天闊。記書塔、名心都誤，怕登樓、鄉愁又結。暗塵難寫，付與冷弦彈夜月。

弢庵和作

何恨苦箋天，天迥塞遥，風送如墨。旋整還斜，織秋光成畫。霜信緊、憑伊報與，愁旅深、無人會得。弋矰休篡，萬里南來，防有上林帛。年年勞遠目，倚闌處、險斷消息。那計東西，悔春泥留迹。諒生性、隨陽難寫，擬名流、書空太劇。亂鴉更迭，儘鳳泊鸞飄誰惜。

第十集　霜葉飛

賦落葉

查灣

倦鴉啼絮。黃昏後，霜林如替秋語。已涼天氣可憐宵，偏又銷魂雨。聽槭槭、吟商最苦。宮溝堆遍相思路。奈怨笛西風，斷送忒無情，忍問舊題紅處。何況太液波荒，巢鸞輕换，寂寞梧苑終古。辭柯心事盼春回，春也傷羈旅。甚一霎、流光過羽。江潭慵寫蘭成賦。任喚醒滄桑夢，便算青青，亂愁誰主。

忉盦

斷蛩涼語。斜陽外，庭柯飄落如許。數聲清響墜閑階，疑是蕭蕭雨。最怊悵、關河倦旅。淒涼誰共亭皋步。更蘚徑全封，寫怨抑題詩，欲寄御溝何處。當日萬緑成陰，宸游駐輦，上林佳處曾賦。洞庭天末起微波，景物都非故。儘庚信、江潭間阻。秋衾銅輦傷遲暮。忍便隨西風去，飛傍芳尊，向人低舞。

叵厂

錦楓宵舞。驚霜信，金飆如替傳語。墜林飄蕩等無家，遲暮愁午縷。念緑冪、成陰怨汝。傷春争似傷秋苦。剩故國淒凉，早夢落蒼波，宛在洞庭深處。　還憶晚咽哀蟬，長安槐闉，此日幽恨誰賦。斷紅餘影出連昌，夜冷偎煙雨。更寂寞、孤桐鳳去。空教松柏青如許。剩庾郎蕭瑟作平意，寫向騷詞，按弦低訴。

姜盦用夢窗韻

瘦吟無緒。孤桐澀，微聞聲遞林樹。捲簾人悄一襟凉，秋沐亭皋雨。暝色入、鴻天亂羽。斜陽髡柳關河古。正悶校殘書，有掃徑園僮，笑我鬢華添素。　還省屐響疏林，暘臺晚眺，冷楓紅艷曾賦。舊題僧壁罥蒼榛，不記龕燈語。幾擇卻、玉河翠縷。苓枝風曳寒蟬去。但暗尋師涓恨，一曲吹蓬，是愁深處。師涓有落葉吹蓬曲，出王嘉《拾遺記》。

辛盦用夢窗韻

滿襟蕭緒。推窗夜，秋聲都在高樹。洞庭千里動微波，萬點飄如雨。更一霎、髡枝凍羽。疏林空吊斜陽古。試散屧荒溝，恐尚有題紅，幾字暗傳心素。　對此故國淒凉，空山寂寞，宋玉幽怨難賦。落花還似此情無，寒噤哀蟬語。怕鬢上、吴霜斷縷。漂零同逐西風去。儘滿階無人掃，好待明年，緑生陰處。

愔仲 用夢窗韻

滿天淒緒。西風緊，新愁先著高樹。片紅誰送出宮溝，飄夢紛如雨。甚一曲、零商斷羽。哀蟬身世無今古。憶舊別長安，酒冷十霜餘，早換篋中紈素。休問三市無依，千林漸禿，此日蕭瑟難賦。漢南人老意何堪，銷盡英雄語。怨不極、蟲絲半縷。回飆都縱秋聲去。怕更豁登樓眼，故國凋疏，夕陽明處。

水香

更誰憐汝。經霜後，蕭蕭還撼涼雨。幾回無力下亭皋，偏又隨風聚。怕一霎、隨風又去。哀蟬吟盡傷心語。怎倦戍征蹄，忍碎蹋荒郵，古道夕陽黃處。回首故國秋深，天涯墜夢，觸撥鄉思如許。斷煙衰草並淒迷，遮了來時路。但憶著、題紅屢誤。漂零身世甘塵土。待那時年光換，綠暗金溝，更邀春駐。

蟄雲

夢中煙樹。長安遠，飄零知向何許。一番寒信一番疏，又晚來風雨。剩槭槭、商聲自語。停箏都是傷秋處。甚暗屧無情，儘碎蹋霜紅，忍付麴塵捎去。經眼舊日風光，空栖鸞鳳，冷落荒徑誰賦。已拋根蒂任東西，奈亂愁無主。正寂歷、敲階細數。天涯頻感蘭成暮。怕故枝淒寒緊，轉綠蹉跎，誤人延佇。

弢庵和作用夢窗韻

一秋無緒。霜天裏，朝朝風𢷬辭樹。夜長還要警孤眠，聽打窗如雨。更惻惻、危枝倦羽。添薪虛憶庭槐古。儘唱徹哀蟬，底處覓題紅，那管客衣緇素。長記九日江亭，商飆獵葦，此題周甲曾賦。而今人亦禿成枯，贏共階蛩語。怎撇卻、乾梢斷縷。飄零休便隨流去。但保得冬心在，轉緑回黄，是歸根處。

第十一集　惜秋華

栩樓宴集賞菊

怮盦

側帽西風，自題糕去後，心情都倦。爲拾墜歡，重過暮涼庭院。新詞醉裏傳看，半前度、登高群彦。東籬，晚寒花媚日，當筵微顫。猶記社壇畔。賽黃嬌紫婉，冷香霜絢。錦甸俊游，愁逐市朝俱變。天涯斷梗漂零，念畹晚、秋容重見。淒戀。對宫妝、淚痕空泫。

叵厂用夢窗韻

寫恨餐英，聽征鴻、易觸羈游懷抱。檢點夢痕，東籬澹留殘照。琱筵送酒人來，對冷艷、休教塵擾。銀臺，趁西風醉舞，憑誰簪帽。芳圃漫云老。憶林亭秀野，花朝春好。錦幄又傳，洛媛頓隨秋到。霜邊瘦影偎簾，儘醉隱、未嫌樓小。吟了。問歸囊、綺情多少。

姜盦用夢窗韻

賴有寒香，過天涯九日，温將羈抱。瘦影畫簾，銷魂鏡邊叢照。窪尊醉弄殘薰，又野水、游蘋風擾。相期，挺孤標散髮，煙痕籠帽。雲海倚聲老。檢石作平湖譜録，霜姿誰好。客夢趁波路遠，舊村如到。垂虹笑我詩忙，正去潮、岸低花小。吟了。渺滄洲、寄書鴻少。

息庵用夢窗韻

澹寫孤芳，對筵前、總合詞人襟抱。叵耐暮秋，空林正愁殘照。西風故遺遲開，料乍對、籬香雲擾。相期，展重陽、此夕花枝欹帽。絲鬢頓驚老。歎虛過綺節，風光仍好。只影事、還記取，夢華重到。垂鞭亂蹋霜紅，想故人、檢詩囊小。幸了。問清尊、占秋多少。

愔仲

又過重陽，似東籬醉後，柴桑孤抱。惘惘叩門，層樓半簾斜照。深情爲薦霜姿，濺清淚、纖塵難擾。那堪，是羞花鬢短，西風吹帽。雲外雁聲老。憶湖天俊賞，芳叢秋好。晚鏡膩紅新洗，澹妝人到。何曾絶代禁寒，得幾時、露馨波小。愁了。更銷凝、楚魂多少。

蟄雲

薦與寒泉，正幽吟悄絶，霜心俱抱。澹影畫簾，温存漫煩斜照。分明瘦盡西風，更怨蝶淒蛩愁擾。竛竮，鎮相憐、伴我塵中烏帽。　華鬢暗催老。縱芳期耐久，争教長好。忍俊待、歸雁後，欵籬人到。秋娘似惜蹉跎，戀醉筵、金翹香小。狂了。數花枝、酒籌多少。

第十二集　百字令　柳野感舊

查灣

荒園一角。問倩誰、替寫滄桑殘稿。黄葉前朝無恙樹，記否翠華曾到。輦路雲埋，碑亭雨塌，山鬼修蘿嘯。潮聲終古，河橋流恨多少。　幾度檢點棕鞋，商量茗碗，走馬番街道。棋局長安都換盡，何況長蘆地小。射雉臺空，摩燕城迴，更莫閑憑吊。詩題湘綺，鶴歸應傍華表。

霜根

蜃臺斂市。掃翠華駐處，荒荒無迹。一角平林兼淺渚，並少宫人閑説。雲寺頒香，海樓閲武，壞劫今何日。白頭吟望，舊時楊柳顔色。　休溯玉輦宸游，鑾迎酺賜，盛典光千葉。剛痛銅駝荊棘裏，又痛龍年蛇月。那覓新亭，權呼汐社，來蹋啼鵑血。沽潮起落，料應終古嗚咽。孤雲爲津門古寺，望海樓宸翰尤多，今皆不可蹤迹。

怮盦

碧雲低處。是當年迎幸，曾停龍節。翠葆蜺旌高擁日，遥想舳艫相接。曲港觀潮，平臺閱武，屬國魂都懾。斷碑猶在，勝游遺老能説。今日白草黄沙，千行疏柳，斜照殘蟬咽。爨舍韜鈐空虎豹，轉眴煙消灰滅。輸與胡姬，明璫素袜，争鼓河心楫。盛時曾見，夜深惟有涼月。

臣厂

園林銷歇。又秋風吹過，重陽時節。葉落幽亭無客到，向晚啼烏心怯。花底啣杯，臺陰躪草，春夢傷輕別。錦帆何處，白頭宮監能説。回首舊苑圓明，銅犀落纁，長對淒涼月。金鼓西來成一炬，等是愁痕千疊。鳳輦不歸，龍墀空憶，遺碣偎松折。日斜孤塚，更誰延睇窮髮。

姜盦

荒灣冷墅。倚斜陽、淒對一潭幽緑。老柳垂絲如有恨，曾繫當年仙舳。夢影離宮，沙痕舊頓，浪卷龍吟曲。清笳吹暝，白鷗飛下愁宿。爲數畹晚關河，兵塵過處，盡廢池喬木。樹色連京潮送海，風戰雲津孤鶩。馬隊霜蕪，鑾薰日冷，野屐尋遺鏃。靈和誰問，苦篁煙際歌續。

踽公

行宮何處。剩柳煙蕢雨，落磯杉屋。誰話南巡當日事，渺矣飛龍乘六。片碣螭湮，千塵蜃幻，轉眼悲沈陸。斜陽憑弔，浮生拚付歌哭。　猶憶鐃唱澎臺，青蒲獻頌，勝事嗟難續。依約珠厓殘淚在，冷對荒池寒緑。幾劫河山，一枰今古，機上争殘肉。鏡湖容乞，我來權作湯沐。

息庵

海鷗欲起，想牙檣錦纜，鳳旌龍節。因憶康乾全盛日，獻賦迎鑾争捷。寥落行宫，淒涼射圃，世换愁千疊。樓船灰燼，西平終是人傑。　誰料鐵騎憑陵，番兒高塚，又逐斜陽滅。轉眴興亡同一夢，剩有荒池殘月。攜酒林亭，煎茶苔井，游女遺芳襪。斷碑何在，花前空數秋蜨。

辛盦

滄桑劫盡，問殘碑何許，更無遺迹。怊悵斜陽明滅裏，七十二沽秋色。野草蘼蕪，鑾花芫荽，風景都非昔。暗塵紅處，一亭還戀吟客。　見説灌木縈旂，仙雲拂馬，此地回龍蹕。垂柳不知興廢恨，猶弄西風寒碧。金爵荒凉，玉魚零落，别有千愁積。河山殘夢，夜來明月曾識。

愔仲

廢園秋老，剩婆娑萬樹，衰黄淒緑。本是承平迎輦地，淚盡勞薪幾束。蘚蝕碑跌，莎迷殿腳，那有堅牢玉。蒼凉斜照，眼中多少陵谷。猶説老去籌邊，才奇賦海，寫清愁盈幅。名士英雄曾有數，一例山邱華屋。斷檻栖塵，荒波皺恨，付與閑鷗宿。誰家霜笛，隔牆如和哀曲。

蟄雲用稼軒韻

蕭疏殘柳，問何人憑吊，西風時節。繡遍落花池上徑，水鳥飛回寒怯。虹影移舟，鶯聲勸酒，往事頻傷别。斷碑榛掩，金鐃遺事空説。飛絮記拂霓旌，仙艫去後，春影沈煙月。門外滄波知幾換，思繞風帆千疊。蠻舞迷花，野笻蹴蘚，路暗幽叢折。靈和天遠，客游應感華髮。

第十三集　慶春澤慢

咏初雪

查灣

渾不禁風，何曾是雨，并刀翦水成花。紙閣新糊，紅爐獸炭應加。玉尖指縮妝慵整，驀驚寒、翠袖誰家？正淒迷、飄麝樓臺，鴛瓦微遮。　梅梢乍逗春消息，盼南枝暖處，先吐瓊葩。茸帽籠頭，待從驢背尋他。飛霙小試龍公手，怕長安、酒價都奢。漸銷凝、凍了盟鷗，噤了拳鴉。

薇庵

吹水生稜，凝雲做冷，龍公忽戲璚瑶。鶴語驚寒，殘秋恁地蕭條。絮痕錯惹春前夢，笑新霜、減盡蠻腰。剩庭柯、綴玉盈盈，疑點梅梢。　經年久與飛瓊别，喜仙衣縞袂，纔見今朝。頃刻花開，堆階旋集旋消。待尋驢背詩情去，指溪橋、酒望相招。又新晴、夜色交輝，纖月當霄。

息庵

頓洗秋容，初清塵夢，搴帷特地朝寒。翦水揉花，誰憐暗蝕苔斑。重尋掃緑題紅迹，認玉龍、幾樹新蟠。莫輕銷、添暖香篝，趁醉雕欄。　休誇入鏡窺鸞。奈前溪舞罷，又點蘆灣。目斷歸鴻，雲凝千里關山。相思忍待梅花發，絮漫天、頓訝春還。想佳人、含睇朱樓，喜動歸鞍。

辛盦

虛閣沈陰，重屏擱夢，寒聲乍落雕簷。起看山容，幾痕華髮新添。一冬勝賞從頭數，正尖叉、險韻纔拈。忒匆匆、菊未曾殘，梅未曾探。　昭陽第一霓裳隊，舞仙衣雲外，玉影纖纖。還認霜痕，霏微撲滿征衫。塞鴻自是驚寒早，料朔風、未到江南。且安排、寶鼎蘭薰，暖閣蘆簾。

愔仲

衰柳搓綿，疏花翦水，又看試手龍公。一晌清光，外邊寒透簾櫳。玉塵聊算瀛洲劫，問枯棋、殘局剛終。甚匆匆、莫計東西，爪印飛鴻。　閉門何世容高臥，儘璚思瑶想，粉碎虛空。閑過旗亭，如今畫壁都慵。冰泉盈匊貧家味，試煎茶、羔酒難同。倘重逢、暖逗南枝，梅萼争紅。

蟄雲

意倩雲傳，聲隨葉墮，銷凝幾度憑闌。喚起飛瓊，回風爲舞僊僊。一寒消息今

秋來心緒攀幽懶，半蝕苔斑。乍偷尋、碎點楓根，不向梅邊。番早，檢詩情、待相招、細

林陰鶴夢剛催醒，風懷悄付雛鬟。試擬煎茶，先到柴關。恰天供清興，

話堯年。問何人、罷理萸吟，對寫蕉禪。

第十四集　定風波

咏夕陽

查灣

斜倚西風晚笛吹。霞天水鳥帶波飛。襯得江楓紅更醉。鴉背。十分紅處故依依。　薄暮驅車尋舊苑。無限。銷魂五字玉溪詩。便近黄昏還可意。須記。人間最重晚晴時。

忉盦

中酒光陰起較遲。晚窗情味自家知。幾處暮笳催短景。徐領。誰言紅處不多時。　烟柳斷腸闌莫倚。成綺。餘霞掩映最相宜。羲馭西馳曾不挽。誰管。漢家陵闕可勝悲。

薇庵

影上簾鈎澹有痕。霜林鴉背戀餘温。曲彔闌干閑倚處。凝佇。紅樓一角最銷魂。　野水估帆争晚渡。如鶩。寒山牧笛入遥村。欲倩柳絲牢綰繫。無計。惱人偏又近黄昏。

辛盦

一抹疏林澹有痕。蕭寥晚景最銷魂。曾向樂游原上望。惆悵。亂山明滅近黃昏。落葉斜翻鴉背冷。清迴。又看倒影入江湄。引起窮途無限恨。誰問。天涯猶有未歸人。

愔仲

紅過崦嵫更有天。六龍飛轡幾時還。安得長繩窂繫著。休落。金輪終古向人圓。東望榑桑知最遠。愁晚。西傾葵葉爲誰妍。末到黃昏無限好。難曉。斷腸煙柳是何年。

水香

一抹晴暉晚更宜。小樓人影魫窗低。艷絕疏林殘葉外。如畫。任教紅也不多時。脈脈秋痕鴉背遠。凝眄。荒荒流水雁聲遲。斜照雕欄還自去。無語。漸移暝色上簾衣。

蟄雲

恅悼浮生短景催。西風斷角送愁來。換盡六朝金粉影。爭忍。暗紅還戀舊池臺。盼到妍晴休恨晚。心遠。天涯不共暮潮回。一片蒼涼殘笛後。知否。江山如此使人哀。

立盦

每到愁時早閉門。一聲畫角日西曛。肯向花間留返照。剛好。可憐已是近黃昏。微注小窗流碧瓦。堪畫。因思江上晚歸人。散抹餘霞還似綺。誰會。澹煙衰草儘銷魂。

第十五集　更漏子

寒夜

查灣 二闋

玉釭凝，銀箭凍。低壓繡幰霜重。獨抱影，暗銷魂。衾香慵自熏。天心錯。人情薄。淒澀酒懷更惡。風外角，月中更。斷腸三兩聲。

膽瓶花，心字篆。呵手卸妝微倦。更點點，漏聲聲。玉籠鸚鵡驚。狸奴懶。偎人暖。壓損金泥一半。鴛枕夢，翠衾知。郎情爭似伊。

忉盦

傍南榮，聽朔吹。人共梅花無睡。金燼落，玉爐微。薄寒生地衣。茶夢淺。琴心懶。拚與濁醪爲伴。漏漸轉，酒初融。霜天遞曉鐘。

薇庵

減爐薰，銷蠟淚。紙帳梅花不睡。人寂寂，漏遲遲。峭寒生被池。三更月。皎如雪。此際詩心幽絕。歸雁斷，朔風高。挑燈讀楚騷。

掩花窗，偎蕙篆。夢醒畫樓人遠。翠鬟嚲，玉肌皴。嬌慵略欠伸。

踽公

愁無際。難爲計。馬滑霜濃天氣。蟾魄冷，浸屏山。繡羅衾半閑。雁啼霜，烏喚月。冷逗畫屏心怯。宿酒醒，晚妝殘。蠟花紅未乾。

息庵

羅衾疊。玉笙咽。檻外梅花似雪。清漏轉，篆香回。相思心漸灰。怕清宵，宵更永。愁對孤燈倦影。蓮漏盡，篆煙輕。熏籠倚到明。

辛盦

巫山遠。彩雲散。好夢近時都懶。來日事，費人猜。小梅開未開。凍簾波，銷燭淚。愁共梅花不睡。霜滿鏡，月沈扉。故鄉無夢歸。

悟仲

減清歡。孤舊約。聽慣荒雞聲惡。詩苦瘦，酒初醒。垂天三兩星。荳煙沈，松火冷。碎疊鈿花冰影。聽暗漏，引孤顰。窗梅瘦似人。

蟄雲

顛風惡。羅帷薄。好夢怕教吹卻。霜瓦重，月廊低。新愁鸚鵡知。

第十六集 金縷曲 詠寒鴉

龠闇

陣勢盤空舞。向晚來、朔風吹急，暗雲沙浦。天外翻飛千萬點，接翅喧爭暖樹。更占取、鶴巢栖住。直向最高枝上落，任紛紛、相對黄昏語。風雪地，夜啼苦。　當年上苑千門曙。亂寒聲、傳宣漏點，鳳城高處。一夕延秋飛啄屋，冷落鵷儔鷺伍。算惟有、垂楊終古。凄絶女牆殘照裏，寂無聲、舊社鼕鼕鼓。朝日起，待騰翥。

補廬

極目寥天闊。驀何來、墨痕萬點，欲回還折。暮色西山蒼然至，掠過寒林數疊。漸水外，飛霞明滅。夾道槐陰曾幾日，到而今、冷與征鴻答。遥指點，黯城堞。　昭陽舊事休重説。但斜暉、無情一片，影迷宫闕。幾樹垂楊銷魂處，弱縷驚栖未貼。又槭槭、風欺病葉。聞道蔣山神未死，儘看他、殘飯江天接。感時物，總愁絶。

忉盦

秃盡纖纖柳。最憐他、投林瑟縮，乍寒時候。數點孤村流水外，凄絶人煙橘柚。

試重憶、丹楓烏桕。牛背夕陽爭噪晚，殢歸心、有夢濃於酒。共噤鵲，樹空守。枯枝啅雪伶俜瘦。趁晴窗、烘開凍硯，爲伊塗就。秋社佛狸祠下鼓，銜肉心情僝僽。更倦羽、飄零如舊。帶得昭陽斜日影，問當年、妒煞玉作平顔否。思往事，忍回首。

薇庵

薄暮霜風急。望空林、偎煙瘦影，似人蕭瑟。揀盡寒枝何處集，歲晚誰憐倦翮。聽一曲、夜啼哀笛。枉帶昭陽斜日去，只而今、憔悴無顔色。庭月皎，陣雲黑。上林回憶濃陰碧。記當時、高枝許借，也隨鵷翼。舊苑巢痕難再掃，轉眼頓驚頭白。犯朔吹、羽毛自惜。踏折枯梢曾不墮，看紛紛、鸞鳳栖荊棘。姑守拙，免矰弋。

姜盦

流水殘雲暮。莽關河、愁占北信，冷煙封浦。萬點爭巢憐伊健，墨染瓊林素縷。正鶴訝、堯年情苦。不惜墮枝飄窮海，惜枯梢、踏折來風雨。三兩點，怯胥宇。春城夢影空前度。幾相思、牆東鬟髮，一般嬌嫵。白雁清江人老矣，斜照楓明古渡。早垂翅、回溪無數。鬅箑黃昏簾櫳悄，黯詩情、飛過昭陽樹。還有日，玉顔睹。

踽公

暮色蒼茫裏。乍驚心、煙林數點，朔風淒厲。瑟縮新寒毛羽悴，影逐亂雲空際。

更軋軋、哀鳴不已。霜後枯梢飄葉盡，舊巢痕無復濃陰蔽。三匝繞，漫爲計。承恩卻話昭陽事。記相依、上林春暖，高枝曾寄。今日延秋門外過，一片斷垣殘壘。又荒戍、悲笳夜起。吊月啼煙多少恨，笑橫斜凍墨難成字。蕭瑟意，付流水。

辛盦

孤舘清飆發。最銷魂、黃昏聽到，數聲嗚咽。繞遍寒枝無栖處，三匝稀星澹月。誰畫出、疏林一角。萬縷凋零藏未穩，望隋堤、千古繁華歇。啼不盡，陣雲闊。延秋門外傷心別。歎王孫、一般遲暮，白頭如雪。夜半飛鳴誰家屋，身世三秋落葉。休更問、昭陽景物。不見玉顏凝立處，只淒涼、日影銜殘闕。春再到，甚時節。

愔仲

壞陣濃堆墨。鎮低空、回旋萬翅，半天風急。宮樹全凋栖難定，愁斷城南城北。呼舊侶、淒然朝夕。鳴玉千官知何世，剩王孫、佇望延秋泣。毛羽短，更誰識。江湖歲晚還求食。待何時、吴船穩送，故巢重覓。有幾垂楊憑終古，催赴人間暝色。忍再問、斜陽消息。三匝無依飛應倦，便歸來、也許驚頭白。須爲爾，玉顏惜。

水香

樓角斜暉冷。正遥天、疏疏幾點，照伊清影。劫後荒寒城南路，啼遍頹垣斷井。

早換盡、舊時風景。蕭瑟秦淮流水句，是美人遲暮傷心咏。枯樹外，亂煙暝。三春鶯燕傳芳信。記年年、上林花好，回翔香徑。宮殿昭陽尋常過，那管雕欄愁憑。還雲表、相呼成陣。彩鳳而今羞共逐，剩江湖頭白栖無定。偏耐得，北風勁。

蟄雲

聽到盤空語。黯關河、斜陽影裏，亂愁如雨。壞堞荒郵人去後，一片無情隴樹。便聒盡、淒涼誰訴。墨陣翻飛爭巢急，問風枝飄墮知何處。無限意，趁歸羽。伶俜凍雀成新侶。驀回頭、昭陽夢換，玉顏都誤。啼過延秋千屋破，頭白空傷倦旅。又斷影、霜笳催暮。幾許衰楊飄零盡，只隋堤流水無今古。三兩點，帶愁去。

郇盧和作

一陣盤空黑。便催成、癡雲做暝，亂愁堆積。流水孤村斜陽外，點綴幾分秋色。渾不管、西風吹急。兩兩三三凌虛起，誤人傳雁字來天北。凝竚久，斷消息。舊栖宮樹年年碧。算留將、昭陽曙影，玉顏非昔。社鼓神祠巴陵道，剩有湘纍暗泣。問舞櫂、迎檣何日。在野龍蛇當年事，甚林臺飛繞煙中白。啼恨處，最堪憶。

第十七集　錦纏道

長至

查灣

一寸磚陰，展過舊時庭院。猛思量、瑄葭聲換。繡床添綫人微倦。斜倚熏籠，坐覺宮壺短。

借緗奩口脂，戲圖梅瓣。傍妝臺、玉尖偷算。恰寒消、九九從頭數，燕支勻了，賺得東君轉。

侖閣

六琯飛灰，弱綫乍添時候。記陰晴，染圖初九。破寒春信梅梢透。數點青痕，岸上將舒柳。

歎年年海濱，景光依舊。只窮愁、客中消受。更驀驚、吾獨形容老，路迷鄉國，且覆杯中酒。

霜根

檢點年光，暖信暗傳葭管。悄房櫳，漏聲催箭。玉梅花底新寒釅。抱膝燈前，隻影教相伴。

悵歡塵易消，孤懷撩亂。撚霜髭、峭吟都懶。料紅閨、繡倦停針坐，十葱籠袖，應也慵添綫。

補廬

此節團圓，偏是客檠孤擁。念明朝，粉餈誰送。夜長曙色微微動。賀表年時，引起朝天夢。笑閨中五紋，今都無用。寸分陰、那知珍重。這一陽、黍谷初回際，東風幾日，解得窮檐凍。

息庵

一線陽回，繡課漸添晴晝。待消寒，九圖拈就。早梅疏點天心透。莫泥窮愁，忽忽難忘酒。歎雲和寂寥，紫宸非舊。記鵷行、幾番回首。更杜陵、腸斷孤城客，斗邊消息，暗卜庭前柳。

辛盦

乍雪還晴，釀出小陽時候。儘銷魂，柳舒梅瘦。天涯隱約春光透。小飲垂簾，磚影量清晝。問他鄉故鄉，客愁添否。聽津橋、冷鵑啼又。歎一年、一劫滄桑換，明年何處，重置消寒酒。

愔仲

八表沈陰，久苦日寒天遠。試登臺，暮雲零亂。望京難醒年時眼。寸寸量愁，弱綫知長短。憶承平洛游，一陽巾暖。甚餘灰，又飛葭管。倘北枝、梅點春堪借，九衢戢舞，快祝東皇轉。

水香

翠閣消寒，又是去年時候。甚年年，清愁依舊。算來剛正交初九。雪壓瓊枝，憐取梅花瘦。看偎窗嫩蘭，扶牆僵柳。是何時，春心先透。只城南、猶記銷魂事，那人家裏，小醉蘭陵酒。

蟄雲

病後今年，几閣最諳寒晝。愛幽盟，綺梅圖就。壯心商略葭灰透。夜氣春回，暗付金尊酒。漫登臺寫愁，亂雲依舊。倚玉杓，醉吟搔首。問幾人、能說承平事，夢沈珂傘，月冷千門柳。

第十八集　江城子

憶梅

查灣

羅浮紙帳小屏山。雪漫漫。畫應難。一笑飛瓊，不共翠禽還。么鳳音沈孤鶴冷，愁獨倚、舊時闌。　夢華城闕有無間。上林閑。北枝寒。飄麝樓臺，和淚擁莓鬟。吹徹玉龍渾未醒，宫額换，怕重看。

霜根

石湖佳處舊家山。路漫漫。思無端。迸起鄉心，心與鶴俱還。怎奈雲霄難插翅，香夢杳、又經年。　早春獨步記從前。對遥天。黯無言。那得江南，驛使遞吟牋。一樣胡天仍不慣，多少恨，感詞仙。

補盧

往時花發小香天。野亭前。水村邊。再躡京華，多爲海棠顛。誰識冰心猶似昨，幽夢裏、一枝妍。　故鄉消息隔風煙。縞衣寒。影翩躚。雪後園林，月更向誰圓。只恐癯仙還笑我，孤負卻，好闌干。

薇庵

美人消息隔天涯。苦相思。爲憐伊。月地霜天，凝想獨支頤。聞道孤山風雪冷，應瘦損、玉腰肢。

幾番嫩約總成癡。斷腸時。有誰知。不見冰姿，彈指來年期。倘使夢魂飛得到，甘化蝶，繞瓊枝。

臣厂

惱人春信綺窗遲。隴東西。望雲低。月冷黄昏，龍笛夜含淒。萼緑香魂招不返，空付與、翠禽啼。

壽陽宫裏夢來稀。寄相思。一枝枝。恨惹何郎，誰更畫愁眉。引領天寒惟有鶴，還伴我，話清溪。

辛盦

江南芳訊近來疏。想仙裾。月明初。一翦冰雲，隨夢落西湖。爲問山窗新雪後，三兩樹、著花無。

紅羅舊事總模糊。鶴情癯。雁聲孤。悵望春風，不見嶺南書。更説樓東梳洗懶，煩寄與，一奩珠。

愔仲用夢窗韻

幾年香國孕春遲。和苔移。水邊籬。夢地昏黄，稜月半成規。愁雨愁風應過了，吹舊曲、玉龍飛。

淡妝蛾緑失幽期。碎瓊思。阿環知。孤艷難酬，霜骨瘦於詩。

銷得歲寒心鐵石，天萬里，鶴歸時。

蟄雲

尋春怕説段家橋。麝塵飄。咽寒潮。何處瑶笙，吹起月明宵。不信東風天樣遠，燈蕁畔、暗紅撩。　題瓊前約水迢迢。便心招。已魂銷。禁得何郎，愁鬢爲伊凋。夢到仙山偏又覺，嗔翠羽，忒無聊。

第十九集　東風第一枝 詠唐花

查灣

窨聚香濃，篝熏火細，温馨一縷偷度。南檐暖透墒窗，東閣綺交繡户。輕寒不入，也算抵、春陰遮護。莫更笑、頭腦冬烘，妙寫歲華新譜。　人倚醉、酒邊共語。客問價、杖頭試數。買來長費青錢，移去好分黛土。孳紅孕緑，暗顛倒、化工如許。待盼到、真個花朝，天氣淡雲微雨。

龠闇

臘鼓聲闐，春雷響閟，馬塍初破香土。衆芳久怨成塵，百蟄尚甘墐户。天工奪得，早開遍、園林佳處。更不借、吹萬東風，唤醒倩魂一作平縷。　纔咏罷、探梅妙句。還惹起、鬬花情緒。寂然第一鸝聲，誤了舊時燕侣。香風滿擔，費商略、更番晴雨。待看到、春色十分，且莫放春歸去。

霜根

裝點新韶，勾銷舊臘，花花世界如此。那來玉戲神通，竟出火攻下計。東風消息，也省識、春歸還未。奈好春、由汝探支，鬧得滿堂紅紫。　春未到、爲花送喜。春一到、爲花失意。可憐作踐芳叢，反道化工巧替。繁華夢短，莫錯認、群仙高會。試借問、亂插松筠，相對是何心事。

苓泉

棠夢驚回，梨魂喚起，春風忽到瑶圃。那知釀雪時光，卻動探花興趣。鸞臺餞臘，訝翠翠、紅紅無數。且趁他、青帝無權，顛倒蕊宫花譜。　憑密密、屜窗障護。待細細、鵲爐熏炷。暖融萬朵緋霞，香滃一重絳霧。黄金争買，只幾日、脂蔫粉汙。怎及我、紙帳梅花，獨對冷香覓句。

臣厂

臘破芳容，香湛綺夢，東風可奈無主。卻教鴛幙春藏，悄把麝檀夜注。隋宫翦綵，遍點綴、瑶林瓊樹。那似此、争巧天工，一霎翠嬌紅嫵。　知暗逗、倩魂甚處。催放了、艷叢如許。馬塍聊慰相思，羯鼓問誰付與。韶華火速，可能抱、冬心終古。悵眼前、一片曇雲，句起歲寒情緒。

姜盦

暖塢紅霏，晴簷白醉，偷春先按芳序。不著作平須曼天香，卻破智明偈語。《五燈會元》

智明偈『難教枯樹再生花』。冬烘小綴，似酒助、衰顔成趣。暗惱他、暘谷生涯，少歷霰霜堅苦。曾幾日、照屏絢户。憐半晌、罥簾漂俎。但成露幻歡華，那是歲寒伴侣。書空濃笑，認唐字、嬌娘心誤。李昌谷《唐兒歌》。讓一樹、瀟灑園梅，鍊雪自標清嫵。

息庵用梅溪韻

雪隖藏春，霜簾障夢，移根别帶香土。午晴初上珠梁，夜寒更籠繡户。煊紅染白，看火迫、十分穠處。莫讓他、裁葉摶酥，插伴翠幡銀縷。　休更說、探梅舊句。應記取、對爐心緒。儘饒富貴天姿，長供玉作去堂俊侣。安排金屋，漫惆悵、飄零風雨。又正是、燈節年光，喜見鬧蛾來去。唐花有名玉堂富貴者。

愔仲

做錦成茵，烘雲作障，襲人花氣如許。芳叢不繫金鈴，别苑漫催羯鼓。香魂唤起，尚懶畫、青春眉嫵。怎得似，屋角寒梅，青萼一枝纔吐。編過了、百花艷譜。翻錯了、廿番芳緒。數重紙帳香圍，幾曲畫屏影聚。嫣紅姹紫，料不耐、寒宵風雨。縱借來、一段韶光，難到上林千樹。

立盦用梅溪韻

瑞雪飄綿，輕綃翦彩，託根終恨無土。恁時密焙金爐，頃刻遍開綺户。春工巧奪，看簾幕、生香隨處。料有人、欲覓寒梅，空疊亂愁千縷。索共笑、漫搜秀句。防易落、更牽悲緒。莫思前度芳時，忍憶舊游俊侶。名園千樹，怎禁得、一春風雨。願此生、長住華堂，不似御溝流去。

第二十集 法曲獻仙音

詠匜厂家藏陸象山先生珊然琴

霜根

佩玉齋荒，濯纓池塞，欲聽元音何處。楚昔亡弓，趙今完璧，低徊象山風度。想静坐嘉名錫，愔愔感嵇賦。　斷紋古。記當年、鹿鳴初唱，消息到、曾是一彈再鼓。盾樣帝新頒，料淒然、身世南渡。瑣骨玲瓏，試張弦、如與仙遇。問鵝湖高會，那日磬笙調否。

怮盦

塵羃金徽，蠹侵瓊篋，古色斑斕如許。萬壑荊門，七弦寥玉，愔愔別成情緒。悵斷雁梭山老，聯床總無據。　別情苦。自天臺、奉祠歸後，行橐外、焦尾料隨倦旅。舊怨寫吴絲，復讎心、終託虚語。五國城荒，歎思陵、銘盾空御。想撫弦動操，默默此懷終古。

匜厂

別鶴晨調，舞鸞宵咽，細檢槐堂題記。嶧木猶存，岵雲横絶，遺音廣陵空憶。

那更話金溪舊，憐材到焦尾。變宮徵。玉乾坤、問誰撞破，看翦爪、操縵恨餘一指。亂雅雜兜離，惹人間、哀怨如此。夢斷梭山，聽霜鐘、還警生死。剩泠泠弦上，有客洗心流水。琴後鐫有『清流激湍』四字，爲先公舊藏八琴之一，燹後存者僅此。感今傷昔，愴不成聲。

古愁引。姜龕

聲落寒潮，韻回清角，夜寂試調名軫。朗玉西江，冷泉南渡，滋蘭雅音殊俊。看額署珊然字，仙心鄴侯印。李泌辟穀導引，骨節珊然有聲。是琴題額，意或本此。念光堯、盾銘空製，渾未把、河洛虜塵掃盡。小雅靖康餘，譜孤桐、憑寫沈恨。閱水年年，甚而今、珠柱淚薀。付滄流楚客，又恠大弦難准。

息庵

徽咽湘弦，衲殘吴纈，一曲知音誰許。猶憶鵝湖，別傳孤節，鶯啼偶題佳句。象山有《聞鶯》詩。況舊學商量後，高山仰襟素。撫歸思。且休言、九歌懷楚，傳瑣骨、尚有鄴侯新譜。百感瘁孤桐，問元音、今歸何處。手澤猶存，想當年、聽罷江浦。奈灰心坡老，永憶舟中風雨。東坡有《舟中聽大人彈琴》詩。

倍仲

釋褐雍容，濯纓游息，幾曲愔愔弦柱。隱室星霜，壽皇年月，分明斷紋無數。定夢繞梭山夜，連床再三鼓。引孤緒。黯中原、虜塵遮日，橫吹外、留恨水雲續譜。指爪不堪彈，更彎弓、盤馬心苦。靡玉銷沈，聽春雷、行殿淒楚。便荊門投老，忍和琵琶胡語。

煙沽漁唱卷二

第二十一集　瑞鶴仙 東坡生日

查灣

左弧辰宿斗。歎磨蝎占星，命宫廝守。才名重元祐。笑時宜難合，解嘲紅袖。填詞並柳。總負了、圍棋賭酒。問生平、第一題詩，例作水曹郎否？ 邂逅。紫裘腰笛，赤壁橫舟，大江東走。南飛曲奏。山頭鶴，爲公壽。算魂招儋耳，神依奎壁，富貴何曾夢久。剩年年、笠屐風流，瓣香不朽。

龠閣

眉山千疊秀。記紗縠行中，降臨奎宿。生時直牛斗。奈偏遭磨蝎，命宫長守。今又。詩天才不偶。枉初年、盛逢景祐。自黄州、歌罷南飛，笛曲久無人奏。 龕人去，韻事誰賡，喜逢嘉友。一觴重侑。拜公像，爲公壽。料神游天上，瓊樓歸也，身外浮名何有。只尊前、風月依然，八百作平年後。

霜根

支辰干在戊。歷八百卌年，又逢公壽。回頭溯元祐。是興龍嘉節，帝先臣後。

哲宗十二月七日生，詔名爲興龍節。欒城對雷。正須到、春旛法酒。算更番、磨蝎臨宮，泰運那時稀有。　依舊。乳花茶泛，銀合香焚，祝公來侑。高寒舉首。真宰訴，直奎宿。問平生忠愛，茫茫來者，究許伊誰尚友。悵千秋、有鶴南飛，且將笛奏。

姜盦

詩仙招紫府。願笠屐歸來，作騷壇主。公今又初度。自西陂而後，塵塵尊俎。元豐試溯。剩一鶴、南飛幾譜。想當年、裂石穿雲，俯撼鶻巢無數。　終古。江山如畫，賦咏常新，載公豪趣。天風海雨。詞曲内，縛不作平住。檃括陸務觀、晁無咎評公詞語。歎滄流今日，雄豪安在，空把桑弧起舞。只尋常、風月紅牙，怕公未許。

踽公

年年當此夕。設桂醑蘭肴，祀公於室。華燈照顏色。認竹西摹撫，龍眠遺墨。摳衣戴笠，步蹀躞、丰姿奕奕。證前身、奎宿英靈，也合瓣香婆律。　追憶。濰州行雪，嶺海看雲，宦游蕭瑟。漫嗟遷謫。塵塵際，總陳迹。『塵塵如有際』，公詩句。趁筵開殘臘，招來鶴作平駕，容我梅邊弄笛。更怡情、精槧新裝，篔綾縹帙。

息庵

命宮磨蝎守。歎吏部文章，等遭箕口。還朝數元祐。正金蓮歸院，遭逢稀有。

蒼顏白髮，笑賦罷、天香滿袖。更休憐、孤鶴南飛，悵斷雪堂歌酒。　爲壽。詩人王宋，宿學翁錢，歲傳觴侑。風流尚友。康乾盛，莫回首。又烽煙三載，同悲春夢，笠屐蕭然如舊。恨人間、宋槧詩箋，頓成燼櫃。宋刻施注蘇詩，載有國朝王宋翁錢諸老歷年題咏生日詩，其他名題甚夥，爲湘人袁某以三千金得之。今付一炬，此亦坡公千年後一小劫也。臣厂三年前在栩樓爲坡公生日置酒，陳鄭諸君皆有詩。

辛盦

眉山停鶴馭。算歲歲詞場，瓣香同炷。江湖更懷古。念巾裘腰笛，風流何處。回溯。畫春秋暗數。八百載、滄桑一顧。想今宵、赤壁神游，重唱大江東去。　投松鶴，句報瓊瑤，昔時朋侶。人間小住。應重認，玉京路。歎飄零似我，平生磨蝎，一樣辰宮偶誤。傍梅楹、寒夜招魂，落花尊俎。

惜仲

命宮磨蝎巧。數元祐辰年，玉堂留草。心孤慍群小。儘高寒天上，受知神考。傾倒。許巢痕易掃。莫但詫、舒王執拗。甚朝端、蜀洛紛紜，迂叟也乖前好。　身滂傳，抗手陶詩，偶然泥爪。飛仙塵表。躓更起，事多少。負瓢行歌後，重重春夢，都付淩雲一笑。倘歸來、白髮娛兄，卯君共保。

弢庵和作

老坡生丙子。算五十三齡，戊辰剛值。奇才踐清地。正金蓮光下，唏嘘先帝。宮壺拜賜。可曾念、黄州李委。奈從今、白髮蒼顔，磨蝎命宮難避。長記。乾嘉全盛，歲歲蘇齋，勝流高會。奎精畫裏。衣冠客，盡時制。適嘉平庚戌，詩龕詩老，南雅芙初立。恁滄桑、花甲重周，卻來我輩。蘇齋圖卷在予處，有『嘉慶十三年戊辰』題記。

第二十二集 菩薩蠻

查灣

花豬壺鴨羔兒酒。家家蠻榼香籠袖。幽事羨山家。新梅壓擔斜。籸盆商陸火。細飣辛盤果。檢點一年詩。酬他雙玉卮。饋歲

流光送盡修蛇尾。恨長天遠從頭起。心事曙鴉知。鬢霜添幾絲。歲華揮手去。畢竟歸何處。簫鼓太匆匆。舊桃換新紅。別歲

幾家依舊行周臘。玉梅金縷釵頭插。身老怯增年。放翁句。漏長人不眠。撥灰書悶字。多少伶俜事。生怕到明朝。燭花紅未消。守歲

叵厂

邊城歲暮迷煙柳。朋儕遠贈勞回首。白白寄江魚。北山熊掌俱。還思湘水曲。橘柚盈槃綠。風物隔天南。珠璣但一函。饋歲

年華逐水留難住。修蛇赴壑徒延佇。貧病日紛紜。送窮應有文。驪駒歌不斷。一晌桃符換。空對鏡中人。絲絲白髮新。別歲

宜春有酒今宵醉。寒梅與我同無睡。蓮漏夜遲遲。一龕仍祭詩。隔簾方鏡聽。喜見燈花映。鄰巷送歡聲。焚香天向明。守歲

姜盦

清齋政爾餘寒勁。良朋商陸勞相贈。漏永更添爐。梅邊春欲蘇。天涯親串重。美意辛盤送。夢影舊都廳。還思臺饋情。饋歲

流光轉燭瀕歸矣。桃符欲換屠維字。悵飲一宵同。詩顏霑醉紅。清堂無記注。問歲歸何許。隔越漢宮天，藏鈎歡緒闌。別歲

一年情事思量夠。詩家也作庚申守。絳燭最多情。宵深如許明。兒時榛栗味。壯歲摴蒱戲。老但拜長恩。頻將芸簡薰。守歲

息庵

舊時紫蟹銀魚味。今年投贈兼金貴。頭白異鄉人。飣盤梨棗新。貧交多儉約。那信豐年樂。聊贈一枝春。歲寒情倍親。饋歲

商量莫放今宵睡。蒼顏白髮明朝醉。似水百川東。別懷千萬重。遲遲留未得。迎送真如客。慰我一宵中。燭花紅更紅。別歲

癡情欲繫修蛇尾。兒曹守待晨鐘起。病眼不成眠。此情非少年。一聲雞未

曉。也怕朱顏老。刻意擘春箋。鍛詩烘墨妍。守歲

惜仲

滿筐殽簌飣盤果。更篘新釀梨雲墮。年事忒峥嶸。往還閭里情。綴繙人已瘦。忍語承平舊。聊酹一篇詩。門無剥啄時。饋歲

粈盆紅欲噴霄漢。一尊相屬年涯換。年去幾時回。還勞疊鼓催。醉人歌茗艼。戀此須臾景。消息近春融。鏡中霜更濃。別歲

畫堂燒燭寒無睡。榦枝催易人間世。心事撥爐灰。火添商陸微。麗譙更漏狹。老境增年怯。枯筆寫神荼。逡巡除舊符。守歲

第二十三集　玉燭新

人日柄白廣宴集

查灣

峥嶸年事驟。又七種調羹，菜根香逗。歲朝第一，占來復、故把春心疏漏。粘雞簇燕，問閬苑東風醒否。儘悶倚、金縷慵看，題詩草堂人瘦。　微聞笑語鄰家，正鬢勝花新，額妝梅秀。這回對酒。總不似、疊鼓承平時候。停杯恨久。算幾葉蓂開依舊。驀聽取、笳管聲聲，靈辰又奏。

霜根

官梅紅一萼。記白石仙翁，好詞曾讀。故鄉雁後，歸無計、且喜雲萍栖泊。宫妝戴勝，已盼斷伊人標格。挑菜節、何處尋春，尊前幾番商略。　媧皇果否摶成，爲肇錫嘉辰，乍回龍朔。寄詩舊約。千載下、漫道草堂蕭索。新蟾掛角。更擬趁燈宵行樂。誰好事、烹鴿延賓，轟傳字錯。

補盧

椒花初薦福。又第一風光，候占來復。海王肆畔，輕寒裏、已有香車雲逐。蓬門晝冷，但料理、辛盤殘馥。粗糲計、歸縱無田，明朝尚思占穀。遥傳練性齋頭，援舊例題詩，菜羹新熟。灩斟蟻緑。偏來晚、負了良宵燈燭。陽春試和。怕更理玉作平龍淒曲。愁滯我、鄉思花前，年年異國。

切盦

水生挑菜渚。東坡《人日》句。問欲寄題詩，草堂何處。舊時倦旅，迎年後、第一良宵尊俎。春生杖屨，有謝傅、襟期飆舉。是夕螺江太傅在座。看四座、文采風流，應占德星同聚。觴餘試祓清愁，更拂墨分題，限香拈句。日作去華共賦。高吟罷、彷佛霓裳重譜。春旛漫舞。且點綴鄉風荊楚。恁客夢、飄落梅邊，詩情更苦。

姜盦

佳辰晴色透。檢曼倩占書，正宜人壽。瑣窗翠燭作上，耆英集、思發花前時候。梅香暗逗。便記憶、睡妝曾就。絲鬢倚、翦彩屏風，承華勝情非舊。游蓬幾夢尋芳，早玉苑苔封，銅堤草秀。笛吹水皺。多少事、付與雲萍詞酒。香薰篤耨。倩細襲春人衫袖。還願把、油卜來朝，嬉晴卻又。

辛盦

新年清晝暖。正小試東風，落梅庭院。畫屏幾扇翻新樣，彩勝和雲輕展。花鬟

依然汐社風流，今年杜陵愁減。傷心歸雁。留逸興、廝到元宵，華燈夜宴。
柳眼，漸漏洩、枝頭春淺。看七日、都放晴曦，雅集朋簪，酒邊詩畔。漏長燭短。霏珠玉競，向銀箋題遍。天涯望遠。怕有客、傷心歸雁。留逸興、廝到元宵，華燈夜宴。

霻辰調玉燭 徯園和作

正斗柄星回，歲陽來復。咎徵暗卜。今朝是、幾遍陰晴涼燠。歸心雁逐。莫便恨、花前人獨。閑看取、貼燕粘雞，仍然舊京風俗。詞仙此地偏多，喜柏酒堪隨，菜羹相速。濫竽與屬。元音擅、究數東山絲竹。清輝更築。待共醉、宮廚醽醁。從耐得、如許春寒，金花自縟。

第二十四集　金縷曲

題萬紅友鳳硯，朱鳥庵舊藏，今歸水香村父。

霜根

鳳德今衰矣。歎無端、由天墮落，由人磨洗。末路聊爲詞客伴，依舊飛騰綺麗。忍回首、絳雲天際。還仗羽毛能愛惜，儘凋傷、不與凡禽比。留隻眼，替蟾淚。九成臺是翱翔地。問遺蹤、溪山罨畫，於焉鷦寄。仙樂迦陵欣合奏，堆絮當年園裏。又流傳、幾家檀几。寄語石交須鄭重，莫塗塗、換得隨鴉詈。會重草，帝鴻紀。

臣厂

香膽才人硯。想當時、紫雲手割，虎頭閨媛。鸎鵡園中鳴鳳侶，堆絮臨窗染翰。更幕府、攜來相伴。璬管新聲催度曲，看花農、揮灑瑶牋燦。輝覽近，漬磨慣。騷壇故物空流轉。等煙雲、匆匆瞥過，笥河留篆。翠墨紅螺勤護惜，寧倩媧皇補鍊。是詞客、精魂一作平片。心力拋殘蘿隱邈，問誰教、留鎮琴書案。今什襲，返陽羨。

姜盦

片石傳紅友。伴當年、蘿軒校律，鉅編剛就。銘硯之年，適《詞律》告成。一代聲家諧律呂，濡染端資鳳咮。愛劖碧、吳娘蔥手。並世慎庵蒼崖輩，幾含毫、同賞雲根瘦。文字福，緬耆舊。

滓妃總屬名家有。共詞龕、修簫月底，雅稱珍偶。爲愴故人淩雲去，遑惜千金敝帚。算尺璧零縑還壽。轉入水香多情致，重鄉賢、即墨量移又。傳好事，額新籀。滓妃硯神名。

息庵

鳳尾銜清硯。是吳中、萬翁故物，石君題篆。曾屬二娘纖手製，詞客英靈不散。更朱鳥、庵中爲伴。朱鳥庵，小石齋名。誰料十年春夢盡，認紅絲、墨淚餘悲泫。文采盛，想親見。

而今璧又歸陽羨。水香村，飛翔藻耀，乍輝緗案。翦燭西窗同話舊，心識千金莫換。恨冰社、光陰如幻。青眼高歌今夕酒，看揮毫、腕力知誰健。交似石，莫輕轉。小石在時，集冰社爲消寒之飲，酬唱甚盛。

辛盦

秋冷西巖隙。自攜來、紫雲一片，總依詞客。堆絮園中題襟處，猶認當年款識。曾幻作、翩翩丹翼。飛向椒花吟榭裏，傍名山、重佐淩雲筆。鴻爪印，墨痕碧。

湘蘭片石俱陳迹。最銷魂、詞龕舊侶，別來岑寂。小石別有馬湘蘭硯。一代風流銷沈盡，空伴蟾蜍淚滴。君更向、風塵物色。絶似買田陽羨去，望家山、準備歸耕日。紅友與水香皆陽羨人。編硯史，感今昔。

蘿隱軒中物。是何時、流傳人海，歲華頻閱。朱李風流精鑒賞，銘語鐫來真切。更題咏、一時工絶。誰料楚弓還楚有，又無端、歸我藏行篋。循環理，信難説。當年爲客依蠻越。紅友晚年爲粤督吴留村上客。或有個、朝雲親捧，墨痕輕潑。細校宫商勤染翰，付與幾多心血。紅友《詞律》成於康熙二十六年，即硯題丁卯歲也。是硯相隨頗久，計時，當並在粤耳。算磨盡、少年豪俠。僕亦江湖垂老矣，拜詞壇、低首鄉先哲。留此硯，作衣鉢。 水香

徯園和作

瑞石來丹穴。道吴娘、鳴機偶暇，玉纖親鍥。蘿隱風流憑付與，片羽人間罕絶。信翰墨、因緣難説。誰料椒花吟舫後，讓詞堪、更詡河東薛。窺秘笈，我曾拂。紫雲未許司勳乞。僅從分、靈鬖手搨，墨痕猶黦。名士佳人同宿草，鏡匣鸞飄瞬忽。又争奈、螢弧先拔。休道楚弓應楚得，試端詳、究是誰家物。終有日，鳳池奪。

第二十五集　漢宮春

詠新燕

查灣

江南江北，正雜花生樹，翠尾紅捎。春歸這番又到，定也魂銷。烏衣巷口，對斜陽、細訴無憀。纔幾日、湖湘浪迹，等閑換盡前朝。　生小儘知愁否，想舊巢都占，身世漂摇。沈沈繡簾不捲，凍損纖腰。吴娃去後，算重來、爪樣誰描？便費盡、呢喃意緒，讓他百囀鶯嬌。

霜根

依舊春風，料當初王謝，依舊人家。捎將隔年綷縷，辛苦天涯。巢痕試覓，好樓臺、别樣繁華。誰唤醒、烏衣夢境，是耶難道非耶。　貼地休誇輕俊，儘珠簾捲起，人面今差。香泥欲銜又住，怕犯鷩沙。雙雙倩影，傍昭陽、不及宫鴉。相慰藉、從頭領略，者番細雨桃花。

補廬

囿杏初紅，瞥翻飛雙翦，掠過簷牙。畫梁乍來又去，禁得風斜。芳蹤細數，路迢迢、海角天涯。何處是、盧家玳瑁，鬱金少婦如花。休管廢興王謝，有巢痕可覓，且住爲佳。從來吴宫漢苑，總付啼鴉。栖身最穩，只安排、泥護芹遮。情意重、紅絲繫著，入懷肯向鄰家。

叵厂

一翦東風，正小樓深鎖，何限相思。昨宵乍過社雨，春意先知。沈沈繡箔，怨天涯、總誤歸期。腸斷處、烏衣巷口，又聞商略雙栖。却是巢痕無恙，悵斜陽故壘，重綴香泥。笙歌近鄰自奏，夢影迷離。成彦雄《新燕》詩：『應夢笙歌作近鄰。』雕梁軟語，似低徊、王謝人稀。休更問、昭陽伴侣，舊愁只付鵑啼。

姜盦

柳甸初稊，認頡頏雙翦，穿遞風梢。襟痕嫩紅纔刷，入作平畫芳韶。踏作平枝欠穩，恁呢喃、偏慣争巢。愁一帶、雕梁涴盡，舊家多化蓬茅。有客酣春臨怨，訝司分來集，舞弄牢牢。李昌谷《二月》詩：『蒲如交劍風如薰，勞勞胡燕怨酣春。』憐伊羽毛未滿，輕掠雲高。塵迷漢苑，問倉琅、野啄誰教。憑又憶、燈篝影事，曲中亂譜南朝。

踽公

翦翦翻風，看蹴花掠水，上下差池。畫樓玳梁在否，晝永春遲。闌干閑煞，鎮無人、一桁簾垂。頻絮語、香栖未穩，呢喃爭訴相思。故壘烏衣難覓，剩雀羅門巷，蛛網罘罳。銜泥舊巢伴侶，飛上高枝。將雛學哺，耐朝昏、辛苦誰知。休更怨、飄零瀚海，幾年負卻芳時。

柳絮池塘，恰似曾相識，燕燕歸來。翩然遠迎春社，凝睇徘徊。韶光荏苒，趁園林、紅杏初開。簾捲處、交飛玉翦，依依繞遍庭階。舊主恩情猶戀。儘拂花貼地，可解投懷。巢痕隔年尚在，且住爲佳。雕梁藻井，喜輕盈、影傍形偕。能幾日、便逢秋社，離愁又滿天涯。

息庵

漫掃巢痕，認雙栖舊影，猶戀東風。謝堂已無履迹，況覓吴宫。空梁故壘，護新泥、花飄殘紅。寒尚峭、休嗔宿雨，初垂一桁簾櫳。南去北來贏得，只年年危幕，恨結千重。依然拂簷掠水，人去樓空。斜陽對語，感興亡、自訴飛蓬。秋未到、多情如客，誰憐夢裏春濃。

辛盦

閑逐東風，向碧闌干外，貼地雙飛。長亭短亭望斷，纔見伊歸。花慵柳懶，恨年年、常是春遲。應認取、斜陽影裏，去尋門巷烏衣。一晌雕梁夢醒，算枌榆春社，未負芳期。朝來海棠雨過，銜遍香泥。湘簾捲起，又呢喃、細語相思。休舞入、昭陽宮裏，有人妒煞輕姿。

水香

誰掩朱門，怎一年纔過，舊事難尋。碧簾幾回捲處，欲問伊人。雕梁墜粉，算重來、空認巢痕。芳徑外、雙飛尚怯濃寒，猶勒初春。偏覺天涯信早，恐金閨乍見，驀地銷魂。呢喃向人試語，疑作含嗔。東風未軟，又簾纖、微雨如塵。須仔細、危樓休入，安排栖穩江村。

弢庵和作

社雨初零，瞥雙雙紫乙，下上煙梢。分明海山蟄起，來就春韶。華堂睇遍，儘銜泥、甚處安巢？曾記否、吴宫火及，莫嫌卑陋衡茅。生性最知時節，慣炎寒替換，北雁東勞。隄防惡鵙快眼，敢愛飛高。禖壇氣淑，儐瑶筐、遺卵天教。從賀廈、烏衣門巷，夕陽影裏南朝。

第二十六集　淡黃柳

花朝

查灣

名園百舌，嬌語頻留客。撲蝶光陰愁寂寂。稚柳纖腰尚弱，扶向東風恨無力。近寒食。歡游趁今日。試羅屧，謝橋側。問誰家挑菜城南陌。春色三分，二分纔到，芳草無言自碧。

龠閣

驚雷起蟄，百卉齊爭發。旖旎韶光春二月。聞道江南信息，愁雨愁風誤芳節。酒腸熱。歡游未教歇。願花好，惜春別。怕匆匆綠盡成陰葉。大好良晨，萬千紅紫，忙煞紛紛舞蝶。

忉盦

春光二月，長憶江南宅。撲蝶歸來情脈脈。看遍桃堆柳織，纖影和香弄晴碧。滯津北。春寒奈無極。畫闌外，雪猶積。恁蕭條忒負花生日。廿四番風，二分過了，終竟何人覺得。

息庵

花前自惜。槐火風光迫。小徑千芳春寂寂。昨夜金錢暗擲，雙蝶朝來撲無力。夢相拾。江南墜歡迹。爲花壽，二分急。恐三分眼底朱成碧。極目青蕪，斷腸紅雨，重寄江郎恨筆。

辛盦

裁紅翦碧，庭外東風弱。春到花間人未覺。一半春光過了，辜負南園蹋青約。正商略。斜陽上珠箔。便攜酒，對花酌。只今年料峭春寒薄。岸柳還眠，海棠初睡，無那花期寂寞。

弢庵和作

無花自若，誰信花朝及。九九餘寒消不得。卻誤閑蜂浪蝶，争趁林園偵春色。恁蕭寂。東風竟無力。稍回暖，霰旋集。山桃欲破還邀勒。最是冬郎，往年猶可，淒斷今年此日。『每遇百花生日日，未曾淒斷似今朝。』韓冬郎詩句。

第二十七集　驀山溪

寒食

查灣

鵝黃軟緑。風裊垂楊陌。暖徹賣餳天，又銷魂、市簫吹碧。六朝金粉，草長亂鶯飛，紅蹴踘，畫秋千，望斷江南北。
水西何處，衰鬢長爲客。菜把剩空庖，真個似、黃州寒食。旗亭喚醉，輕費沈郎錢，吟未了，酒微醺，花外鵑聲急。

龠閣

好春時節。裝點成愁色。百五數光陰，又驀憶、今朝寒食。四郊烽火，懶作蹋青游，陳酒具，與詩筒，小集逋翁宅。
舊京回首，風物非疇昔。寥落漢宫春，問故事、都歸岑寂。東風依舊，惟有液池邊，煙漠漠，雨絲絲，御柳無情碧。

霜根

好春百五，換得新槐火。明日是清明，曾不見、山塘畫舸。冬郎避地，無伴倚南樓，寒具設，冷淘供，佳節無聊過。
開元舊典，香用黃綾裹。何處哭冬青，還自念、金梅灣村名茶磨。山名。兩地皆在石湖，先塋所在。牛醫追養，讀到柳州文，心惻惻，淚盈盈，彈上梨花朵。

東風乍暖，吹到餳簫澈。焚死不公侯，算留個、銷魂時節。客中滋味，明日是清明，澆冷酒，對飛花，天末頭驚白。　補廬

漢宮傳蠟，往事傷心說。國火換匆匆，休更問、輕煙消滅。進香一騎，陵使幾時來，御堤柳，攢道梨，付與啼鵑咽。

花朝過了，又是清明近。春色已三分，尚恁地、留寒做暝。江鄉此日，酒熟杏餳香，槐火暖，柳煙輕，門巷東風靜。　苓泉

天涯倦旅，減卻看花興。懶檢蹋青鞋，怕明日、陰晴不定。漢宮傳蠟，舊事總淒迷，城南路，鈿車稀，一碧蘼蕪冷。

風光百五。記賜酴醾酒。傳燭漢宮遲，日暮後、輕煙徐逗。名香捧到，餳粥薦諸陵，宮樹綠，御柳斜，一騎雕鞍驟。　忉盦

而今眼底，節物都非舊。婪尾盡三杯，誰復念、天涯人瘦。簫聲吹暖，客裏過清明，邱壟還，拜掃稀，老淚空盈袖。

一簾夢雨，晌又逢寒食。斷續賣餳簫，只暗咽、可憐春色。楚山甚處，回首問　臣厂

征鴻，驚野祭，蝶飛灰，烽火家書急。　漢宮翦燭，冷節那堪憶。花影落秋千，看御柳，而今誰惜。洛中甲子，幾度怨東風，桃粥換，黍盤新，愁剩天涯客。

姜盦

潤花新雨，夕漲溪流活。野處斷餳簫，但相替、清齋詩鉢。空庖冷菜，曾與引高吟，今得酒，更傳箋，頗詫酬芳節。　珉糜珠餡，『珉糜珠餡愧敓宣』，宋子京《寒食》詩。華宴都銷歇。莫問舊京塵，只愁入，寒燈素髮。天涯又憶，桃隖柳絲鄉，煙水黯，不能歸，空夢金昌月。

息庵

兩三倦侶，野墅停吟屐。桃雪正飄紅，更池上、春波吹碧。小亭寂寞，柳外冷煙横，階草細，緑初生，難覓前游迹。　一鞭花雨，江國長相憶。驀聽賣餳簫，纔識道、今朝寒食。新來燕子，猶繞舊簾櫳，呼薄酒，試生衣，都是他鄉客。寒食日，偕查灣、臣厂、立盦同游李氏園，因賦此紀游。

水香

鶯梭燕翦。百五韶光換。寒食又今年，問今年、春愁怎遣。兩三點雨，門巷便愔愔，繾綣恨纏綿，夢阻天涯遠。　舊游雲散，猶憶嬉春伴。惆悵緑蘼蕪，盼不到、雕輪細碾。賣餳試聽，明日是清明，花飛雪，柳垂煙，只覺銷魂慣。

立盦二闋

春餳，思往舊，悲輕負，馬上空回首。遥憐纖手，折盡青青後。剩得小桃紅，雨絲煙柳。又近清明候。牆畔野棠風，小花鈿、墜時知否。蹋歌搥鼓，不見賣

儘飄謝、杏花盈袖。朦朧樓閣，斜塔畫鞦韆，難獨守，輕寒透，猶自臨窗牖。

征帆乍卸。便去尋游屐。小榭約重過，柳絲旁、秋千摇碧。雙飛蜂蝶，荏苒戀殘芳，還剩得，一分春，莫道無蹤迹。桃花目笑，往事難追憶。永晝任迢迢，且惜取、眼前寒食。閑庭芳草，也自欲芊芊，聽隔院，築球聲，腸斷他鄉客。

第二十八集　一叢花

詠木筆

霜根

問渠何事也書空。賤與碧翁翁。揿天麗藻憑誰賞，好消息、還報東風。塵濯絳河，香籠璧沼，權領管城封。

朝雲花片寄無從。竇帚肖橫縱。初開第一留標格，忍重賦、照殿春紅。回首夢中，而今何似，愁煞老文通。

補盧

輞川春入塢中先。紅白兩鮮妍。芳房五色初含蕾，石闌外、橫掃朝煙。黃鳥囀來，扶頭垂露，開在百花前。

嫣然待過薄寒天。何事綠章箋。東皇氣象曾干處，肯輕許、桃李隨肩。留伴桂旗，山阿容與，譜入楚江弦。《楚詞·山鬼篇》：『桂旗兮辛夷車。』

忉盦

新來紅焰倚天開。紫幄冪瑶階。含苞穎染燕支小，恰宜傍、雲舘新栽。微露蘸來，相思寫就，寄遠費人猜。

相偕昨共訪暘臺。寂寞掩山齋。大覺寺木筆一株，高已過屋。年年倚樹攀芳意，恨長是、落葉荒荅。應似少陵，纔花已落，非壯已堪哀。

臣厂

瑶叢第一笑春風。冶色亂芙蓉。凌雲畫日知誰健，管城外、火焰朝紅。聞道衛公，當年手植，點染竣天工。相逢休自訝書空。垂露憶牆東。松聲閣外臨池處，余家松聲閣外池畔有木筆一株，高愈二丈。只岑寂、開落山中。呼酒泛巵，王孫歸未，折贈總心慵。李靖《辛夷》詩：『殷勤泛酒巵。』裴迪詩：『王孫自留玩。』又元稹詩：『折枝爲贈君莫惜。』

辛盦

胭脂染出幾枝稠。紅似去年不？東風吹入江郎夢，問金粉、零落誰收。寫雨寫晴，韶華寫盡，難寫是春愁。凌雲蘸露小庭陬。第一占風流。乍開乍落催花老，怕花老、又換新秋。芳隝客稀，平泉酒散，惆悵憶前游。

弢庵和作

謫仙夢裏揣香妍。亂插向晴天。春心未展疑緘淚，恁垂露、不著朱鉛。偏是曙風，吹開蘭蕊，捧日賽初蓮。樓前歲歲占花先。紫白鬬嬋娟。高枝墜瓣無人管，便歸去、老禿誰憐。清水院中，雙株玉雪，聊自懺清禪。

第二十九集　春草碧

木意

霜根

莽蒼齊趁東風力。也與百花争、芳菲節。無近無遠青青，難辨江南更江北。好片少年場、忙裙屐。　誰信謝夢荒荒，郊心惻惻。我春竟非春、天涯客。知否前路何如，王孫又斷歸消息。只當亂山看、傷心碧。

補盧

送人南浦纔前度。最是碧無情、銷魂處。依舊天末王孫，門外蘼蕪又煙雨。離恨總綿綿、從誰訴。　何況輦路塵荒，芳城日暮。荊棘臥銅駝、都非故。憑與三五佳人，嬉晴拾翠珊珊步。鶗鴂一聲催、春又去。

苓泉

東風吹盡酴醾雪。但一片平蕪、粘天碧。極目古道長亭，煙雨霏霏弄春色。何處最銷魂、銅駝陌。　還記裙翠飄鸞，扇香撲蝶。玉鞭冶游人、今頭白。空剩滿地紅心，年年繡遍啼鵑血。愁煞舊王孫、歸未得。

碧闌干外東風急。萬點綴飛花，紅成積。爲想南浦江郎，離恨如波共愁色。晴翠接荒城、情無極。　猶記澹日池塘，斜陽巷陌。幾多蹋青人、迷裙褶。怎料和雨和煙，平蕪望斷傷心碧。日暮憶王孫、歸未得。

切盦

玉階依舊迷行迹。怕見入簾青、誇顔色。還似當日萋萋，別時南浦暗追憶。千里涴征塵、何鄉客。　空自夢繞池塘，芳連巷陌。遠道思去聲綿綿、誰知得。奈何不怨東風，萬愁千恨竟何益。寸寸斷人腸、寧堪摘。

臣厂

一痕遮斷斜陽陌。剗盡又重生、愁如織。新緑吹上眉山，還恐東風倦無力。南浦暗魂銷、誰知得。　常記采菉吴江，搴蘭楚澤。去年蹋青人、芳蹤隔。幾度零雨殘煙，天涯望盡傷心碧。只合閉閑門、春寂寂。

辛盦

第三十集 邁陂塘 題漁洋山人戴笠圖

霜根

上題漁洋山人三十九歲小影，風貌清癯，微有髭。籐笠蕉衫，手握靈芝一本，獨立懸崖古樹之下。旁綴飛泉曲徑，錦石秋花。禹之鼎寫真，華亭李藩補景。今藏雲在山房。

自坡公、雨裝圖就，先生差肖標格。華嚴法界明宗尚，詩律早參禪律。曹霸筆。要老帶莊襟，愛好教人識。蒼茫獨立。試問訊何如，龍鍾卅九，因甚見顏色。商山路，真有靈根蟠結。拈來同此馨逸。黃州當日皆年少，一笑鬑鬑非昔。人代隔。尚舊事、吴中誇數漁洋迹。呼之欲出。恍布袜青鞋，高秋萬里，去看蜀天碧。

補廬

問山人、逸情何似，揭來曹部容與。衣冠不慣緇塵土，生面別開高古。天尺五。窺瘦影、依稀飯顆逢臣甫。欹欹日午。想退食焚香，看山拄笏，爽氣滿眉宇。尋梅路，鄧尉僧窗夜雨。當年雙屐經處。兼收逋景歸圖畫，玉局孰分賓主。君看取。

長安道、乘車多少青雲侶。誰能和汝。算三百年來，都無此客，瀟灑宛陵語。

苓泉

好蕭閑、幽溪曲塢，蒼煙遮斷蘿徑。銀箏聲杳桐花鳳，留得襟痕屧印。秋色淨。襯一笠亭亭，紅上斜陽影。蕉衫穩稱。向金閣披雲，玉泉浣月，嵐翠滿吟鬢。是年春，公與宋荔裳諸人同游西山。當年事，記卸淮南簿領。簪毫重直蘭省。雙旌西指褒斜道，蹋遍鵝溪鳳嶺。公以户部郎典蜀試，在是年秋。霄路敻。想手把瓊芝，鶴背銖衣冷。摩挲畫本。有瘦碧詞人，文叔問。留題象贊，香潤墨華暈。

臣厂

憶探幽、過江名士，漁洋有《過江集》。湖波蘭槳東下。漁洋晴霽風吹帽，一壑一邱應假。燒燭夜。著屐到寒山，臥聽鐘聲罷。梅花手把。任香雪蒙頭，朝簪不整，催歸去，補入米家畫。漁洋曾探梅鄧尉，舟泊楓橋，攝衣著屐，列炬登岸，徑上寒山寺題詩二絶。再訪清溪舊舍。詩情還費描寫。漁洋嘗屬畫師畫清溪遺事一册，題詞數闋。秋來楊柳銷魂處，詞客更誰瀟灑。君莫訝。青篛笠、飄然昔向村農借。漪園結社。想漉酒呼朋，短簷高屋，的是大坡亞。東坡詩，『自漉疏巾邀醉客』，又『更著短簷高尾帽』。

姜盦

向清齋、酒闌徵畫，悠然神韻如遇。風流蠶尾尚書近，宋牧仲詩稱爲蠶尾尚書。相引衍波琴趣。公博取。向飯顆山頭，戴笠遠尋甫。丹青處處。問蓀友題真，程鳴寫景，卷軸紛何許。梁溪嚴蓀友爲公寫真，程鳴爲公作《夫于亭》及《綠楊城郭是揚州》，圖皆見公自述。修簫侶。勝日吟簪莫數。如今池北塵蠹。鴻臚宵貌樵風贊，是圖爲禹鴻臚所作，近人文叔問作贊。『宵貌』見《漢書》。剩得雲霄一羽。今望古。經幾度滄流，未廢閑詞賦。花陰又暮。正白髮傷春，青燈話舊，夢泛錦湖雨。

息庵

憶明湖、首吟秋柳，當年才思何限。龍鍾便是頭俱白，蜀道使星還見。《蜀道集》云：『龍鍾三十九，白盡少年頭。』圖寫遍。料樂府旗亭，時聽珠喉囀。漁洋詩：『旗亭與樂府，流傳亦時有。江淮好事多，圖寫覓好手。』秦川望遠。想城郭秋雲，人家清渭，用公蜀道詩語。戴笠往來倦。悲難遣。剩得名賢舊卷。長因佳會曾展。不逢才子安鴻漸，定是襄陽難辨。漁洋題竹坨小照語。誰獨擅。摹寫取、愁無一幅雙絲絹。吾生已晚。恨三百年來，竟無此客。梅庚爲是圖贊曰：『三百年來無此客。』遺畫幾珍玩。

第三十一集　探春令　詠紫影

查灣二闋

柳絲如夢夢如煙，畫銷魂天氣。趁夕陽、飛入桃花裏。化多少、紅兒淚。簾波只恁濛濛地。碧闌干十二。怕一番穀雨，春痕暗換，綠了湔裙水。

東風纔鬬小腰支，又搓綿成縷。倩亂愁、遮斷春歸路。莫容易、隨春去。愔愔簾幙無重數。隔碧紗煙語。怕嫩晴不定，魂銷一半，闌入斜陽雨。

遜園

惜春常怕柳花時，又斜陽煙冷。是斷腸、滋味無人領。自明滅、誰能整。隨風飛撲雲屏迥。入高樓先暝。縱夢痕惝怳，沾泥也好，莫化春愁影。

苓泉

柳絲冉冉蕩春雲，化愁心千點。張憲詩：『萬點愁心飛絮影。』恰落花、風颺珠塵軟。蝶扶起、鶯捎亂。碧痕印上紅窗淺。逐晴絲低轉。乍空濛一片，飄煙墜雨，斜照深深院。

半成春夢半成愁，滿斜陽池館。想倩魂、禁得東風慣。又飛過、江南岸。眼前休妒花陰亂。算韶華都幻。記畫闌人倚，春痕幾許，輕向羅衫點。

辛盦

一生多態倚風輕，待傳神何許。恰鏡邊、飛墮隨飛去。最難捉、春魂住。謝橋殘夢無憑據。伴晴絲徐度。笑水香下上，萍蹤未化，猶恐魚吹誤。

愔仲

灞陵橋畔晚風前，蕩春愁如海。甚緑波、慣印輕盈態。水清淺、痕都在。澹煙微送銀塘外。趁斜陽一帶。便翠欄易暝，還愁酒醒，殘月依稀待。

水香

嫩寒池舘蕩輕陰，正愁人天氣。甚畫欄、一片濛濛地。料偷寫、傷春意。有情偏向花陰墜。映斜陽如醉。問夢痕幾許，都無覓處，拚化星星淚。

蟄雲

第三十二集 憶舊游

詠豐臺芍藥

霜根

已金池絮起，玉殿花飛，甚處留春。十里城南路，正狂香媚夕，浩態迎晨。浪傳曼殊家近，争指苧蘿村。是白石當年，紅橋訪艷，同一銷魂。 翻新。到芳事、問鳳沼東西，早剗陳根。慣向田田住，尚東風攀戀，忘卻沈淪。最憐日邊殘客，婪尾倦攜尊。任曉唤銅街，癡傭去蹋京洛塵。

苓泉

近城南杜曲，鈿轂珊鞭，争繞珍叢。萬柳堂前路，（廉野雲萬柳堂即在豐臺。）有家家池館，開遍輕紅。陌頭擔來清曉，色映露華濃。記前度相逢，五雲樓畔，（韓南澗《芍藥》詞：『五雲樓映玉成盤。』）百寶欄中。（楊國忠家植芍藥，以百寶飾欄楯。見《開元遺事》。）匆匆。鬟絲換、把瑶京舊夢，付與花傭。霧捲珠塵散，剩幾枝婪尾，猶殿春風。漫誇玉盤金帶，麗品擅江東。歎宮錦飄香，絳都宴罷青瑣空。（明成化時，內閣芍藥盛開，李賢等設宴賞之，名白者曰玉帶，紅者曰宫錦紅。）

姜盦

過城南十里，盛説横雲，此駐吟車。國初王文靖在横雲別業讌賞芍藥，賦咏最盛。想昔游池館，幾驚逢浩態，對泛流霞。海桑也感花國，無語脱宫紗。但寶髻當風，留春未歇，還絢晴沙。休誇。金帶事、早尺五天邊，婪尾欹斜。欲賦仙顔醉，奈總持詩澀，撫鬢先華。欲題芍藥詩，不成江總句。錦妝向晚空後，幽贈野人家。待按譜揚州，紅橋冷月愁路賒。

踽公

悵飄殘柳絮，落盡荼蘼，容易春闌。十里城南路，記招携俊侣，並馬連錢。戊戌四月待試春明，曾偕馬愚樵、種園樵、李成久一游豐臺。紺垣一徑深窅，風引到瑶天。正綽約香濃，紅翻紫簇，千態争妍。無端。舊游歇、早隔斷芳塵，彈指華年。耐得相思彀，算而今情緒，悽甚樊川。曼陀一朵枯後，『曼陀花一朵，看向日邊枯』，毛西河《曼殊病》中詩句。幽恨滿花田。更漫憶揚州，虹橋月夕誰憑欄。

息庵

是前朝杜曲，野老花塍，廢圃花臺。幾度春光换，又旗亭唤酒，錦障成帷。漁洋詩有『旗亭錦障』之句。賺他百年詞客，長爲麗人來。但艶骨埋香，林亭失主，難剗餘哀。低徊。舊京路、想巷擔晨呼，廟市濃堆。不信劉郎老，濺花前清淚，葵麥增悲。更看帶圍消減，愁把殿春杯。待費卻金錢，寒瓶半落心似灰。

辛盦

看三弓舊圃，十里芳村，烘出朝霞。休唱將離曲，正嫣紅姹紫，競鬬風華。賣花聲喚時節，香擁道旁車。試問訊阿錢，當年艷迹，畫裏人家。堪嗟。舊游處、任繭栗飄零，恍隔天涯。已倦尋芳興，況煙畦露井，半化蟲沙。帝城風景何在，殘柳女牆遮。歎潦倒清尊，年年辜負金帶斜。

第三十三集

滿江紅

題陳季馴先生遺集

查灣

季馴先生爲其年檢討之從曾孫，子萬户部之曾孫，藥洲中丞之子，以孝廉宰山左户部，爲侯朝宗贅壻子孫，遂占籍商邱。踽公刺史，則户部之六世孫也。蕭紹庭得此集於濟南市上，以歸踽公。集分八卷，皆季馴先生手定本。己巳初夏，集栖白廎，踽公出以徵題，爲填是解。

湖海才名，是百尺樓頭人語。問誰把、叢殘行卷，冷攤收取。良友高情雲薄漢，故家遺墨珠還浦。喜詞場、秀起有孫枝，徵題句。鴻雪稿，歸雲譜。迦陵筆，能繩武。更陽城上考，鳴琴東魯。蘭影工吟辭剥蘚，芸香辟惡書防蠹。也安排、十二硯齋無，殷勤護。

苓泉

芸帙璚籤，合收入、君家篋衍。想當日、名流裙屐，争投篇翰。雲海歸時桐尾爨，雪泥蹋處蓬根轉。剩一拳、翠映鵲華秋，摩挲遍。歸雲、爨餘、雪泥、轉蓬、卷石山房、雙梧桐館，皆原集名。翻舊曲，桃花扇。和新咏，梅花卷。只尊前少個，紫雲捧硯。藥洲中丞藏紫雲硯，爲檢討賦梅花詩時所用。孝綽清文珠唾粲，盈川妙迹銀毫蒨。歎蕭齋、圖籍半飄零，書空换。見踽公跋語。

臣厂

説夢風花，是詞客、唾成珠玉。騷壇迥、一樓湖海，鳳鳴應卜。傳筆翩翩年最少，過庭宛宛書能讀。表百城、英妙付琴歌，倉亭曲。范縣有倉亭津。雲歸咏，蓬吟續。十二硯，珍藏匵。問詩人仙去，錦囊誰屬。鄴架頓教完璧返，蕭齋那吝千金贖。誦當時、名輩舊留題，歆芳躅。

姜龕

湖海傳家，更生長、乾嘉時節。向勝地、幾修花譜，幾留詩篋。北渚搴芳飛藻采，東秦載酒娱風月。認當年、蘭雪與芙初，紛題跋。今古事，滄桑闊。文字海、聲香鬱。有巾箱蕭約，冷攤收拾。付與元龍家集重，相期謝鳳宗風接。甚而今、書卷泊雲津，清芬揭。

第三十四集　虞美人

詠夾竹桃

查灣

檀欒掩映春人面。根葉渾難辨。煮茶聲裏喚樵青。莫被漁郎容易誤卿卿。　園居占斷三分水。照影妝如洗。文成个字緑重重。恰襯薛濤箋樣可憐紅。

忉盦

紅蕤雲彈闌干曲。葉葉森成束。天寒翠袖記玲瓏。不道今年依舊笑東風。　曉來帶雨濃如醉。總是湘妃淚。美人佳士共蕭寥。直恁一生偎倚也魂銷。

臣厂

風摇露井琅玕碎。昨夜人沈醉。檀欒蒨粲合生愁。影鬭嬋娟翠袖倚紅樓。　華穠薰引釵頭鳳。半是劉郎種。吟成連理鏡臺前，獨抱貞心相對總無言。

踽公

紅霞悄映娟娟影。似隔疏篁静。仙源一路接瀟湘。遮莫舊時門巷此中藏。　娥皇息女休相妒。一樣雙眉嫵。争禁翠袖倚天寒，但祝美人消息總平安。

摯雲

花當葉對春風影。瘦格斜還整。紅妝悄倚翠闌干。任是無言淚點幾曾乾。窺人半露羞霞淺。半被湘雲掩。也應瀟灑也風流。澹粉輕煙畫出淺深愁。

第三十五集　減字木蘭花

咏薛濤箋

補盧

擗箋脂膩。不是靈芸紅漬淚。添界烏絲，金鏤歌殘寫小詩。雲英新樣，付與錦江人共賞。紙短情長，花下枇杷深自藏。

忉盦

雲箋五色。蜀様玲瓏誰仿得。元白相過，短幅裁成勝衍波。《資暇録》：『薛濤好製小詩，惜幅大，不欲長剩，乃狹小之。名薛濤箋。』緋紅染處。雅稱百花潭上住。試界烏絲，便寫十作平離詩寄伊。

臣厂

松枝嬝娜。纖手裁成雲五朵。生小良家。濯錦深潭沁百花。玉璫分付。夜夜吟鸞傳幕府。一紙相思。憶到秋風鴛草詞。

蟄雲

香名細記。染就桃花都是淚。碎疊春痕。一樹枇杷悄閉門。玉璫誰寄。萬里橋邊人萬里。井水脂香。不與南朝寫斷腸。

第三十六集　瑣窗寒

蟄雲病起，小集栩樓。適逢快雨，約同填是解。

查灣

留潤琴衣，分涼畫幨，綠陰庭户。輕雷送暝，風颭一簾斜雨。恰文園、宿痾乍蠲，藥爐吟斷風廊語。算俊游勝舊，飄巾佳賞，翦燈幽緒。遲暮。憑闌處。似唱到瀟瀟，又翻笛譜。園林翠洗，好伴瘦筇爲侶。料秋情、多在鏡塘，鬧紅一舸君辨否。且微吟、興寄濠堂，説與閑鷗鷺。

苓泉

潤逼香篝，涼侵畫箑，藥爐煙静。林亭乍掃，滿地苔痕蕉影。望前溪、夕陽驟沈，一簾梅雨黄昏近。愛風荷水面，紅摇碧颭，萬珠圓迸。問訊。東陽沈。甚殢酒耽吟，帶圍瘦損。清宵翦燭，重譜蘋洲笛韻。料單衣、猶怯晚寒，玉琴弦澀冰簟冷。步空庭、濕翠濛濛，澹月穿花徑。

忉盦

柳暗鳴蜩，蒲深吠蛤，晚涼庭宇。文園病起，耐盡藥爐情緒。惜連番、俊游未偕，聳肩自索鷗邊句。蟄雲是日即席和《點絳唇》一闋。正汗生細葛，風簾蒸溽，尚留殘暑。歡聚。徘徊處。忽亂碾嬌雷，旋翻急雨。琴絲潤透，驀地風生談麈。儘瀟瀟、飄滿暝階，最宜翦燭深夜語。待明朝、水漲前溪，共覓扁舟去。

叵厂

蝸篆落荒，蟬吟樹羃，小闌微暝。籠鸚絮語，似說淪泉分茗。笑坡仙、玉船罷擎，掃愁月榭千痾屏。正送涼海上，逍遥池閣，寢幽香凝。窺鏡。酲初醒。喜曲唱吴娘，種蕉夜聽。裾聯汐社，舊夢西窗留影。念家山、蘋老洞庭，碧波打槳何處勝。只相從、試墊角作平巾，略寄園林興。

姜盦用清真韻

惱日流金，招雲灑墨，亂珠跳户。鷗盟閣住，乞我虚堂眠雨。想溪東、酒星正明，主人一握成歡語。是羽觴久怯，詩樓纔下，恍歸新旅。煙暮。題襟處。把樂府重繙，鵠行五五。是日到者十人。江湖滯梗，慣集東陵瓜侣。算今宵、涼款鳳城，舊家笛管還試否。漏沈沈、夢結金明，翠葉飄芳俎。

蟄雲用樊榭韻

徑曲偎雲，廔深擱暝，暗淙敲瓦。玉壺舊賞，負了綺春姚冶。乍惺松、涼花半簾，屧痕重到閑亭榭。記茂陵病起，巴山秋近，者番情話。平野。通灣汊。誤笛裏瀟瀟，隔篷歌罷。山魂水夢，似與別開鷗社。羡風情、南浦畫橈，鬧紅一曲供醉寫。愺盦見示南唐觀荷新詞。只維摩、未了心禪，暗怯衣香惹。

樊山和作

苓泉枉過，以栩樓雨集詞見示，即同其韻兼簡蟄雲。

柳北蟬疏，花東鷺濕，小荷珠定。空階霽雨，喚起茂陵新病。寫新詞、蓮鴻按歌，滿箋艷滴芙蓉粉。想潤逼吴襟，凉生蘄簟，玉爐香燼。孤悶。銷都盡。喜再過衡廬，一甌玉茗。液池喚櫂，也勝丁沽蘭艇。正瓊樓、高處夜寒，老坡度曲浮玉讀如遇頂。更高吟、桂子天香，勝奪東方錦。作是詞正值中秋。

第三十七集　一斛珠　咏荔支

忉盦

羅襦絳澈。范祠長記垂垂葉。頳珠趁取晨曦擷。往時鄉居，每乘朝露未晞時至范忠貞祠下啖荔，香味俱絶。沁齒天漿，香溢櫻桃頰。　卅載江湖鄉思闊。火雲夢斷西禪月。何時歸及冰瓷設。四百青銅，一飽忘炎熱。閩垣西禪寺荔支最美，每客攜青蚨四百入寺，皆得恣飽以去。

息庵

紅塵休避。當時卻被楊妃累。色香只愛天漿貴。海客無才，卻比江鰩味。　嶺南謫宦堪憔悴。嬌娘食罷心如醉。日嘗百顆何須悔。記得灣頭，風物俱清美。

蟄雲

海山佳處。紅雲宴罷風光駐。越娘十八冰肌妒。翡翠盤輕，看取虬珠舞。　除卻君謨誰解譜。宋香瘦盡愁風雨。垂垂幾許銷魂樹。家在楓亭，人向天涯住。

立盦用李後主韻

黄梅雨過。嶺南枝上雙雙個。翠釵先取懸枝顆。冰雪肌膚，乍見龍綃破。　萬里寄將情自可。囊盛莫把紅鹽涴。定知一笑嬌無那。醉後情懷，玉液生香唾。

第三十八集　夢芙蓉

荷花生日

查灣

藕絲鄉甚處。正湖波孕綠，妙蓮靚吐。嫩衣萍破，斜月逗眉嫵。麗娃嬌共語。簾馨風致如許。艷泛筩杯，祝鴛鴦並影，長伴鬧紅路。點點錢錢細數。圓碧擎珠，淨浴嬰盤露。鴨兒偷裏，應怕小姑妒。去來雙翠羽。鷗情鷺夢同護。只恐西風，又紅裳舞褪，三十六陂雨。

霜根

鬧紅迎一舸。正瑤池慶會，清裝艷裹。願花常好，重把錦幡作。彩雲停朵朵，天然不惹塵涴。信有靈根，託清涼世界，宜捧碧筩賀。爲道花休笑我。同是歡場，最好香天躲。恍傳嬌語，多謝衆仙過。願回炎海舵。年年踐約真個。淨土長生，占煙波福分，詩慣藕船和。

叵厂

瑤津雲獻瑞。有真妃笑舞，錦衣貼地。帨張溪客，佳節引芳思。一房歌百子，初胎偏自奇麗。華嶽峰頭，應星光乍降，凉夜静能記。掩映朱華眼底。驚墮香綳，蘸水明仙佩。露零珠潤，錢樣淨如洗。隔花菱唱起。秋風信是容易。汎瑟年光，又湘皋夢杳，憐此涉江意。

愔仲

風輕裳珮舞。記明妝鬪曉，鬧紅初度。鏡霞雙笑，嬌甚隔煙語。願韶顔共駐，欹盤消受仙露。膩玉房深，更玲瓏抱子，防惹睡鴛妒。也有陂塘逭暑。偷換年芳，渺涉江情緒。紺波摇動，驚皺面如許。帝恩連歲負。青墩時夢歸路。壽琖遥飛，知香盟未改，垂老並心苦。

蟄雲

幽懷憑喚起。乍芳筩碧軟，水香欲醉。試招鴛舸，移向鏡波裏。靚妝閑共倚，錢錢新樣應記。説著今朝，偏羞霞半面，回影看魚戲。舞蝶風光指似。消息南薰，洛浦迎仙佩。霧裳千態，分付絳絲繫。夜來羅扇底。新聲齊唱憐子。鈿約殷勤，怕紅兒暗笑，吹皺奈池水。

第三十九集　鵲橋仙

新秋

查灣二闋

昨宵簾箔，今宵窗隔，換了舊時月色。生衣微逗一絲涼，恁偏是儂先知得。池荷瓣卸，庭梧葉坼，消息冷蛩能覓。人家一樣好闌干，又開到牽牛花碧。

園扉煙鎖，井闌風顫，梧葉飄來閑院。嫩涼消息候蟲知，又簾角燈脣絮遍。銀屏夜冷，羅衾夢換。酒醒高齋聞雁。恨渠不解帶書來，卻帶得離愁一段。

臣厂

愁痕何處，幽人先覺，清露闌干一角。玉簫微引五更涼，悄伴我無情羅幕。金風送雁，銀河駕鵲，夢入璚樓碧落。怕聞天上近佳期，怎奈是人間猶昨。

息庵

蓮疏前度，桐漂今夕，瘦卻魚鱗雲碧。一行初見早鴻來，報砧杵千家消息。西風乍換，南樓空憶，漫有詩情題壁。鏡中白髮怯新梳，且莫道愁來無迹。

桃鷗鄉消息，蟲天身世，成就人間何事。差池客燕豈無家，尚軟語年時故壘。　悟仲

恩笙知瘦，荷衣憎悴，偷送閑愁容易。樓頭還與障西風，漫輕擲齊紈篋底。

摯雲二闋

夢雨螢影暗，露蛩聲驟，悄悄悽悽時候。藕花風後豆花風，問凉到闌干知否。

情紈扇，風情羅袖。争得年光依舊。鏡波兜上一分愁，怕人比桐陰先瘦。

露花戀暝，風篁弄夕，一片詩痕難覓。曉來微雨過羅屏，似説與愁人知得。

華暗换，歡期空擲，何止朱顔非昔。人間是處總銷魂，更休問歸鴻消息。

第四十集　買陂塘 詠秋水

查灣二闋

渺魚天、凉潮一尺，夢回鷗意都懶。江湖又換秋來稿，寫入碧湘清遠。漁唱晚。
更添段斜陽，紅到楓人岸。幽懷自遣。正菡萏莖疏，慈菰葉爛，煙外釣絲捲。　津
橋畔。瘦得垂楊漸短。蘆花頭白慵翦。一房山色空潭影，洗卻舊時塵面。君試看、
便草屩撈蝦，也未風波慣。沙寒瀨淺。剩蟹火船脣，雁行篷背，柔艣共淒斷。

莽江湖、吴頭楚尾，亂帆空際如馬。西風斷送前朝夢，嗚咽濤聲東下。天也怕。
怕殘霸宮城，寂寞寒潮打。漁樵共話。説鷗社蘋荒，鱸鄉蓴老，休勸季鷹駕。　情
瀟灑。七二丁沽如畫。尚容吾輩風雅。蓼花紅冒蜻蜓仕，菱角雞頭盈把。雙槳挂、
買一舸煙波，漫問橫塘價。歌翻白者。任鬲指簫凉，調脣笛脆，桑海亂愁寫。

苓泉

渺鷗天、蔚藍千頃，林巒倒映清峭。緑作平波南浦銷魂後，又是五湖秋早。重倚櫂。

愛藻影薋香，翻比花時好。蓮衣褪了。剩幾點青荷，漁娘眉翠，還向鏡中掃。橫塘路。前度湔裙曾到。如今楓荻都老。江天一色涵空碧，襯著落霞殘照。歸夢杳。問蟹舍魚村，何日容垂釣。愁心縹緲。更遥指紅牆，盈盈一水，銀漢掛清曉。

姜盦

對芒芒、百感交集，江南江北綿阻。長天一色霞翻鶩，岸遠野航難渡。愁暗注。詩惱幾夜西風，冷入鴛鴦浦。層樓倚暮。正葦路沙寬，蓮房粉洗，換了玉田賦。

何許。詩在白蘋瀋處。關河寒事無數。素波淘盡青蔥氣，寂寞古城煙雨。桑澥苦。怎恣意陰虯，弄暝涼鯨舞。臨流不語。要自辨輕橈，盡排腥浪，瀟灑讓鷗住。

辛盦

正朝來、白蘋風起，三篙澄碧如許。長天一色明於鏡，恰過半江涼雨。還認取。有一葉殘紅，寄得離愁去。臨流剩佇。悵零露蒹葭，伊人不見，幽思動南浦。回頭溯。打槳當時情緒。桃根桃葉來渡。南飛雁影涵空過，早又洞庭雲暮。君莫住。怕敗柳殘荷，都是銷魂處。湔裙北渚。偏學得盈盈，嬌眸一轉，愁色上眉嫵。

蟄雲二闋

問靈槎、者番消息，濛濛銀浦雲暗。愁煙怨雨年年意，併入斜陽淒黯。渾易感。

奈誤了星期，儘把離腸賺。蘋風夢澹。剩萬斛清愁，涼潮卷去，寂寞水窗掩。輕篷影，記傍西亭菡萏。詩心猶戀冰簟。魚天一角清如許，料是晚霜來漸。帆葉斂。看白鳥明處，不著閑鴉點。濕雲未減。便盼斷前汀，料無雁過，楓淚幾行染。是闋用樊榭韻。

捲西風、一行帆影，空濛秋在何許。滄波更比前番闊，散盡冷鷗閑鷺。漂夢去。剩荻響蕭疏，似學愁人語。萍踪漫數。奈廢苑菰沈，空城潮打，總是斷腸處。悲涼意，慣付江湖倦旅。茫茫休問今古。浮家便趁蓴香好，忍聽斷鴻聲苦。君記取。儘照鬢年年，添得吳霜縷。歸心易阻。又蘭佩香殘，桂旗影渺，目極楚天暮。

煙沽漁唱卷三

第四十一集　洞仙歌

咏蟹

姜盦

潮平晚灦，綴緯蕭無數。水族加恩檢新簿。看朝魁、執穗入畫纏蒲，明燈畔、照得含黃滿注。　詩饞當此際，自盥椒橙，左手持螯右杯舉。徑醉費沈吟，帶甲關河，幾冷落、五湖漁具。但潠沫菰蘆滯西風，早怕説横行，旅霜情苦。

愔仲

霜清月黑，付緯蕭身世。酒伴相持甕邊醉。便搏沙、偶聚唾急歕珠，渾未減、湖海平生風味。　蟲魚頭白熟，爾雅琅琅，一穗燈凉夜垂蕊。愁煞過江初，戈甲森然，銷不盡、昊天兵氣。憑換與新詩健書空，笑斜上旁行，是何文字。

水香

凉燈疏斷，話江鄉風味。稻壟霜肥遍村市。占幽情、最是削玉雙螯，秋欲老、伴我花前淺醉。　江湖戈甲滿，笑汝横行，似向金天挾兵氣。虚乞内黃封，一背秋紅，料五鼎、烹時應悔。只饞吻强如對監州，問爾雅重繙，朵頤占未。

蟄雲

霜明水淨，映蘆簾如畫。隔浦疏燈冷光射。又秋來、幾度潮落潮生，金甲恨、閑卻西風漁社。背紅供換醉，任是無腸，斷影江湖儘愁寫。嫩約趁黃肥，手軟橙香，憑消受、樨屏好夜。問別後風情怎禁持，誤細響寒沙，畫廊琴罷。

第四十二集　桂枝香

詠月餅

查灣

搓酥調粉。又妙手寒簧，圓靈偷印。粔籹堆盤，金粟香中愁損。漢家縱有湯官表，賦瓏璁、更誰拈韻。舊京風物，一錢幾許，者番休問。　念炊夢、光陰未准。枉桂殿分承，殘牙餘俊。淒絶姮娥，小字建康曾認。團欒大好山河影，怕妖蟇、容易窺近。糖霜頻擣，仗他七寶，補天無恨。

姜盦

圓蟾彩礫。正節物登盤，依樣描得。爲想金波霑醉，餌香留客。酥飴小嚼籠清影，畫盈盈、廣寒端的。夢粱閑纂，牢丸類賦，勝情非昔。　歎海市、臺卿自匿。只陳黯餢飳，飄溷誰識。説與膏環風味，悵遠鄉國。天涯逢著湯官話，但傷心、南内淒絶。更休尋問，秋祠雀瑞，薦新消息。蘇詩：『小餅如嚼月，中有酥與飴。』汪黄祠製秋薦雀瑞餅。

息庵

一輪香遠。正天上人間，團欒同願。更喜琼酥初製，金盤乍點。連環疊碧傳新樣，感唐宮、月華爭薦。玉纖輕籠，朱唇細嚼，白如秋練。念自昔、長安節宴。憶妙手雲娘，賦詩月殿。名士而今俱盡，一錢休炫。剩留故國山河影，痛嫦娥味甘淒怨。莫欺衰老，殘牙猶在，海桑重見。

愔仲

團欒節物。喜味俊畢羅，飣盤今夕。換卻蓮花新樣，木樨香溢。一錢論價長安市，奪天工、破環成璧。小庭兒女，此時能說，十分甘白。洗素練、秋澄賦筆。早春去瓊林，又供籩實。休誤華糕分啖，艷傳椒掖。摶摶大地無留影，畫難成名噉何客。廣寒高處，玉甄閑數，不眠吳質。

蟄雲

樨屏伴醉。認七寶添修，粉融酥膩。依約寒簧素影，顧清偷記。顧清詠桂餅云：『月殿有人留素影。』波波休羨櫻桃節，櫻笋宴設波波，即餅類也。只團欒、定如人意。半焦禽喚，一痕蟇蝕，暗憐風味。念畫地、浮名可似。憶舊譜霓裳，難尋殘字。虛費金盤彩屋，照人秋思。當筵碎寫山河影，怕瓊肌新染鉛淚。麥香收後，小團重淪，玉蟾如水。

第四十三集　湘月　中秋前一夕集冰絲盦

查灣

舊時月色，照須眉如水，分明何事。遥指永豐坊外柳，人在香山宅里。畫展鴉叉，簾垂犀押，圍坐寒光裏。衫輕露重，一襟濃沁蘭沚。此夕誰倚高樓，誰横短笛，誰捉迷藏戲。梧竹一庭蛩四壁，最好晚涼天氣。借酒推愁，憑茶約夢，苦釀秋滋味。姮娥休笑，明宵還擬同醉。

遜園

舊情庚子，客蓮池、曾過離人秋節。飄泊妻孥千里隔，淚滴家書淒咽。跋涉西行，渝州桂醑，喜解詩腸結。嘉陵江上，一尊容酹明月。歸去偕隱荒園，春明覓夢，笑敬兒身熱。垂老微之悲不寐，誰掃添薪槐葉。乞借清輝，團欒無望，愁見環成玦。招邀秋士，明朝塵事休説。

叵厂

香山詩樹，記藤花陰裏，同吟寒食。梧葉敲窗驚客夢，又話中秋明日。老我金風，高歌水調，詞侶頻相惜。月兒圓未，天問還趁今夕。搔首桂子香濃，誰家預約，歡會聯瑶席。豳雅迎寒吹不斷，京洛空留陳迹。料得來宵，愁添碧海，應也青衫濕。先澆杯酒，借分一段秋色。

姜盦

冰輪欲滿，睇澄輝、便想探支佳節。素瑟清尊先借賞，未讓睢陽吟筆。詩鬢飄霜，畫簾飛夢，空照鸞臺客。青娥常冷，憑闌應有人憶。坐久半臂商添，天涯酒醒，那道嬋娟隔。待擊珊瑚吟水調，笑指星芒誰摘。烏鵲無依，蟾蜍有淚，影裏山河窄。廣寒宮在，舊游回首休覓。孫明復《八月十四夜月》詩云：『清尊素瑟應先賞。』明復有《睢陽小稿》。

息庵

萬方一概，竟何之、閑煞哀時詞客。眼底今無乾淨土，惟有中天明月。雲外香飄，尊前酒暖，醉裏尋消息。談玄揮麈，久輕江左人物。更愛竹外巡廊，花邊倚石，恁地成高潔。莫歎轉蓬隨日遠，攀桂曾窺仙籍。待看明朝，十分光滿，共步清涼國。吟秋洛社，主賓又見劉白。

愔仲

好秋將半，儘林亭勝處，披襟涼夕。耐久朋交餘幾輩，略慰平生蕭瑟。老厭談兵，閑容讀畫，此日真堪惜。一尊相屬，月明行滿空碧。休憶酒濕青衫，當年疏俊，看鏡都頭白。樓宇高寒歸不易，成就人間歌泣。後夜思量，清光多少，誰主還誰客。古愁難寄，可曾天問呵壁。

蟄雲

一觴秋滿，向姮娥、預借明朝佳節。紅萼吹香前度夢，今春遜園嘗紹賞海棠。重覓簫廊寒怯。檢點閒愁，銷磨薄醉，偏又尊前別。憑闌千緒，眼中憑向誰説。因念碧宇茫茫，秋心終古，同付淒涼月。後夜團欒應有待，今夜羅雲千疊。挽住風光，已非年少，空費疏麻折。杯痕須記，晚來還照華髮。

第四十四集　聲聲慢

詠秋聲

查灣

捲愁成陣，破睡如潮，蕭蕭送來何處。儘彀銷魂，又著打窗梧雨。黄昏幾回禁得，翦燈花、影兒同語。最怕是，那窮邊斷角，高城疏鼓。漫道頻驚倦枕，便淒涼、聽到無聲更苦。夢短更長，算有砌蛩能訴。空林葉都掃盡，恨西風、忍將蟬妒。漏漸歇，剩啼鴉、天際唤曙。

忉盦

箏堂簟冷，篷幌燈昏，西風又來簾隙。殘雁關山，清酒遣寒無力。孤悰正愁悶損，怎禁他、聲聲淒抑。況日暮，更梧桐細雨，階蛩如織。爲想金迷紙醉，驀商飆，卷地頓成蕭瑟。野哭夷歌，腸斷過江詞客。遥空暗鴻嘹唳，最驚心、故園消息。倦聽也，恐明朝、霜鬢更白。

愔仲

危樓燭炧，倦枕鐘疏，西風驟生蘋末。容易清商，驚换嫩寒時節。誰家促弦脆苦盼吴波霜訊，蕭管，迸今宵、催添華髮。判不寐，偏無情天地，乍悲還噎。似低徊、人間輕瑟處，菰蘆姓名誰説。一雁寥空，響入斷雲明滅。輸他砌蛩絮夜。别。酒易醒，怕長安、吹滿落葉。

蟄雲

蕭蕭暗樹，蔌蔌虚廊，依依替傳騷屑。疑雨疑風，偏是一天霜月。歌簾幾曾聽到，只孤吟、和成淒咽。斷雁後，又金笳初緊，亂愁如葉。最念秋人易感，驀驚心，似與暗催華髮。試譜凉州，多恐笛龍吹裂。年時壯懷滅盡。儘低昂、敲檐寒鐵。酒醒也，剩霜鐘、煙外未歇。

第四十五集　攤破沈溪沙

詠早菊

查灣二闋

步屧逡巡繞畫廊。鯉魚風信盼重陽。不分東籬頻勸酒，爲花忙。側帽先簪騷客鬢，捲簾新試道家妝。青女未來先染出，蝶衣黄。

雁後花前抱甕催。尋秋日日躡蒼苔。莫道閑園無捷徑，蝶飛來。黄木犀殘栖剩馥，碧牽牛斂瞑餘杯。難道東籬翻舊例，未霜開。

霜根

風骨端須向後爭。此花幽遁稱淵明。何事春光同漏洩，太無名。涼信更番相逼甚，香叢一例可憐生。要與金天開世界，此先聲。

巨厂

九日梁園未及期。西風扶夢過疏籬。簾底新妝先一笑，慰相思。倦旅怕逢秋色老，澹懷纔有故人知。莫倚寒香矜晚節，誤芳時。

寂寞西風故國貧。隔簾愁損義熙人。不信華予須歲晚，幾枝新。秀出天然知更好，遲經霜下念平生。未到重陽秋便許，試餐英。

悟仲

第四十六集 龍山會

九日集雲山房

查灣

洗盡籬頭雨。笑問黄花，那畔登高去。閑雲誰是主。元亭外、招手舊盟鷗侣。秋更比人愁，怕故國、西風先妒。儘低徊，簫廊立遍，斜陽無語。天涯破帽依然，强約登樓，禁得銷魂否。明年知甚處？叢菊淚、他日不堪重數。且和義熙詩，也略似、風流典午。對茱萸、者番换卻，酒邊情愫。

忉盦

潦倒停杯琖。笑把紅萸，又展登臨眼。重闌花畹晚。西風緊、轉盼便成秋苑。寒信滿中原，那堪更、笳聲淒斷。念家山，低鴻没處，幾多雲黯。荒涯此日園亭，松菊依然，剩鶴猜猿怨。殊鄉尊共款。酒行後、應念萬方多難。白髮老詞仙，謂弢丈。祝此會、年年長健。更相期、霜林艷處，角巾同岸。

臣厂

一片愁無際。又到重陽，旅夢慳歸計。薊門横眼底。俛闌外、遠樹淒迷如薺。

霜信亘長天，早蕩起、秦箏西氣。黯回看，萸囊幾換，夕陽身世。依然老圃黃花，對舞金風，宛慰騷人意。惠山秋到未？貫華迴、怕有詞仙偷醉。把酒向征鴻，問佳節、明年何似。角巾欹、孤雲自喻，瘦筇慵倚。

姜盦

野水邀飛棧。問訊瓊陰，怎入滄桑眼。寒漪憑弄晚。穿蘆荻、一舸蕩搖荒苑。舊雁認風前，訝宮柳、烏鴉占斷。度高岡，黃圖歷歷，振衣神黯。懸知雲海萸尊，悵望天涯，笛管同流怨。佳辰非昔歎。聽清角、驀省年時危難。皂帽幾銜霜，尚入手、黃花詩健。且珍重、歲寒伴侶，醉吟楓岸。己巳重陽，薄游舊都。荒灣故苑，觸禾黍之悲。素約雲邁，負茱萸之會。適切盦見示新闋，敘景雖判，述抱差同，因依韻和之。

息庵

忽忽驚重九。不飲胡爲，萬古名終朽。眼中皆培塿。只樓上、攬盡疏槐高柳。鼓角戰西風，想太華、峰頭杯酒。剩黃花，多情慰我，晚香如舊。那堪客裏心腸，强賦登高，彩筆從誰授。壯懷長閉口。應笑我、戲馬呼鷹都負。且細把茱萸，祝長健、年年相守。奈今朝、清尊短髮，更羞搔首。

愔仲

又趣茱萸會。瘦盡秋容，恰稱人蕉萃。登臨須費淚。羈海曲、望斷西山荒翠。酒半强憑闌，鎮無限、樓臺彈指。送愁來，霜前朔雁，早含兵氣。何堪舊節淒然，倦客他鄉，念白頭兄弟。俊游能續未？驚摇落、眼冷過江名士。側帽避西風，更誰識、參軍小異。掩斜陽、層陰似墨，儘看天醉。

蟄雲

野屋疏林外。俊約題裙，且了簪萸債。霜柯青漸殺，危闌俯、幾曲煙沽如帶。直北暮雲多，漫重話、東南滄海。黯銷凝，殘山滿眼，夕陽無賴。依然佳節思鄉，雁後關河，斷夢沈蒼靄。酸吟容我輩。停笻晚、算有黃花相待。病起髮星星，任顛倒、山巾還戴。甚心情、倚廊細領，笛邊秋籟。

弢庵和作

五度逢重九。海曲風光，斷送成衰朽。登高無培塿。小樓外、危綠蕭疏槐柳。不日奈層陰，及未雨、來中君酒。卻牽情，名園咫尺，夢痕非舊。謂李氏園。那堪陣陣哀鴻，流轉關山，雪早衣誰授。艱難開笑口。風鶴裏、差算黃花無負。世事迫偷生，念有弟、先廬猶守。對萸囊、支笻北望，爲兄搔首。

樊山

幾點重陽雨。高不勝寒，瓊玉爲樓宇。雁行疏可數。鳳城柳、不似那時金縷。七十二沽遥，煙水隔、寒蕪平楚。謝雙魚，尺素賫來，暮蛩吟苦。相期更展題糕，白塔紅亭，諸老如星聚。登高齊作賦。東籬客、舊菊休移新土。笑視富延年，舉卮酒、風清月午。便今朝、趣開蔣徑，掃花延佇。

第四十七集　南鄉子

咏寒衣

別夢繞金微。嶺外蓬婆雪正飛。刀尺家家聲斷續，幽閨。呵手燈前淚共揮。莫便抱深悲。馬革沙場更寄誰。聞道將軍頻破敵，同歸。壯士還鄉盡錦衣。

查灣

霜信落銀屏。刀尺宵深不暫停。裁得裲襠新樣子，叮嚀。中有寒閨萬里情。壓綫試吳綾。問費春纖幾夜成。驀地停針翻憶遠，瞢騰。殘夢隨郎過北庭。

忉盦

刀尺動黃昏。添得吳緜半臂勻。心白淒涼身自暖，温存。試驗腰圍瘦幾分。望遠更銷魂。一片清碪月下聞。檢點秋風何處寄，思君。不帶香痕帶淚痕。

辛盦

秋骨冷先知。未脫殘衫洛下緇。絺綌奈何風不貸，淒其。已過南陵九月時。羞和大裘詩。獨聳山肩好自持。范叔可憐天下士，誰欺。戀戀綈袍亦可兒。

愔仲

水香

涼迸翦刀聲。隔著秋窗便怕聽。莫向春衫尋尺寸，分明。比較春來又瘦生。錦

薄襯吴綾。還恐蕭郎弱不勝。寄與天涯須愛惜，叮嚀。如此新霜少夜行。

蟄雲

何處響霜砧。裂葉風高接晚陰。量到腰圍秋更瘦，争禁。情比新寒一倍深。燈

夜幾停針。淚掩冰花涴繡襟。暖到君邊君不見，沈吟。知否紅閨熨貼心。

第四十八集　疏影

咏影

霜根

浮生老矣。尚不離寸步，真好嬉了。鏟迹歡場，埋照窮鄉，尋常無計回避。虛堂結得牢愁伴，鎮莫問、人間何世。要借他、常寂光中，與證萬千心事。　潭底燈前鏡裏。即空亦即色，隨分游戲。勸飲長庚，贈句泉明，漫仿前賢高寄。年年顧爾傷遲暮，只獨立、不慚非易。怪達摩、我相還留，枉惹幾多塵滓。

苓泉

回廊寂寂。任映花掩柳，行處無迹。乍度紅窗，詞牌有紅窗影。旋入珠簾，慣似驚鴻飄瞥。空階立盡梧桐月，又驀度、輕雲遮隔。最憐他、生小相依，步步鎮隨鴛屧。　悟澈前身金粟。是人是我相，真幻難識。長記華年，慘綠衣裳，照到春波一色。如今人比梅花瘦，尚伴我、醉笻吟幘。更那堪、破碎山河，看共玉蟾圓缺。

叵厂

天倪起滅。看尺波鏡裏，愁照霜鬟。錦瑟年華，彈指輕塵，行止總成一作平瞥。

莊生曉夢迷離眼，問是否、化爲蝴蝶。逐斷魂、蜩翼驚飛，罔兩此時能説。還憶泉明妙句。昔游感載酒，形神孤絶。願邈昆侖，終古因依，共此無涯悲悦。三皇日月空相守，更愧我、夜衾如鐵。莫頓教、火盡煙消，贈奩自憐才拙。

姜盦

長門倦笛。認玉痕徙倚，幽静誰識。欲唤輕盈，幾度迷離，尋雲問雨蹤迹。柔情那與寒鴉較，任帶得、昭陽妍日。但翳屏、自遠含沙，就鏡整妝無力。前夢鴛花汲汲。吃虚爲底事，空顧圭隙。誤卻華年，定子開顔，一抹檀槽春隔。簾波略颺平明恨，畫不就、淚妝眉色。剩鬱金、小結蕎屏，冷月鏤廊鴛窄。

息庵

嬋娟誤説。歎鏡中玉貌，窺眼慵絶。漫照春波，呼出雙雙，綺夢還傷鶼鰈。心頭暗葬崔徽樣，想背面、金裙重疊。更隔簾、幾度香薰，繚繞楚雲明滅。曾記花陰碎步。倩扶儘懶起，身妒纖月。薄鬢輕鬟，悄不聞聲，卻顧猶憐一瞥。春風那解吹愁去，恐淚盡、燭心紅結。願共伊、守到天明，寸步莫教輕別。

蟄雲

驚鴻一瞥。似鏡痕半掩，偷眼癡絶。肯便輕拋，微步依依，憐伊幻擬鶼鰈。殷猶記勤照向春波裏，奈幾許、閒情難説。便隔花、遠似天涯，小立慰人孤孑。

雲屏促坐。髾翹翠鳳顫，孅態都活。洛浦神光，乍合還離，怨煞碧窗斜月。朦朧替寫愁心眼，問怎寫、黛眉千結。又繡帷、一笑回燈，暗裏也應傷別。

第四十九集　滿江紅

咏忠樟

查灣

杭州南高峰麓法相寺前古樟，純廟南巡，累經題賞。辛亥遜位詔下，樟忽一夕而枯。過客驚歎，謚爲忠樟。同人約填是調紀之。

地老天荒，獨此樹、婆娑竟死。應愧煞、南山樗櫟，北山杞梓。草木也懷銅斗恨，乾坤拼共金甌碎。算大夫、低首拜秦封，偷生耳。　吹不散，旃檀氣。滴不盡，冬青淚。要披蘿帶荔，魂依山鬼。埋骨世無乾淨土，傷心地認前朝寺。盼孫枝、一夜動春雷，拏雲起。

霜根

桃柳争春，賴有此、聖湖生色。一樣是、樟公安否，宋高宗語，見《壽樟記》。承恩金闕。檜不分屍王墓下，梅休招隱仙祠側。是天生、不二木之神，甘銷歇。　舊巢掃，真香滅。人誰顧，僧能説。尚空山擖拄，託鵑啼血。只願心灰炎井火，定嫌幹挂秦時月。忍更看、賜號太平花，宫牆缺。

叵厂

幽寺雲寒，忽墮地、龍池霹靂。誰得似、南枝湖上，森森孤柏。謝豹招魂啼繞樹，吴鈎濺血凝成碧。痛散材、樗櫟竟長存，乾坤息。盤根勁，神龍蟄。干霄迴，靈禽戢。悵荷天有寵，問安無日。瘦竹孤生横笛怨，焦桐半死援琴泣。只空留、壽世一篇詩，涪翁筆。

姜盦

樹不尋常，竟一夕、完成大節。過法相、蒼凉頹運，推排舊物。盛日留題空御愛，衰時自損非神拔。『豫章神拔』出梁簡文帝《招真館碑》。剩詩人、來撫槩株駒，出《列子》。中心怛。苞桑繫，憑誰掇。蔥蘢氣，猶能説。悵停雲八表，寒煙一髮。塵世難逢支厦木，荒林愁拄看山笏。還願與、王廙賦中興，枯枝活。

息庵

萬古貞魂，到灰燼、風雷難滅。記相識、迎鑾獻瑞，青蔥盤鬱。莫笑斯翁真鐵漢，曾詢安否傳金闕。想紅羊劫後鎮湖山，閑僧説。周鼎碎，坤維絶。孤根在，神鋒缺。有黄冠志士，共傷奇節。地下相從龍與比，人間終仰星兼日。更何堪、生意賦婆娑，心如結。

愔仲

大厦誰支，終古剩、孤根兀立。經萬劫、凜然生氣，鬼神潛泣。歲月參天忘換世，風雷縱壑驚移國。望翠華、忍死賦中興，何人筆。名不朽，悲遺逸。僵更起，横胸肊。怎冬青傳恨，六陵非昔。任撼蚍蜉身拔地，能容螻蟻心如石。配鄂王、精爽拄乾坤，南枝柏。

水香

百尺貞柯，託根遠、長依龍穴。甚轉眼、風翻日動，頓成灰滅。刻石哀吟遺老淚，賜牌盛事殘僧說。便此身、寸燼不須悲，心千劫。冬青怨，綱維絶。南枝恨，英靈歇。算婆娑此樹，獨撑霜雪。不朽寧煩山谷筆，有知應化萇宏血。共秦園、老幹話先朝，争奇節。

蟄雲

鬱鬱蒼蒼，縱灰燼、猶存正色。愧幾輩、偷生草莽，靦顏槐棘。材大恥幹梁棟用，心摧怒挾神明力。問長陵、松柏更如何，鵑啼急。安否訊，閑僧識。生死劫，遺民泣。恁萬牛難挽，故根如石。定有蟲書成病己，終煩羽葆扶玄德。歎空枝、留照總淒凉，虞淵日。

第五十集　永遇樂

詞社第五十集即事

查灣

笛裏呼杯，燈前側帽，影兒都瘦。錦瑟年年，銅壺夜夜，回顧銷魂否。楚蘭幾握，海桑幾見，多少墨華霑袖。又今番、玲瓏記曲，數遍舊時紅豆。銀箏掩抑，鈿簫淒厲，各抱悶懷僝僽。玉笥雲寒，黃壚月冷，誰奠秋墳酒。謂浪公槩子。空中寫恨，燕釵蟬鬢，老去填詞何有。更休向、歌筵倚醉，泥人問柳。

苓泉

南月愁烏，西風驚雁，哀角如雨。燭淚爐香，畫堂清夜，人似春星聚。詞場跌宕，鴛箋麝墨，争寫四紅宮譜。一聲聲、冰弦彈遍，最憐錦瑟音苦。蘭成老去，平生搖落，剩得江關詞賦。千古淒凉，唐愁漢恨，借玉箏低訴。更堪重憶，黃驄陌上，一片殘簫倦鼓。尋燕市、荊高酒伴，狗屠在否。

匠厂

老我天涯，即今寧有，詞流深致。五十狂夫，聆音識曲，晚愧高常侍。風塵澒洞，一身安託，錦瑟華年空計。眷幽并、珊瑚欲碎，偷唱賀家梅子。蘇辛已往，騷壇誰屬，鏤月裁雲非易。千里鸞飛，大江東去，想像餘豪氣。希踪蘭畹，枉拋心力，敢把射雕相比。但呼君、清尊共倒，短簫自倚。

姜盦

來日大難，旅霜小結，歡事何據。絲竹凋年，海桑閲世，冷汰聊成趣。春移物換，煙驅墨染，數到十番毬鼓。檢詞場、重重笛板，尚容頑老歌舞。閑尋心迹，躭吟一晌，卻掃幾將花誤。試酒誰家，尋芳某水，夢逐前游處。而今贏得，寒津寂寞，折簡商量簫譜。亂鄉愁、江梅一樹，有人念否。

息庵

錦瑟華年，幾番誤了，還付杯酒。抹月批風，縱堪驅使，豈是英雄手。蓬萊下視，又成清淺，換盡白衣蒼狗。倩歌鬟、新聲唱罷，秦七何讓黃九。當筵暗憶，知非已晚，恁得河清人壽。横槊雄才，登樓詞客，氣挾風雷走。中興可待，誰爲健者，名共浯溪不朽。且贏取、珠璣灑遍，句傳萬口。

愔仲

甚矣吾衰，百年歌哭，過十之五。忍割風懷，潛凋霜髮，俊賞尊前負。承平文物，晏然江表，剩寫庾郎詞賦。問何時、騷壇更建，特整異軍旗鼓。遥遥千載，金荃而下，絶調試温三主。唾壁栖塵，涴襟消淚，雅跽從頭數。淺斟低唱，浮名休换，莫是柳屯田否。憑誰省、宫牆擫笛，巧偷舊譜。

蟄雲用山竹韻

刻竹幽題，苦蕉冷約，漚侣重聚。錦瑟年光，金樽心事，春影東流水。叢臺暝色，殘山宛在，絆我醉吟巾袂。問何時、湖天横笛，畫橈趁月歸去。悲秋淚熱，看雲情幻，結就騷魂如縷。有約停琴，無憀談劍，奇氣空相許。蕢洲幾夢，淒迷難説，暗付雨花風絮。記新寒、落梅曲罷，小闌憑處。

第五十一集　百字令

忉盦南歸，餞集同賦。

查灣

亂笳聲裏，又匆匆、杯酒送君南浦。滄海片帆天萬里，中有畫眉儔侶。數典贏茶，憑舷聽曲，那識風濤苦。歸舟認遍，故應風味輸汝。遥指幾曲螺江，林巒如繡，紅罨家山樹。一袜雙心天也妒，攜手婿鄉同住。梅塢簪花，苔泉調水，舊夢詩重補。麻姑笑問，蓬萊清淺曾否。

補盧

故園何處，趁霜鴻、南指寥天帆葉。携得同心椎髻去，雙照鷗波清絶。嫣館觴春，越阡莫雨，江路梅初發。童游宛在，緑榕陰裏城堞。遥想買醉橋頭，蠔肥蛤美，珠蚌圓如月。鄉物登盤都可口，此味忍教輕撇。只我無家，卅年客燕，久與烏山別。松楸雙淚，寄憑江水嗚咽。

忉盦

封侯無分，早卅年、荒了烏山泉石。容與歸舟重領略，劃遍蒼寒苔壁。親友凋疏，兒童長大，俯仰成今昔。椎牛先壠，淚痕空滿胸肊。多謝舊雨關情，離愁萬疊，都入江郎筆。此後相思何處寄，怕少歸鴻雙翼。珠幌回燈，銀屏呼酒，倘念南行客。東坡生日，北來還與腰笛。

悟仲

故園何許，恁兵戈連歲，浮家天末。飛夢無諸山上望，依約小時明月。走馬朝徂，鳴雞夜警，歸計今番決。釣游如昨，舊人多半華髮。偏我獨客淹遲，鄉心似酒，抗手從君別。穩送靈鶼風萬里，行蹋龍腰晴雪。茗鬭苔泉，花窺梅塢，世事休饒舌。倘逢南雁，玉璫珍重緘札。

蟄雲

津亭篴（作平）罷，正鴛橈歸晚，潮痕如雪。換得吳儂煙水眼，況有梅花堪折。明鏡雙憑，青鬟四照，唱到洪塘月。前頭鸚鵡，渡江休問桃葉。偏我舊約秋蒓，烽煙遮斷，孤恨金笳咽。欲倩風帆將夢去，夢繞鄉山千疊。雁驛輕裝，鷗波小泛，不算天涯別。釣龍何許，待君杯酒重說。

第五十二集　阮郎歸

擬小山韻

霜根

洛川風格艷陽初。花曾美眷如。羽衣改課上清書。從教綵伴疏。
金鳳杳，玉蟾孤。高寒對望舒。銀潢一樣怨機虛。天錢借得無。

藍橋無復搗元霜。情長恨更長。寒鴉何處認昭陽。埋愁未有鄉。
腰束索，額塗黃。嬉春謝蝶狂。新聲還自按伊涼。虧他木石腸。

補盧

惱看紅縷燕來初。飄零我不如。悶拈花片背人書。春風綠綺疏。
羅帶冷，繡衾孤。蕉心鎮未舒。幾回鏡約總成虛。錦鱗捎到無。

芙蓉葉脆不禁霜。秋心引更長。舊時門巷又斜陽。温柔何處鄉。
捐黛翠，損鴉黃。顛風著意狂。醒來冰簟㲉淒涼。花枝惱客腸。

息庵

曾逢桃葉渡江初。相隨我不如。秋鴻底是懶傳書。多情迹更疏。
吳夢杳，楚魂孤。春蠶緒未舒。黃金鑄淚恐成虛。青衫濕盡無。

紅梨小葉暗侵霜。愁添一綫長。此身不似雁隨陽。秋衾夢異鄉。
新貼粉，舊砑黃。銷磨半點狂。畫樓西畔玉笙涼。無聲更斷腸。

辛盦

涼花消息捲簾初。風情瘦不如。天涯盼斷玉關書。人疏雁也疏。
釵燕墜，鏡鸞孤。眉山皺未舒。秋衾拼卻半床虛。宵長夢有無。

瓊臺昨夜報新霜。愁長夜更長。青衫底用怨潯陽。花前即故鄉。
眉減翠，額銷黃。當歌換舊狂。箏心多事訴淒涼。相看已斷腸。

第五十三集　瑶華慢

詠水仙

愔仲

煙摇夢窄。雪映肌柔，想前身姑射。娟然遺世，揩粉鏡、莫誤小蓮傾國。連朝梳洗，尚依約、嬌黄塗額。望故宫、淚濺横波，影入王孫殘墨。無多白石清泉，倘力假馮夷，冰鏤花魄。靈修誰阻，論品次、合與江蘺同拾。千年幽怨，忍重譜、琴絲淒惻。便後時、錯數番風，不改歲寒顔色。

辛盦

冰天淒洌。羅襪來遲，正相看愁絶。含波如語，香霧裏、悄舞翠裙千褶。冰泉鴛戔，倩寫取、檀心孤潔。覓鈿痕、十二嬌紅，恨掩驪宫花雪。玉笄换了殘妝，乍淺暈金盤，鉛淚寒咽。緑塵湘影，腸斷處、偏妒小梅香靨。瑶華怨晚，待訴與、青琴三疊。儘忖量、解佩風情，夢戀舊溪煙月。

水香

銀燈夜迥。翠帶煙寒，認玉臺纖影。盈盈無語，波鏡瘦、愁把鈿妝重整。伶俜緘怨，怕解佩、重逢難定。待試彈、十二哀弦，除卻湘娥誰省。耐寒肯許礬梅，任凍折瑶篸，風度猶凝。含香窈窕，幽夢裏、曾費謝娘清咏。通詞休託，伴歲琖、冰心俱冷。待幾時、羅襪塵生，軟蹋江波千頃。

蟄雲

疏脣半坼。妝影冰奩，認蘭香新謫。宮黃深染，殘夢後、誰問瓊臺消息。竛竮離佩，訴鴛恨、啼綃都濕。待翠虬、銜雪歸時，夢斷幾番煙汐。紫宸舊事淒迷，山谷水仙詩：『何時持上紫宸殿。』記醉舞緗裘，香墜歌席。湘波暮黯，風鬟瘦、羞鬭玉奴顔色。寒泉漫薦，早怨咽、空江瑶瑟。只葳蕤、冷抱冰心，可有春人知得。

第五十四集　踏莎行

咏寒菜

霜根

瓜架霜摧，豆棚雪繞。田園休道生機少。試看蹋地自青青，閉門足慰英雄老。

臘甕儲珍，歲盤鬬巧。從來活計農家好。莫聽措大齩根談，散金花待春風到。

苓泉二闋

短笠生涯，長饞身世。英雄末路都如此。荒村斜日故侯家，空園秋雨前朝寺。

緑翦霜天，紅醃雪地。年年諳盡酸鹹味。先生一笑在冰壺，不愁黄葉西風起。黄菜葉，西風起乾瘪。張士誠時童謡也。

翠玉根香，黄金蕊嫩。芳郊緑上春衫影。如今煙水板橋西，荒畦十畝斜陽冷。

苜蓿朝廚，蓬蒿晚徑。猪肝風味輸君俊。黄虀百甕足生涯，閉門自署園官印。

愔仲

病葉霜乾，柔根露齩。一畦愁賦蘭成稿。蕭條百事剩儒酸，黄虀食料安排早。　菫脆如飴，菘凋有操。園官歲晚恩多少。不堪飢色念蒼生，閉門閑送英雄老。

蟄雲二闋

雨甲青抽，霜根翠亞。槿籬秋晚剛鋤罷。荒畦金粉野人家，空城煙水園傭話。　世味荼諳，鄉心蒓惹。冰壺一傳從孤寫。茅檐飢色儘淒涼，城中又長春盤價。

野圃荒煙，空籬晚照。元都夢後愁多少。閉門秋盡雨風中，一畦畫就傷心稿。　雪甕封宵，冰盤薦曉。酸寒風味隨宜好。年年生事冷蓬蒿，小園賦罷蘭成老。

第五十五集　行香子　醉司命

姜盦

臘鼓年光。樺燭神場。拂歌弦、還侑餦餭。神今既格，我願逢將。願酒常盈，詩常健，歲常穰。　鼎篆盤糖，盛日奎章。憶千門、歡拜觚旁。如今天醉，厮養中郎。但客邊愁，花邊恨，鬢邊霜。睿廟《歲除》詩有『斂芳裊鼎篆，精潔列盤糖』之句，爲祀灶而作。

息庵

臘鼓驚年。臘酒當筵。又神君、甲馬朝天。慚無媚骨，縛草爲船。只早春花，新歲曆，舊詩篇。　團欒兒女，笑語燈前。祝平安、暗擲金錢。黄羊故事，再奏神弦。正菜盤新，香篆細，燭花圓。

愔仲

舊臘依然。司命朝天。笑羈臣、橐敝無饘。踞觚試聽，黔突何緣。正衣披披，燈燗燗，鼓闐闐。　散髻如仙，好夢誰圓。也隨人、酹酒燒錢。熱休炙手，醉許酡顔。願兵長銷，歲長熟，客長歡。

蟄雲

畫鼓騰騰。絳蠟盈盈。想神君、酒面微酲。一年何事，憑達天庭。笑阮廚空，嵇鍛懶，沈琴清。　椒醑花餳，夢影承平。憶兒時、彩服逢迎。而今空對，濕葦寒棚。剩踞觚談，銜鬴恨，燎衣情。

第五十六集　八聲甘州

詠寒雞

查灣

問伊誰、起舞看吴鈎，中宵動豪情。正燈昏古驛，人家何許，雲外聲聲。念爾不辭風雪，瑟縮報殘更。喚醒英雄夢，氣挾幽并。漫説霸秦帝漢，只孝威一贊，寫盡生平。歎者番落寞，茅店月中聽。望中原、飄零黍麥，肯共他、得食鶩奴争。待暘谷、湧金輪出，錦臆長鳴。

霜根

是天教、戒夜更司晨，何心避風霜。忍自甘雌伏，寒塒戢影，見誚郎當。儘有鴉迎鵲報，首與破渾茫。癡信重陰裏，依舊朝陽。要做雪窗談侶，奈荒畦敗屋，多少淒涼。尚溷人籬下，辛苦覓餘糧。莽天涯、更誰起舞，顧羽毛、還似昔昂藏。無聊極、一般身世，怨鳳鸝皇。

忉盦

聽玄談、冷落處宗窗，毰毸久無聲。正霜風淒厲，煙塒寂寞，凍羽凋零。頗笑記否三春鄠社，尚朱冠錦臆，淮南名諺，上距儼圖形。長伴堯年鶴，語雪伶俜。意氣峥嶸。驀關河蕭瑟，憔悴爲心驚。問何時、榑桑報曉，看一聲、長嘯海天青。丹成也、逐劉安去，洞府冥冥。

息庵

起舞報宫籌，絳幘已無人，銷沈景陽鐘。更傷心萬户，荒埘煙冷，敗堞霜濃。何人激烈，氣懾惡聲空。休説城東路，春草如蓬。記得關山行旅，舊板橋茅店，泠月留蹤。歎餘音清厲，金距意猶雄。恨而今、鵷鸞飄泊，夜漫漫、坐待日生東。英心在、洩孤鳴憤，風雨宵中。

辛盦

凍羽正山村，歲晚稻粱空，一鳴尚嘐嘐。問幽栖何許，斜陽荒堞，抱影無聊。不堪再舞，窺鏡已神消。羞向遥天望，燕雀風高。還記殘燈茅店，乍驚回旅夢，月冷霜驕。縱談玄解得，雌伏亦堪嘲。黯天涯、懷人情味，恰五更、風雨又瀟瀟。君聽否、忙推衣起，把劍中宵。

愔仲

往日便殘宵、風雪亦何辭，一生爲陽烏。儘危譙更斷，荒荒啼曙，肯失東隅。

雄冠猶在，罷鬭錦坊蕪。蕭瑟中原氣，誰實爲株。《莊子》：『羊溝之雞，三歲爲株。』注云：『株，魁帥也。』莫怪趨朝處士，也淩兢騎馬，飽受揶揄。剩尋常觴豆，得食且相呼。笑淮南、何曾仙去，更雲中、舐藥事全誣。從今後、贊飛鳴瑞，正旦春蘇。

蟄雲

更伊誰、拔劍舞中宵，荒塒噤無聲。正繁霜淒感，青頭歌罷，北斗冥冥。喚起晨光何許，凍雀隔枝醒。索共談玄去，雪滿山扃。　憶否楓廬貂暖，乍傳籌絳幘，唱徹宮城。甚流年斷尾，語鶴暗心驚。睇滄溟、桃都天遠，問淮王、丹鼎幾時成。憐飄泊、倩梅家筆，須汝疏翎。

弢庵和作

此何聲、淒絕五更初，三號澈霜天。記傳籌絳幘，重閶乍啟，束帶鳴先。換得千村萬落，呼應海潮間。誰更蹴人起，氣盡中原。　此際歡場耳熱，正燈明酒釅，如沸吹彈。任門前風雪，啼斷夜漫漫。更哀鴻、相膺曠野，盼陽烏、不出怎回暄。且休詫、逐淮南去，舐鼎成仙。

第五十七集　慶春宮

賦豹房銅牌

霜根

牌爲丁闇公所藏，橢圓式，長三寸有奇，一面横刻『豹字七百七十五號』，下鐫豹形一面，刻『隨駕養豹官軍勇士懸帶』。此牌蓋明正德時豹房扈蹕武士所佩也。闇公索賦。

銀袋留模，紅盔分寵，詔教字换申鐫。皇城直宿有紅盔將軍、帶刀千户，領申字牌。見明《兵志》。數記龜符，形參雞幘，健兒徼幸朝天。駕旋家裏，虎圈闢、承恩御前。爪牙多少，真個纏腰，一色金錢。鷹坊等此荒煙。當道王羆，想見傳宣。打馬塵埋，投龍淵出，價高客氏名箋。幸留皮相，好摹付、宣鑪後編。寺攤評泊，休吊獵郎，見《魏書·官氏志》。且撫銅仙。

遜園

鑄虎分符，珮魚司鑰，羽林宿衛廂歇。宮邸連雲，門嚴勘契，另傳花隊回鶻。窄衫盤鳳，看紅粉、彎弓似月。君王游豫，玉水垂楊，舊詩曾説。只憐一例銷金，不使留皮，霧斑磨滅。如夢江山，坊名空在，老淚滄桑悲咽。孝陵何許，吊石馬、斜陽蕪沒。長生麋鹿，挂角殘牌，惜無人拾。

苓泉

樓起簪花，場開躪柳，六軍豹尾環列。絳帕封籌，緑鞲佩綬，御前親賜牌敕。尚方朱火，儼圖就、銀眸鐵額。當年想見，氈殿沈沈，羽林交戟。十三陵畔荒凉，石馬無聲，魚燈夜出。玉盌金釭，飄零盡後，猶剩前朝故物。虎城兔苑，問舊迹、銅仙能説。只今流落，冷市閑攤，土花緘碧。

切盦

塵蝕銅花，苔侵金眼，橢圓舊製誰匹。聞道當年，徼巡黄幄，羽林曾注尺籍。斐然文蔚，儼將作、真金鑄出。氈宫春暖，記伴期門，鶡冠宵直。將軍幕府宏開，樓啟簪花，佽飛雲集。家裏繁華，倘容馬舅，親拜斜封宫勅。教坊蕪盡，付遼海、令威收拾。傳觀墨客，應有金仙，淚鉛潸滴。

姜盦

簪約南巡，鑾回西苑，當年禁衛番直。龍翊排鑴，鷹揚分佩，羽林憑授尺籍。健兒何幸，道朱壽、軍符手執。天邊更有，八虎縱横，假威神策。只憐角觝銷沈，鮮花重剔。

門契盈方，同漂金狄。邊費輸京，海防進御，今古離宮禾麥。正德三年，罷修邊垣，輸其費於京。與移水師費作園工情事正同。漫嗤銅臭，頗詳載、周廬短敕。精鏐剩付，詞客摩挲，

惜仲

天子無愁，義兒干寵，别開南内黄幄。過錦軍容，穿宫門籍，臂鷹嗾犬交錯。扞掫何事，任來去、長閑鶴籥。弄兵朝夕，更狎於菟，此間行樂。且容舊物摩挲，回首康陵，獸荒如昨。威武旌旗，法王敕印，一例兒嬉堪愕。可憐神器，早輕擲、貂璫掌握。姚江仗鉞，鐵券猶虚，毁同金鑠。

蟄雲

斑管圖形，玄銅垂佩，羽林幾輩宵直。宣府雲迷，淮樓花渺，詔題猶記正德。一方御簾天近，傍仙仗、東風放入。鷹坊中貴，鳳艒名娃，俊游應識。

蘚字分明，憑話前朝，恨隨沈戟。煙火殘棚，管弦舊苑，何處重招鵑魄。淚鉛空認，料難問、提鈴夜色。飄零劫後，留付詞人，冷攤覓得。

弢庵和作

雲黯康陵，蕪深南内，片銅剩臭猶劇。蹋踘無儀，争棋不遜，若曹長此門籍。

一從夜出居庸，關鑰難遮，印符親勒。家裏忘歸，覆舟漁後，歌哭都成陳迹。一朝遺念，但天府、圖藏警蹕。留名真個，威武餘風，就中呼出。

尾隨氈幄，更何羨、穿宮五百。漫勞譏察，義子聯翩，况兼豪賊。

樊山和作

霧澤南山，雪深朔漠，黑衣競扈鑾蹕。花管窺斑，金錢錯彩，御書朱壽押敕。穿宫佩帶，與獅紐、金符宛合。歸來家裏，牢守天關，禁闈深密。帝綸鐫入牙璋，值内貔貅，捍掫尤力。宸濠南畔，親征白下，不分戈操同室。變爲君子，有新建、功成黄石。王守仁擒宸濠於黄石磯。留皮傳與，詞客豪吟，鐵槍作筆。

第五十八集　清平樂　上元燈詞

查灣

釃寒城闕。漏定瓊籤歇。轉燭年華情味別。愁問舊時明月。　藥爐一榻蕭然。燈花翦盡無眠。驀聽鄰娃笑語，隔墻飄過鞦韆。

侖閣

上元長夜。一刻千金價。有約踏燈同去也。簾外春寒休怕。　天街寶馬香車。當年風物堪誇。冷落而今水部，夢中曾到京華。

遜園

舊時今夕。月與人同色。簫鼓喧闐香霧塞。春在朱樓南陌。　梅花伴我多情。風廊珠箔盈盈。只道歡場猶昔，深宵又夢春明。

苓泉二闋

繡塵如霧。月轉華燈午。蟬鬢貼花聞笑語。猶鬬翠蛾妝譜。《乾淳歲時記》：『元夕，內人及小黃門，皆巾裹翠蛾。』　曾游絳闕瑶壇。海霞紅照鰲山。銀燭樹前似畫，不知簾外春寒。

雪晴池舘。珠樹銀燈暖。誰識霓裳宫譜換。依舊六街弦管。當年蹋月東華。貂裘夜醉琵琶。今夕燒殘鳳蠟，玉蟾冷照梅花。　　忉盦

暗塵隨馬。火樹鰲山跨。不道金吾剛禁夜。到處舞休歌罷。底須疊鼓催殘。魚龍百戲闌珊。爲問淮徐烽火，可應照徹江關。　　姜盦

寒津春殢。簫管都慵理。又道鬧蛾喧海市。高揭珠簾春謎。更深冷月侵衣。燭龍引夢迷離。自起挑燈紀麗，鈞容舊譜重攜。　　息庵

飄珠結翠。夾道香塵起。萬點春燈如夢裏，艷鬬紅蓮秋水。白頭作客天涯。鼇山回首東華。今夕傳杯何處，鏡屏冷伴梅花。　　蟄雲二闋

天街夜迥。蹋遍金鳧影。搖夢紅蓮風不定。一枕春酲吹醒。白頭還對鼇山。

人間換盡雕闌。片片粉蛾飛斷，十三樓上春寒。

燈筵春短。夢逐香車遠。柳月黄昏簾不卷。今夜東風偏懶。樓臺歌管誰家。愁人暗惜年華。臥看盤窗蜥蜴，小紅影上梅花。

第五十九集　澹黄柳　咏新柳

補盧

三眠未市，眉意誰描出。煞費春風裁翦力。幾許攀殘冶葉，無賴鶯梭又抛擲。曉煙織。青青弄初色。便愁煞，渭城客。看風光漸轉銅駝陌。寄語東皇，漢宫人字，留意重扶舊碧。

忉盦

青陽轉籥，原草寒猶勒。弱縷纔黄鶯語澀。幾許煙絲澹抹，思綰游驄總無力。驛亭側。前番送行客。憶攀處，已陳迹。但纖腰鬬舞渾如昔。忍待重來，滿天飛絮，迷盡春城巷陌。

息庵

誰裁細葉，端借東風力。暖泮輕冰池沿碧。看到飄煙抱月，應待飛花過寒食。謝娘宅。銷魂又今昔。乍青眼，慰歸客。怨江潭昨種成新識。暗悔凝妝，陌頭親見，先問封侯消息。

辛盦

東風送綠，漸入江南陌。燕子歸來春寂寂。纔解臨波弄影，便向河橋送行客。

算佳日。匆匆又寒食。玉關外，一聲笛。怕枝頭漏洩春消息。待到歸時，雨絲煙縷，總是離愁織得。

愔仲

眉痕隱約，先逗春消息。萬種纏綿非昔日。更耐回黃轉綠，愁綰東風尚無力。

鎮蕭瑟。柔條染成碧。白門下，幾攀折。倘歸來裊娜還相識。絕代銷魂，舊游如夢，低怨誰家玉笛。

蟄雲二闋

偎闌弄碧，金縷纔堪折。漸近津亭寒食節。生小風情解得，漫與人間管離別。

翠眉結。相看正愁絕。乍嬌舞，緒風掣。怕青青幾日吹成雪。待燕簾櫳，卸燈庭院，剛挂黃昏瘦月。

蠻腰瘦絕，慵舞東風側。弄影池臺春寂寂。停待宮眉展綠，爲問何人解吹笛。

正相惜。靈和好顏色。舊陰遠，黯芳陌。怕天涯倦眼青難得。欲訴纏綿，暗憐漂蕩，偏是新鶯未識。

弢庵和作

回黃轉緑，誰透春消息。入畫纖眉舒未得。寄語行人莫折，留與千門作寒食。御河側。青青自今昔。乍裝點，可憐色。憶當年重爲靈和惜。試念東風，玉關遮斷，猶有羌兒怨笛。

倬盦和作

連年鼓角，愁壓東風陌。古柳長堤人惻惻。試捲湘簾縱目，千里情懷燕曾識。怨寥寂。盟言漫輕食。渺煙縷，李師宅。信濃霜清馬催行色。唱遍蘭陵，問君憐未，凄冷天涯恨碧。

第六十集 應天長

費宫人巷限美成體

霜根

鯉風扇海，鮫霧架樓，英靈獨數巾幗。碧玉小家争説，當年劍仙出。青霞選，甘殉國。肯聽爾、大蟲添翼。副車中，血濺桃花，頓駕雌霓。燕趙有餘風，粉聶釵荊，佳俠破常格。要替孟宫花蕊，門楣换清白。孟蜀花蕊夫人亦姓費。荊聶後，憑吊客。等拜倒、麗娃鵑魄。張吴隆安公主於明兵入城時，突圍救夫，自刎死盤門新橋下。事見《蘇州府志》。後名其地曰麗娃鄉。御河底，一樣完貞，何處埋碧。與費宫人同殉者，有魏氏等三百人，同投御河死之。見《明史稿》。

遜園

煤山殉後，哀葬柳棺，元凶僭號金闕。莫問舊時勳戚，新朝又臣妾。青霞火，猶未滅。有慷慨、女中荊聶。冒公主，手刺於菟，匕首如雪。巾幗勝鬚眉，吊古津橋，秋冷暮潮咽。問取佩環歸否，蒼苔認殘碣。滄桑恨，休更説。聽怨曲、數聲淒切。采香侶，只羨眉樓，誰論奇節。

補盧

御河未入，眢井復蘇，天乎造就奇節。憤得鼎湖消息，回思寸腸裂。殲渠手，心似鐵。强笑語、暗中嗚咽。洞房夜，袖裏刀光，一縷寒雪。寧死爲全貞，虎穴從容，拚灑頸腔血。但把主家私祝，無人識潢牒。紅心草，縈秀骨。訪舊里、未經蕪没。最嬌弱，十六年華，行路能説。

苓泉

玉河瘞碧，金井盥脂，滄桑屢换塵劫。舊日緑楊門巷，紅鵑尚啼血。津橋畔，尋故迹。莫認作、苧蘿香屧。想羅袖，噴灑桃花，劍影如雪。回首吊乾西，一炬青霞，蘭麝散芳烈。更有美人虹起，英英貫星月。宫娃小，能殺賊。勝石砫、錦袍勛績。料應伴，帝女乘鸞，同叩瑶闕。

辛盦

江山暮雨，宫闕夕陽，銷沈一代陳迹。誰向晚煙門巷，重尋美人宅。青溪畔，春寂寂。甚處問、浣紗消息。想環佩，故里歸來，夜月曾識。爲話那時事，粉黛英雄，雪憤逆鋒戟。便覺劍光釵影，悲風動遥夕。河橋路，芳草碧。訪妝閣、舊痕難覓。只梁燕，未辨誰家，等閑飛入。

愔仲

玉鈎夢冷，彤史姓芳，蛾眉一代奇絶。往事訴天應泣，紅妝勝荆聶。人神憤，纖腕雪。詫帝女、鏡鸞猶活。盛冠帔，醉刃於菟，是仙非俠。　誰信井無波，擁出娉婷，啼斷杜鵑血。肯逐上陽花落，倉皇注鴛牒。殲仇了，歸絳闕。恨逝水，潞流嗚咽。問當日，粉磑脂田，幾人能説。

閏枝和作用片玉韻

啼鵑恨杳，飛燕徑迷，門楣吊古生色。甚處翠蕪埋玉，宮斜閉寒食。興亡事，悲過客。送鈿轂、苧蘿人寂。漫腸斷，閲世滄桑，滿路苔藉。　慷慨殞紅顔，一劍酬恩，天問競呵壁。故殿又更陵谷，烏衣幾荒宅。丁沽畔，塵障陌。早淚灑，夢華陳迹。聽歌板，寫怨春風，環佩猶識。

徵宇和作

移星柳宿，留井緑珠，風流早被坊陌。怎似刺仇宮女，捐生爲君國。龐娥恨，張鳳泣。中一擊，副車猶惜。玉鈎碎，姓氏長題，舊衛芳籍。　無分共攀髯，阿監承恩，佳傳待争席。準備揕胸身手，提鈴晦冥夕。湔紗水，丁字碧。看釘落、米脂妖魄。帝城近，過往男兒，汗顔無色。

倬盦和作用片玉韻

彤編恨寫，華表夢歸，坊桃澹損顏色。聽到路旁餳笛，津橋又寒食。烏衣燕，原似客。漫認取、舊楣煙寂。玉驄過，柳外誰家，粉絮飄藉。紅袖管興亡，破碎河山，何處問殘壁。只付怨春詞筆，留連小喬宅。卷葹草，生翠陌。渺社鼓、薦蘋遺迹。淚斑染，月下鵑魂，遥夜應識。

煙沽漁唱卷四

第六十一集　醉鄉春

咏酒痕

忉盦

蓋篋故衫重試。襟上斑斑銷未。似彷彿，麴塵香，長憶那回沈醉。不是口脂紅膩。恐有傷離滋味。儘浣濯，越分明，舊歡歷歷心頭記。

踽公

重碧更濃於染。暈入檀心深淺。引春酌，散閑愁，長憶羅裙紅濺。捧到玉鍾香釅。恰映羞霞嬌臉。熨偏膩，涴難銷，就中怕有啼珠點。

息庵

十載疏狂銷未。襟上杭州憑記。綺筵半，畫屏中，曾索玉人同醉。別有感時清淚。那禁羅香紈膩。細鱗碧，小槽紅，淺深都是愁滋味。

蟄雲

倚笑憶翻羅袖。消領黃藤蘇手。便醉裏，已魂銷，何況舊香銷後。好夢竹西醒又。賺向花前回首。一重涴，一番愁，沈腰更爲春衫瘦。

弢庵和作

慘緑暈涴遍故衫休滌。知是幾場餘瀝。望疑影，鼻猶香，誰信墜歡難拾。成重碧。壚下可憐陳迹。比白傅，説杭州，滿襟況是聞琶濕。

倬盦和作

祖帳去泥酒白頭花顫。襟上舊痕深淺。共灑淚，兩心知，休促侍兒輕澣。程千萬。送客離尊正滿。昨夜夢，説杭州，故鄉買醉春衫短。

第六十二集　探芳信

飛翠軒春集觀杏花，時忉盦南行有日，悵然賦別。

侖闇

畫簾暮。正燕子歸來，纖寒猶駐。喜膩闌香满，紅濕帶風露。尚書門舘今無恙，美蔭留春住。黯銷凝、夢斷瓊林，日邊何處。

吟賞動離緒。歎墮絮飄萍，翠尊誰主。此去江南，芳草已迷路。來年更展暘臺約，慎莫芳期誤。待追尋、共聽樓頭夜雨。

霜根

羡和靖。乍嘯咏梅邊，重開三徑。要鬧春佳賞，翻新入詞境。長安十里游韉倦，也報黃鸝請。溯南塘、指點墻頭，者般嬌靚。

舊夢暘緋醒。尚聽雨驚殘，倚雲憐冷。寄語花枝，休當柳枝贈。酒旗大好江南路，招我鄉心迴。算今年、未負鞭絲帽影。

遜園

送芳晝。更刻燭修簫，詞窗影瘦。問鬧春消息，春到鬢絲否。匆匆吃罷桃花粥，又到清明後。且開軒、洗眼香雲，小鶯呼酒。

嬌粉晚煙逗。歎一樣宮妝，冷脂紅皺。怕説燕山，春色總非舊。先生去也江南雨，惜别重搔首。倚參差、唱到新聲折柳。

苓泉

过春仲。乍梅雪消寒，梨雲破凍。正鬧紅庭院，香浮日華動。白頭已没簪花分，醒了瓊壺夢。更休談、繡陌東風，鈿蟬箏鳳。　南國峭帆送。恐欲寄銀箋，燕翎愁重。十里紅樓，簾捲萬花擁。縱教院體描金粉，争似瑶臺種。訪詞人、可有蓬山小宋。

蹻公

幾凝佇。漸欲白仍紅，微開半吐。正膩闌輕疊，春意鬧如許。小桃謝後來雙燕，翦翦霏香霧。惹連番、愛惜相看，恁般將護。　凄絶更無語。悵春雨江南，峭帆歸去。客子光陰，詩卷伴朝暮。賣花聲裏深深巷，嘆息曾聞否。太平園中有杏花數十株，花時或聞有嘆息之聲。見《揚州志》。剩孤吟、玉笛誰吹和汝。

辛盦

信風暖。把萬點輕紅，枝頭吹滿。正探芳人到，携酒舊池舘。隔墻露出春消息，只欠青帘颭。算春寒、過了清明，絳雪纔展。　樓外畫簾捲。記深巷前番，賣花聲唤。碎錦坊城，忙煞舊巢燕。銷魂報道先生去，春雨江南岸。待歸來、怕見緑陰滿院。

惜仲

錦坊下。是冷節禁持，新妝嬌姹。甚泥人春滿，先生待歸也。玉容微殢宵來酒，還促芳尊把。漸黃昏、晝箔低垂，蕊珠閑話。　霜鬢倦游冶。慣聽雨無眠，小樓前夜。

到眼明姿，須趁好風嫁。日邊消息經時斷，雙燕飛來乍。約追歡，更策東華瘦馬。

蟄雲

欵芳晝。正絳蠟凝妝，紅簾勸酒。漸鳳樓人老，春似舊時否。飄零瓊苑無消息，

閑付填詞手。更關心、細雨江南，錦帆歸後。　風信幾番透。待醉覓花村，夢尋蘿岫。

客燕年光，詩卷儘消受。香林十里垂鞭路，宮錦應裁就。負韶華、怕惹流鶯暗咒。

第六十三集　百字令

題栩樓詞集寫影

查灣

東風著力，把朋簪、吹聚小桃花底。聯袂詞仙，餘幾輩、占斷朱闌十二。館愛靈芬，亭招秀野，一片銷魂地。惱人春色，鏡中華髮如此。　何况墨淚單衣，故懷輕换，獨自憐憔悴。拂面垂楊千萬縷，織遍閑愁似水。瘦減腰圍，慵舒眼纈，儘彀傷心矣。儁游休負，慰情聊共吟醉。

霜根

爲春留影，當公麟、一幅西園高逸。人在花中，花在鏡、巧借駐顔新術。哀郢窮交，避秦舊侶，把臂芳林入。廬山真面，認他黄九秦七。　憐我屏迹歡場，擔頭桃李，愁付觀河集。倚遍闌干人十二，慚鬭靈芬詞格。同攝者十二人，頻伽詞品數亦十二。杏鬧題新，棠顛號儁，還把韶華惜。鬚眉如此，數帆臺畔鴻迹。臺傍衛河，樊榭爲查蓮坡作。

遜園

斷雲一葉，倩東風、寫取飄揺心迹。十載行歌，津步月、無復舊家吹笛。艷雪樓荒，水西莊邈，又集彈箏客。題襟清課，主盟多讓寒碧。一鏡照影婆娑，桃花如雪，偏笑人頭白。自古留春空作計，只有春愁留得。歇浦離悰，龍沙旅恨，謂忉盦、匠厂。待付玲瓏拍。金尊無恙，眼前休感今昔。

姜盦

瓊陰夢遠，過芳時、難得春人忺意。曲水驄稀，鶯囀歇、纔數雲津花事。白帢圍香，青尊嚼蕊，一鏡行看子。鬢眉都俊，萬紅飛上吟袂。多半萍泊題襟，風情休問，憔悴蘭成耳。賴有金荃回艷緒，分按箏弦十二。是日集者凡十二人。拾翠情慵，逃禪意可，欠我花間醉。東闌詩在，清狂惆悵誰寄。

辛盦

園林小幅，是今年、留得天涯鴻雪。憑向柳絲，花影裏、指點詞場人物。漢上題襟，竹西載酒，千古風流接。驚心看鏡，星星添了華髮。幾度玉麈談玄，銀箋賭韻，幽事閑商略。不識是賓還是主，雁序鵷行排列。煙閣圖形，浯溪勒頌，都付空言説。花晨月夕，消磨多少豪傑。

愔仲

好春難畫，且安排、吾輩輕陰池閣。數並闌干，人十二、長許鏡天留著。爾汝忘形，須眉玩世，海曲同羈泊。拈花微睇，主人詩鬢猶昨。知否病枕銷磨，芳韶隔眼，曾怪東風錯。染柳薰桃經歲事，無恙誰專林壑。刻意如儂，書空易老，假日成佳約。幾回凝佇，夕陽還在簾角。

蟄雲和查灣韻

園林罨畫，記金尊、前度客來花底。小拍霓裳，剛曲罷、催捲珠簾十二。坐石苔寒，偎廊柳暗，亭館三弓地。題襟肯負，眼中春色如此。遍是絮影籠愁，花痕送暝，慣寫人憔悴。鏡裏風光留不住，一片斜陽流水。冷笛誰邀，危闌幾凭，詞客魂銷矣。好春漸老，夢回還戀殘醉。

立盦

閑庭芳晝，倚東風、又到小桃時節。花下客來，應不俗、勸飲金尊休怯。戲蝶爭新，游蜂欺故，忍放韶光別。直須狂醉，剩教他日追説。閲遍遠緑高紅，詞人漸老，爭恁耽風月。枝上流鶯簾底燕，也識芳愁重疊。況是筵前，柔條萬縷，相送還須折。畫圖難貌，近來添了秋髮。

第六十四集　惜餘春慢

餞春

逝水年華，催花風信，轉眴春將歸去。垂簾院静，秉燭園深，誰把寸陰留住。休道天涯路遥，無限别愁，此情難訴。但年年期會，人間天上，去來何處。

剛艶説、鳥囀花濃，韶光長在，却又魂銷南浦。桃凄杏怨，燕懶鶯慵，更有杜鵑啼苦。愁見池塘緑陰，曾記别時，傷心前度。念臨軒惆悵，凄凉一作平盞，紫皇知否。

侖闇

緩緩來兮，匆匆去也，借取陽關離盞。愁邊汐社，亂後新亭，痴約者番排遣。知道春非我春，前度曾經，勝懸幡翦。怎收場容易，商量交代，雨絲風片。

憑再訂、翻藥聯吟，餐櫻清集，總覺年芳難挽。鶯歌漸澀，蝶舞將慵，一味惹人凄眷。誰把飛英會開，緑瘦紅肥，追歡都倦。佇東皇回馭，清尊無恙，那時重款。

霜根

炙杏薰桃，匆匆完了，又報春將歸去。連天鼓角，滿地關河，春去定歸何處。

忉盦

從栽遍隋堤緑楊，千縷長條，綰他難住。剩丁寧私約，明年重見，怨懷憑訴。從省識、初夏光陰，槐風清潤，別有伙人庭宇。將雛燕老，求友鶯疏，總覺黯然無緒。惆悵年年異鄉，聽雨對尊，驪歌聲苦。便嚴裝催發，江南應是，緑陰無數。

姜盦

笑問春人，留春無力，怎被楊花催老。詩筒日費，芳醥多賒，吟得幾番春曉。誰信闌珊到今，一碧無情，萬紅空掃。嘆東皇渾似，河梁行客，去程雲杳。還細數、携手天涯，花期月夜，密語深情多少。流鶯相厚，杜宇偏啼，賺我夢痕難了。且趁晨鐘未催，却拾幽歡，比山盟好。算回黄有日，迎來臘尾，賦歸須早。今年置閏，臘底當立春。

蹻公

薄暝籠煙，番風飄雪，冉冉催移芳序。量愁錦瑟，戀夢銀屏，惆悵鬢絲遲暮。拚無那閑凭畫欄，簾外斜陽，幾回延佇。漸調鶯歌倦，聽鵑心怯，黯添離緒。打疊、芍藥殘尊，櫻桃蠻榼，好挽風光留住。流蓬斷影，逝水閑愁，悄向亂紅低訴。偏是漫空絮狂，吹遍舊堤，難遮歸路。問王孫踪迹，平蕪天遠，欲尋何處。

辛盦

病酒光陰，懷人情味，那更春愁如許。落花祖帳，芳草離亭，分付燕儔鶯侶。啼遍千山杜鵑，不喚春還，却催春去。恁一般漂泊，尊前搔鬢，暗傷遲暮。長恨是、寒食花朝，韶華如夢，廿四東風輕度。晨鐘未到，錦句强叶平裁，不似舊時情緒。望斷長亭短亭，又怕緑陰，又愁紅雨。只丁寧芳訊，明年東陌，柳絲黄處。

愔仲

鏡笑華顛，杯呼婪尾，萬事蹉跎如許。蘼蕪怨切，躑躅争餘，微惜美人遲暮。風信連番且休，輕暖輕寒，錯將愁鑄。漫憑高傷遠，鵑魂凄斷，更無啼處。誰念我、箋夢襟疏，弦詩塵滿，倦閲叢臺歌舞。何堪舊國，已過芳時，黯黯夕陽終古。長是天涯不歸，催換緑陰，池臺非故。儘荒波趨海，漂花嗚咽，恨隨東去。

水香

小雨催收，東風吹老，亂煞天涯飛絮。留春不住，便送春歸，春可把愁將去。惆悵旗亭酒闌，誰遣紅兒，怨箏低訴。只芳華似夢，叫人回想，那時歡緒。還細憶、鈿陌迷煙，釵簾醉月，幾費蝶作平招鶯妒。尊前繾綣，病裏銷磨，負負俊游如許。聽到聲聲杜鵑，嗔緑怨紅，都難分付。願明年花好，傷離滋味，再休輕賦。

蟄雲二闋

寂寂空尊，依依殘笛，黯黯緑作平陰庭户。閑愁燕老，斷夢鶯疏，憑數雨朝煙暮。亭外朱欄幾重，多謝斜陽，片時留住。奈隔屏痴蝶，將飛還怯，似關離緒。應怨煞、溝水無情，千紅漂盡，任取芳韶來去。筵前錦瑟，陌上香鈿，長憶舊相逢處。偏是頻年浪游，聽慣啼鵑，傷心難賦。怕清狂都減，歌雲銷後，一簾塵絮。

幾日朱樓，東風如夢，數到銷魂時候。香塵舊苑，粉本殘山，多恐蝶魂俱瘦。猶是春前畫欄，偎遍斜陽，翠僝紅僽。問王孫歸路，津亭笛罷，剩寒知否。還念我、彈墨鸞襟，沾香鴛帊，漸漸風情非舊。傷高淚熱，怨別心孤，坐數落花偏久。聽到千山杜鵑，芳夢醒初，忍携殘酒。付新詞傳恨，分柑前度，一雙金斗。

倬盦和作

故國芟春，離亭沈醉，送目斜陽芳草。巖花散影，社樹成陰，愁更寺鐘催曉。簾底酴醾遍開，吹墮殘英，强簪冠小。恁長堤終古，柔腸牽恨，繫驄人少。思舊日、聯軫芳原，多情紅紫，浪蝶狂蜂飛繞。條風布暖，瑞露含滋，幾處麗游塵掃。良宴西園未歸，圖續李麟，名流垂老。盼庭軒清晝，屏幃如畫，乳禽鳴早。

第六十五集　緑意

詠緑陰

查灣

江南恨滿。又參差萬緑，天際遮斷。倒柳郵亭，無限離愁，添入夢雲零亂。煙梢露葉冥濛影，早暗裏、韶華偷換。恨杜鵑、啼斷殘春，似道謝橋人遠。　猶記危闌乍倚，畫簾鎮未卷，簷翠籠淺。不信流鶯，青子枝頭，喚得春魂能轉。簪花俊約都休問，儘黛色、眉痕凄怨。怕瘦黃、重試清霜，又惱感秋心眼。

霜根

繁華一瞥。漸挽春不住，光景清絕。別樣愁人，依樣留人，煙姿露態都活。飛章那用通明殿，是席地、帷天時節。謝碧翁、偏貺幽居，障斷醉蜂痴蝶。　如入歐公鴿夢，夢中一世界，何等芳潔。我愛吾廬，極望扶疏，錯擬陶家鄰結。閑情曾未湖州寄，肯浪怨、無花堪折。把此心、分付眠琴，倘許道成三疊。

補盧用石帚韻

簾篩碧玉。恰百花過了，林雨猶宿。日午逾圓，疑暝疑煙，扶疏半畝槐竹。

愔愔小院無人處，正送到、凉風窗北。小夢醒、覓遍凉雲，喜有一琴眠獨。休問尋春舊事，冶紅不自主，勻作愁緑。夏日幢幢，有樹堪因，且就寬閑爲屋。黄鸝三五蟬聲和，試聽取、無弦歌曲。待夕陽、移過闌干，宛是畫圖全幅。

遜園

漫空亂絮。恨芳菲畹晚，誰送春去。衆緑纔生，如水凉陰，便化碧煙無數。黄昏易覺紗窗暝，醉夢裏、自尋歸路。更那堪、遠到天涯，是處也多風雨。可惜芳華早歇，薊門剩落日，腸斷煙樹。柳盡空堂，槐老斜街，料得詞人難住。殘紅送斷凄迷影，只舊燕、伶俜相語。抱短琴、何地堪眠，終古此情誰訴。

忉盦

連番雨積。又催成衆緑，千樹濃羃。半角虚廊，空翠濛濛，蝴蝶飛來無力。紗窗昨夜蕉陰展，早染到、畫屏吟筆。儘暮雲、障住闌干，不放夕陽紅入。惆悵芳春易謝，杜鵑喚斷處，花片如濕。一碧簾櫳，雙燕歸來，怕是巢痕難覓。横床剩欲眠琴去，又却訝、么絲凉澀。想小樓、潤迫衣篝，怱問墜紅消息。

姜盦用石帚韻

瓊韶改玉。剩野鵑偶語，花外凄宿。客住愁城，簾幕愔愔，眠琴正隱幽竹。春波只蕩文通恨，算遍惻、吴南燕北。更莫思、拾翠前歡，惱入碧天羈獨。隨意空庭選夢，暮雲翳舊苑，誰眷頹緑。老鬢薰風，换盡園林，那認蘭堂花屋。清醪昨醉池塘晚，又一度、鬧蛙新曲。但避囂、蘿月閑廊，自展六么吟幅。

息庵用石帚韻

吹香墜玉。悵落花寂寂，簾静秋宿。雨繡萍衣，風綻楊絲，清陰幕展修竹。眠琴自覓深深處，染碧漲、畫橋南北。况芭蕉、影透窗紗，永晝伴人閑獨。猶記重榴照眼，絳英不自惜，顛倒苔緑。换盡詩心，小步煙莎，却愛槐廊桐屋。枝頭一點殘紅碎，故惹起、悲春心曲。賴翠藤、千繞迷人，似解越羅裙幅。

辛盦

重重叠叠。恰翠雲似洗，紅雨初歇。燕去鶯歸，一樹無情，早又吟蟬聲咽。驀看半角斜陽露，却暗被、微風吹缺。怕有人、曲徑行來，不辨碧紋羅襪。常帶苔痕草色，玉闌隔不住，移上簾末。庭院愔愔，片席分余，棋局琴床容設。縱然春老花飛盡，也勝似、滿林殘葉。暗裏剛、收拾黄昏，又送薜蘿新月。

愔仲

無情一碧。鎮晝閑似水，簾户非昔。却怪東風，飛絮飛花，匆匆催换芳國。酴醾酒釀傷春淚，忍便説、池塘明日。是幾時、妝褪林谷，變盡舞紅顏色。誰更堂成背郭，定巢熟燕語，空翠蒙密。畫裏人家，門巷愔愔，隔斷黃塵消息。人間逐熱干何事，且準備、晚凉吹笛。甚綺懷、偏恨來遲，秀奪杜郎吟筆。

蟄雲

翠幬怨結。早緒風翦斷，千點花雪。畫閣愔愔，憑問瑤雲，憶否款春時節。閑情待覓眠琴處，誤芳情、晚鶯猶説。漸鬢絲、減了樊川，悔向霅西傷別。還愛堆屏碧淨，小庭乍過雨，清沁苔髮。夢後風光，洗盡千紅，栖鳳應憐香葉。攀枝漫怨青青子，襯芳草、一般幽絶。又夜來、濃蘸詩愁，搖曳半簾煙月。

立盦

臨池閑竹。喜結成翠蔭，還展新幄。擢本交柯，蹊徑沈沈，密意尚憐幽獨。徘徊鵲倦星稀夜，但自有、繁枝堪宿。又暗愁、挾彈王孫，也向此時追逐。猶記何人手種，碧雲幾萬疊，長絆芳躅。漆枕藤床，高卧風前，更與揀將濃縟。蔚然莫起凋疏嘆，待一醉、渾忘南北。怕醒來、日影參差，轉恨亂紅飛速。

第六十六集　臨江仙

咏新荷

查灣

三十六陂人乍到，可憐點點錢錢。蝶衣翻水碧初圓。微遮鸂鶒雨，碎翦鷺鷥煙。　扇底薰風纔一縷，曉來清露如鉛。柳絲低蘸鏡湖天。鬧紅曾幾日，采緑又今年。

霜根

有意看花先看葉，葉香替得花香。羨他世界占清凉。亭亭青蓋下，已解護鴛鴦。　記賦玉京秋一曲，凌波幾度思量。歡場又展水雲鄉。莫教歌驟雨，累我倦尋芳。

忉盦

輕艇横塘摇夢去，田田如鏡新磨。緑雲幾疊貼凉波。只憐青蓋小，難障夕陽多。　三十六陂江上路，曉來驟雨初過。彩鴛眠處露鬖髿。遮門十作平萬頃，待唱采蓮歌。

息庵和查灣韻

浴水鴛鴦風乍暖，緣溪萬疊青錢。如珠清露滴初圓。藏魚羞見月，宿鷺渺如煙。白髮江南餘一夢，紅酣應謝丹鉛。水蒲風絮夕陽天。翠奩添小影，玉貌想當年。

愔仲

點水輕圓浮葉小，盈盈夏始春餘。風懷偏似涉江初。凌波人絶代，拾作翠鈿無。號十六陂歸路迴，記揮別淚成珠。舊時青蓋恰闌渠。抽簪剛幾日，心苦卷還舒。

蟄雲

昨夜銀塘新雨歇，鏡中人面田田。輕盈碧玉尚雛年。緑雲妝未就，閑處貼香鈿。憶否鬧紅前度醉，鑄愁無奈青錢。淥波重疊待游船。幾時羅蓋底，容得錦鴛眠。

第六十七集　琵琶仙

匠厂歸自濱江，集於栖白廣，酒闌同賦。

查灣用石帚韻

榆塞人歸，乍相見、歎我青衫如葉。商略簫譜重修，新詞總凄絶。零落盡、煙情水夢，鎮腸斷、隔花啼鴂。借酒瞞愁，留燈伴影，心緒慵説。再休問、江筆曾題，儘虛負、梅黄好時節。棖觸琴邊舊事，換連番蓂莢。人意比、垂楊更懶，却怕看、粉絮吹雪。况又横笛高樓，玉驄催別。

霜根用石帚韻

琴舘蕭閑，慣看盡、得意風帆千葉。誰分詩款鷄林，風流占雙絶。剛去也、遥空數雁，又歸也、緑陰聞鴂。夢裏花鑣，愁邊蒜酪，幽緒難説。且分付、排日追歡，把尊俎、探支浴蘭節。都道送春容易，換番番蓂莢。離合事、由天簸弄，感散沙、更感團雪。試問同調秋笳，幾回傷別。

苓泉

孤舘殘鵑，問經過、幾度花開花落。依舊關塞黄塵，雲萍共漂泊。臨去日、玉作平梅似雪，再來已、緑陰簾幕。翠帕凝香，青衫涴酒，重引芳酌。試回憶、茸帽衝寒，正千里、狼烽照松漠。難得畫堂今夜，對明燈珠箔。還檢點、龍沙舊記，向海天、再訪遼鶴。怎奈箏雁拋殘，又聽譙角。

忉盦

櫻笋光陰，恍猶似、客歲嬉春時節。遼客漂泊歸來，漫天遍榆莢。休更問、連江戰鼓，喜相見、未添華髮。笛裏清尊，笛邊斷夢，離緒天闊。記殘臘、鄉國初歸，正茸帽、衝寒犯邊雪。誰道舊歡纔理，又陽關催別。吟望處、驚心濺淚，怕玉龍、一夕吹徹。直恁離思回環，爲伊凄咽。

叵厂用石帚韻

殘臘離筵，只空省、去住孤踪如葉。黏鬢千點霜濃，衝寒更凄絶。念塞上、東風太懶，怕遥憶、故園啼鴂。海水朝添，津橋夜冷，羈思誰説。又天際、吟侣相逢，恰荊楚、蒲香舊佳節。同酹一尊芳醑，悵知時蓂莢。依石帚、瑶琴自訴，有小紅、艷舞翻雪。那忍攀盡煙條，黯然重別。

姜盦

花事闌珊，恨春去、乍見天涯歸客。詩夢還落青梅，襟塵洗龍磧。重檢點、琴邊鬢影，認依舊、素心晨夕。暝角吹愁，清尊倚醉，閑按新拍。奈還是、雲外兜零，悵羅葛、風光幾拋擲。辜負一番鄉味，對盤中盧橘。多少事、雲萍聚散，算酒邊、快意差得。怕數怨緑蒙茸，依闌天窄。

踽公用石帚韻

禪榻茶煙，倩扶起、病後吟身如葉。休話塵夢摶沙，低徊儘凄絶。還記省、傷春舊緒，直聽到、盡情啼鴂。彩筆慵拈，銀屏强醉，離思愁説。報榆塞、羈羽歸來，正蒲緑、榴紅好時節。芳約翠尊重續，惱飛花飛莢。遮莫負、高樓月夜，共笑看、兩鬢堆雪。却怕無賴驪歌，又催人別。

息庵用石帚韻

休浣征衫，快携酒、醉倒雙雙荷葉。簾外紅綻榴叢，酡顔鬬嬌絶。相憶久、離亭草緑，更催醒、夢中啼鴂。共倚高樓，星辰似舊，烽火愁説。況同是、漂羽天涯，賜衣在、香羅戀佳節。經眼錦帆何許，等飛花飛莢。千古恨、湘流不盡，試彩毫、意皎冰雪。但恐騅繫垂楊，又憐輕別。

辛盦

鎮日啼鵑，緑陰外、唤醒天涯歸客。依舊然燭西窗，芳樽對今夕。臨怨曲、東風似惱，又吹散、燕南鴻北。花暗金閶，雲橫玉塞，愁問行迹。試回數、眼底風萍，儘辜負、春秋幾佳日。無那舊歡新夢，付江郎吟筆。憑幾樹、津橋瘦柳，料不禁、歲歲攀得。只恐相見秋期，鬢霜添白。

蟄雲

重對滄波，快携酒、一洗征衫愁色。應念津柳多情，依依待歸客。多少意、釭花細翦，怕吟望、照來頭白。冷角心驚，危弦恨迸，還戀佳夕。最無賴、多病休文，嘆春後、芳尊幾虛擲。收拾燕勞千感，付高樓橫笛。偏夢裏、清歌易散，又暮雲、睇斷天北。準備歧路風花，亂愁禁得。

第六十八集　浣溪沙

題慧波畫箑

查灣

自是輕紈易感秋。燕蘭啼露一枝幽。風情重寫小銀鈎。　春影匆匆鶯漸老，夜香寂寂蝶應愁。誰家弦管在高樓。

忉盦

白袷風情不自持。個中風趣六郎慧波行六知。依依懷袖慰相思。　法曲猶傳天寶盛，幽香常憶義熙時。箑畫菊。忍教紈扇怨班姬。

姜盦

珠箔飄燈舊影空。金臺落日淚重重。玉人向晚託花傭。　笑我瑣言尋北夢，憐卿濇墨寫西風。無聊情緒一時同。

愔仲

十萬春花結習空。偶然拈筆寫秋容。露馨霜苦有無中。　隨俗醉醒原了了，出君懷袖莫匆匆。等閑塵篋避西風。

水香

莫倚銀箏傷老大，
腕底愁痕點染成。研朱滴粉總雙清。燕蘭憔悴可憐生。
慣拈斑管寫伶傳。一般懷袖見風情。

蟄雲

重撥春心勻酒淚，
猶憶燈屏舞柘枝。杯闌一笑看調脂。櫻桃斜畔月斜時。
暗分秋色逗歌眉。看花人亦鬢成絲。

第六十九集　石湖仙

題石帚集

龠閣

煙波容與。憶當日吹簫，低唱相助。回首指松陵，是扁舟、經過舊路。風華標映，最可念、一生羈旅。吟苦。記客游、半在吴楚。　悠悠古今一例，引千端、琴懷笛緒。夢裏征鐃，想像承平歌舞。雅樂云亡，漫翻金縷，更無人譜。愁幾許。蕭條剩此詞賦。

霜根

詩評高妙。更山水清空，隨處詞料。一足奏雲韶，感平生、嘉名有兆。金星占命，訂曲譜、蟹行誰曉。同調。對小紅、點拍雙笑。　傷心鴂啼一片，莽江湖、年年寄傲。擬就鐃歌，總負凌雲襟抱。擫笛天荒，謚簫人杳，馬塍遠吊。鸞鳳嘯。梅山漫溷真稿。

補盧

蒓波松雨。算籠帽吴興，贏得羈旅。無復獻鐃歌，只霓裳、新聲自譜。平生知己，剩僂指、石湖平甫。何許。惹燕鶯、别後情苦。緣何徵翻越調，黍離離、中原誰主。夢裏胡沙，忍聽昭君琶語。暮鼓西陵，畫船煙浦，滿含愁緒。吟望處。殘山一碧終古。

忉盦

堯章歌曲。自嘉泰東巖，編次成録。白石詞自嘉泰二年錢參政首刻於東巖公祠，所題錢氏《湘月》也。删汰付祠堂，幾沈淪、塵封莫續。道人廿世孫虯録《箋略》云：『東巖刻後，公又手自删汰，録定本藏於家。』所謂祠堂本也。南村讎校，稍慰意、裔孫虯録。元至正間，陶南村始據葉居仲手抄本校訂於錢塘之用拙幽居。堪哭。問甚時、重譜絲竹。自至正至國朝，幾四百年，世無知者。毛氏子晉刻六十一家詞，亦僅就《花庵詞選》刻三十六闋，不及原篇之半，可慨也。神功竟難久閟，似豐城、英光上燭。好事雲間，鄭重陶鈔重覆。乾隆中，雲間樓敬思始將陶鈔流布，其後乃有江都陸繼輝、華亭張奕樞刻本。載雪垂虹，擫簫高躅，儼懸心目。流沫讀、宗風可許私淑。方校樵風手批石帚詞，適得社題，因撮敘之。

臣厂用集中韻

湘靈芳浦。問三楚煙波，吟侶游處。盧橘憶長沙，古城陰、青驄既去。家山回眼，鎮怕見、蕚紅飄舞。誰與。對石湖、悵望終古。重懷馬塍艷迹，只空留、花間舊句。似聽文簫，夜咽高樓風雨。度曲千聲，化愁千縷，爲調珠柱。搜韻語。瓊瑶定入西府。

姜盦用集中韻

觥船東浦。蕩湖水湖煙，冷月吟處。笛作平唱老仙詞，漾天邊、孤雲不去。江山文藻，早寂寞、小紅歌舞。空與。向舊家、水磨懷古。生平有書自述，老長安、空傳恨句。萬里青山，幾惜垂楊風雨。寫夢千巖，翦愁千縷，剩調弦柱。憐俊語。不作平教正樂天府。

蹻公用集中韻

西風南浦。問當日詞仙，吟向何處。三十六磯邊，渺煙波、盟鷗散去。銷魂前度，更漫憶、楚腰纖舞。誰與。剩馬塍、黯黯終古。低徊暗香宛在，契幽情、重題怨句。淚眼殘山，換盡年時宫羽。試酌金罍，緩歌金縷，爲調弦柱。留俊語。江關老矣開府。

息庵

鴛儔鷗侶。嘆幽恨飄零，長寄煙雨。天馬夢中興，獻鐃歌、欲追漢武。春心孤奏，更寂寞、竹西花譜。虚度。想鏡邊、鶴氅騫舉。還愁小紅嫁了，暗香銷、空傳韻語。自述生平，不減蘭成詞賦。野老林泉，暮年簫鼓，瘦吟清苦。羞付與。殘山剩水歌舞。

愔仲

孤雲飛去。儘蕭瑟平生，詞客南渡。無夢復炎精，奏鐃歌、凄然感遇。松陵歸舸，且放我、自修簫譜。誰訴。邈絳都、舊恨如許。江湖布衣老矣，任凋零、東州雅故。寄語盟鷗，百歲無多賓主。獨醉殘山，獨吟愁賦，馬塍何處。春不住。傷心一片花雨。

蒼虬

垂虹春纜。正雲雪凄迷，低唱簫畔。傾倒石湖仙，贈輕盈、流傳事艷。閑情微寄，可抵得、此生幽怨。魂斷。想珮環、萬里天遠。江鷗舊盟好在，感侵尋、羈游已倦。水剩山殘，一代飄零詞卷。伴影闌干，憶人庭院，夢中都换。煙柳黯。西湖付與誰管。

蟄雲

垂虹猶是。好招手詞仙，吟向煙水。豪宕寫羊裙，儘纏綿、吴絲怨淚。江春留眼，驀憶到、雪天環珮。拼醉。問小蛾、此恨未知。從來旅游易感，况驚心、荒笳冷吹。恨迸啼鵑，訴與知音青兕。畫舸遲歸，玉簫慵倚，夢醒何世。花共悴。多生枉負英氣。

倬盦和作用集中韻

孤雲橫浦。問苕水詞仙，今隱何處。身世玉京愁，倚紅簫、扁舟老去。新腔低按，早倦聽、石湖歌舞。誰與。伴洞天、小壽千古。　塍花未聞啼損，記梅邊、輕誇雋句。片席西泠，愴別廬陵風雨。雪校霜鈔，墨絲情縷，幾家弦柱。傳警語。淋浪大晟聲府。

第七十集　玲瓏玉

夏日賦冰

查灣

風送槐薰，算塵市、底物清涼。聲聲喚賣，擔頭銅盞敲雙。絶愛漁洋斷句，道櫻桃纔過，微減茶香。虛堂。垂晶簾、人在碧窗。暗想停針午倦，正分瓜瓤脆，雪藕絲長。疊水玲瓏，怕玉山、倒矣須防。簷端鵝簪犀筋，記曾被、霜娥翦取，呵手梅妝。者回却，伴壺公、消盡熱腸。

苓泉

槐夏風薰，驀然覺、玉簟涼輕。緑作平窗午夢，催回銅盞聲聲。正苦櫻桃内熱，愛梅酸一點，肝肺俱清。簾旌。摇湘波、微印水晶。還記文園病渴，有宮盤荷露，分賜金莖。飲罷瓊漿，到如今、百感都生。堪嗟蟲天身世，笑無數、青蠅俎畔，欲集還驚。趁殘醉，誤琉璃、呼作老兵。

姜盦

閑卧槐薰，算何物、借得清涼。風流舊榭，記曾替貺神漿。月夜晶簾素手，正輕綃一色，澹沁輕妝。難忘。却作平歡情、抛付夢粱。漫話京塵艷事，便恩分夏簟，玉井都荒。煮石敲瓶，剩瓜棚、野老吟商。還徵開元遺韻，縱雕飾、金環彩帶，只怕歆陽。問何似，證寒心、留譜履霜。

蹻公

銅碗聲聲，試聽取、唤賣街頭。晶盤好貯，共他瓜李沈浮。夢破槐南冷簟，想摩訶池上，凉沁花柔。詩愁。空鏤瓊、吟句待酬。稼軒詞：『詩句夜裁冰。』記得陵臺舊井，占凌雲高價，堅比琳璆。疊雪回風，甚匆匆、藴碧難留。心傷宣陽頒賜，儘雕飾、金環彩帶，韻事都休。只相問，玉壺中、無恙在不。

息庵

銅碗聲中，更誰唤、舊陌紅塵。春明夢换，絳桃碧蒳猶新。敢望恩分禁井，恐一杯春露，滄海難論。酸辛。題鮫綃、詩淚滿巾。豈料光陰似歲，縱聰明分雪，難淨愁魂。一片清瑩，展玉壺、自許心親。休嗟雕紋鏤彩，便消去、依然皎潔，不玷蠅痕。且珍重，鏤金箱、瑤席乍陳。

辛盦

玉作平盞調來，正消夏、碧藕香時。仙紈織就，無風凉透絲絲。滌盡一作平襟溽暑，獨瓊壺瀲瀲，堪證心期。憐伊。空梅花、鏤出幾枝。爲話東華舊事，記街頭呼賣，銅碗聲遲。未解新蟬，帶驕陽、樹外猶啼。誰能清涼如此，算只有、羅衣無汗，小玉柔肌。碧筒裏，更沈瓜、浮李恰宜。

愔仲

虛鑒無塵，問何世、更語蟲天。冬心獨抱，水精瑩澈中邊。愧結頭銜玉署，儘蓬瀛清切，長日恩頒。淒然。迎南風、高處薦寒。不解人間熱惱，剩壺中消受，微沁梅酸。酒醒京華，笑紛紛、幾輩趨炎。何來瓊思瑶想，陸沈久、衣緇未化，齒冷殘山。履霜操，寫窮愁、聲滿素弦。

蟄雲

斲向藍田，預料理、韻事今朝。浮瓜嫩約，最憐皓腕親調。是處疏簾細簟，笑青蠅飛過，纔怯還驕。無聊。剛聲聲、蓮箭共飄。慚説頭銜似汝，便宮盤叨賜，愁隔雲霄。舊夢東華，問朱門、幾輩山消。依然壺中清隱，早諳盡、霜情雪思，怕近炎歊。酒醒否，醒酒冰，見山谷詩。怕重看、還誤淚綃。

躬庵和作

月窟攜來，儼姑射、雪色無瑕。榴英乍綻，六街競走雷車。梅雨難禁内熱，鎮商量夕飲，消夏山家。雲涯。勝瓊漿、凉沁齒牙。濩落寒筵酒緒，對琅玕一尺，凝想東華。金錯銀盤，儘堪驚、塵夢都賒。飄零鏤心吟句，漫贏得、炎州浪迹，等嘅空花。黯無語，聽蟲聲、時度碧紗。

第七十一集　鼓笛令

詠蛙

夢回青草池塘外。儘閑聒、晚涼無賴。鼓吹官私分兩派。算一作平例、未經滄海。　梅雨幾番頻灑。聚湖塍、水環衣帶。叫月喧晴晴縱快。問良夜、好天誰耐。

查灣

問渠兩部何嫌怨。儘聒人、晝長宵短。那有公私供判斷。斬鼃手、也愁難管。　甚處廣寒宮殿。料仙蟾、早經羞見。白出諧詩傳笑遍。只冤了、當年勾踐。

霜根

六更促到驚魂醒。早喧遍、芹池落井。個個跳梁爭短景。料收局、烹蟠無幸。　乍得片時清靜。又黃昏、鼓聲相應。兩部官私誰判定。且還我、蓬蒿三徑。

補盧

秧田綠遍黃梅雨。漸閣作平閣、惱人幽緒。月黑煙青吳苑路。更攙入、淒涼更鼓。　占得稻花鄉住。儘消受、柳風蘋露。蟠腹張頤偏跋扈。總難出、井闌一步。

苓泉

柳塘雨足凉初透。有無數、新生科斗。叫暖喧晴殊異舊。總輸與、風蟬孱僽。　　怬盦

兩部競鳴溪竇。爲官私、渾難窮究。涸盡池波枯盡藕。問甚時、跳梁纔彀。

荒池一雨生科斗。漸閣作平閣、惱人清晝。餘怒車前空抖擻。問官私、定干卿否。　　蟄雲

月斧更誰神手。嘆銷蝕、山河非舊。夢影金華腸斷久。又挨到、六更時候。

第七十二集　還京樂

喜蒼虬至自海上，讌集同賦。

翕閣 用清真韻

少年事，此日清狂舊態教重理。奈壯懷英氣，蹉跎易盡，箋愁空費。嘆楚蘭遲暮，浮名總付荒波委。算只有，離恨不盡，鵑啼紅淚。倚西窗底。共良儔携手，尋思別後，艱辛諳盡世味。頻年泛梗匆匆，絆春風、者番行李。布芳筵、有列坐群賢，依稀曲水。且覆杯中酒，吾心不問榮悴。

苓泉 用清真韻

楚江晚，且把蓉裳蕙帶重料理。歎碧梧枝老，鳳栖未定，鸞腸空費。更劫塵無際。沈沈萬甲沙場委。伴倦旅，惟有絳蠟，灰心垂淚。酒痕襟底。甚年年秋燕，春鴻關塞，星霜諳盡世味。飄流暫寄修椽，只琴書、半床行李。話前游、憶細雨梅天，吴篷煙水。廿載滄桑夢，相看青鬢憔悴。

叵厂

飲蘭露，共繹離騷一卷詞客意。悵衆仙同咏，夢沈碧落，鐘聲迢遞。早劫塵飄起。伶俜已忍芳菲淚。趁幾許，漚鷺悄挹，西湖寒翠。讀桃源記。對蒼涼如此，江山挂眼，雲煙都入畫裏。休憐甫也麻鞋，儘孤吟、五陵佳氣。眷霜筠、應喜動天顏，罏香近侍。漫賦滄洲曲，潛虬空感身世。

息庵用清真韻

五雲近，往日回天事業重料理。奈彩毫人老，久干氣象，鸞箋虛費。渺亂愁無際。江雲渭樹都諳委。嘆別後，鷗鳥也有，回舟清淚。寄滄溟底。念蓬山星斗，高寒鳳閣，巢新猶覓夢味。還看日繞龍鱗，早朝詩、艷傳蘇李。倚花前、想退食歸來，心清似水。莫咏瓊枝瘦，同憐汐社憔悴。

愔仲用清真韻

拜鵑地，别後冰絲斷續和誰理。剩餞春心事，衍波拾取，詩才拼費。蕩夢雲無際。珠閣恨疊何原委。料未忍，終古自洗，銅仙雙淚。正驚塵底。乍飛來滄海，雲帆小劫，重逢抛落世味。休悲舊日臺荒，共登臨、尚存高李。儘浮生、餘病骨看天，閑愁飲水。照面恒河曲，年時如許憔悴。

蒼虬用清真韻

舊京夢，一去經年索寞愁慵理。儘萬千心事，浪憑過雁，鸞箋虛費。謝息機鷗侶，寥翔世外荒波委。任別遠，難洗貯露，銅仙清淚。　莽風塵底。更何期蓮勺，依隨翦紙，魂歸中酒趣味。文章大塊休休，換芳園、幾番桃李。漫銷凝、還檢點尊前，傷心逝水。感取相憐切，酬吟應減憔悴。

蟄雲二闋

舊歡在，可奈沾愁鬢雪難料理。睇海山如髮，十洲劫冷，清談虛費。待碧筒同醉。風情忍共芳華委。問別後，湖淥幾蘸，羅襟孤淚。　向宮槐底。好安排重記，金鑾鳳蠟，光寒憑覓夢味。還驚語笛淒涼，怨騎鯨、欲招仙李。數前塵、空恨裊茶煙，闌宵似水。鑒影尊前月，端應憐我憔悴。用清真韻。

飲君酒，且喜尊前此日流人在。歎客中絲鬢，廿年忍淚，頻看滄海。恁醉吟無賴。傷心更寄斜陽外。聽杜宇，啼苦晝裏，殘山愁改。　儘龍鍾態。待褰衣還倚，高樓繞夢，星辰猶是上界。蒼茫語咽荒雞，起中宵、似聞孤噫。感蹉跎、餘燭颭秋魂，簫沈夜籟。負了湖山約，何時單舸同載。前作意有未盡，續成是解。

吷盦和作

暗塵滿，霎上朱弦素瑟難重理。怪竟床冰簟，夢回廿載，流光波逝。但廢堂愁對。繁霜醉鬢西風裏。閏未了，驚省露井，梧桐先墜。向層闌倚。見霞沈西崦，千江共月，壓舷涼焰照地。疏星澹近銀河，悵青冥、渺非人世。最無端、偏雁病蟲淒，蘭焚桂委。漫續吟商曲，傷秋今古詞費。

蕿庵 用清真韻

亂愁迸，別後朱弦寶瑟無心理。問廿載霜鬢，爲誰不管，韶華輕費。指海天雲樹，山重水複蒼煙委。眺望久，忘灑幾許，傷高清淚。繞珍叢底。有雙雙飛燕，呢喃似說，承平歌舞況味。疇知感節哀時，負東風、放盡桃李。縱依前、紛笑靨嬌春，凝妝鬬水。奈入離人目，相看都是憔悴。

匑厂

井梧墜，笛韻西廊斷續西風起。正搗衣聲裏，網軒易暝，鵾弦慵理。和哀蟬林際。孤吟咽盡傷高淚。望桂影，還共萬里，清輝憔悴。念西窗底。只傷心難畫，殷勤翦燭，宵深空惹舊味。應嗟頌橘年年，傍觚棱、自異人世。渺天涯、看北斗闌干，危樓怕倚。望極輕雲札，飛鴻江上歸未。

第七十三集　齊天樂 詠早蟬

龠闇

五更破曉驚殘夢，懨懨倚窗人倦。解帶當風，沾襟畏露，雙鬟慵梳雲亂。珠簾乍卷。向碧柳池邊，緑槐亭畔。美蔭初圓，却愁寒信暗偷换。繁枝高處韻遠，秋風催更急，如訴如怨。東國宫魂，南冠客思，多少幽憂難遣。餘音不斷。直待得黄昏，夕陽西轉。又聽鳴蛩，傍階相唱晚。

補盧 用碧山韻

應時五月鳴蜩至，清陰正圓庭樹。似答微哦，如含隱怨，先把秋期來訴。凉生細雨。怪掠鬢餘冠，譜琴無柱。唱徹人街，舊時槐府杳何許。無情螳斧在後，早孤飛得地，清飲寒露。密葉遮身，枯莖蜕殼，總有西風一度。高吟縱苦。莫摇曳殘聲，向人凄楚。不見齊宫，古來魂一縷。

忉盦

微薰吹徹閑池閣，高枝一聲先迸。錦瑟傳愁，瑶琴寫怨，雨過庭槐如暝。虚堂夢醒。正澀調流空，晝長人静。欲斷還連，似傷身世露華冷。齊宫幽恨未了，嘆銅仙淚泫，總無人省。暮雨千山，斜陽幾度，贏得淒凉鬢影。芳心自警。忍更曳殘聲，別尋高夐。轉盼西風，吟蛩清夜永。

息庵 用碧山韻

老槐垂緑凉陰滿，一聲高處初起。五月薰風，千年冷魄，萬斛深愁誰寄。輕圓沸耳。應清勝么弦，細明重珥。得意先鳴，那知身外有憔悴。頻煩池上對雨，嘆黃深翠減，疏斷秋意。飲露盤空，吟風樹改，纔覺傷心身世。休言玉碎。只幾日繁音，頓成焦蜕。漫託宮鴉，淚揮斜照裏。

愔仲

蜕從泥滓知何世，區區閏年偏少。乳漸桐疏，衣纔柳换，餐露清宜凉曉。薰風乍到。便聲動人間，□冠猶小。高處藏身，候時誰揀別枝抱。青山倘逢舊隱，儘酸吟宛轉，相警塵表。遠驛秋遲，虚庭晝永，碧樹無情遮了。仙都夢渺。漫銷盡宮槐，孟家妝巧。幾閲斜陽，鬢絲應未老。整理者按，□係原文所缺。

蒼虬

新陰重緑無情樹，迎薰碎琴初理。燕壘銜殘，鶯梭織老，人靜文窗疏綺。么弦獨起。正罷絮風微，仰槐煙霽。輕翼疑仙，漫隨蓬鬢共憔悴。深宮舊怨記否，只濃餐玉露，塵外孤寄。恨費千聲，高難一飽，那解哀吟孤意。天然不滓。笑嚇鼠鵷雛，定何滋味。待委芳心，暮秋殘照裏。

水香

緑陰池舘剛回午，風前一聲知了。伏雨纔收，新涼未至，偏覺秋心縈繞。斜陽慣照。只深柳閑門，悄無人到。商略繁弦，幾多幽怨曲中抱。林柯高處暫寄，自宫槐夢斷，遺恨誰曉。玉柱輕調，冰箋半翦，都付離愁綿邈。蟲天易老。怕落葉如潮，吟成凄調。萬緑猶濃，翳身須趁早。

蟄雲

蜕仙飛佩來何許，微聞儘教凄斷。翳柳煙收，迎梅雨歇，人在斜陽深院。繁音又轉。恁長晝無聊，緑陰吟遍。倦倚薰弦，爲誰重絮故宫怨。南冠應念潦倒，幾番青鏡底，絲鬢催换。暗葉同飄，喬枝未穩，何待西風驚晚。清都夢遠。怕楚雀飛回，翠蕪零亂。漫想高寒，露盤天共遠。

弢庵和作

羈居又入蕤賓律，新陰蓊然槐柳。苦鴟愁聽，荒蛙厭聒，琴曲迎薰初奏。冠緌似舊。任費恨聲聲，怎消長晝。不是先鳴，變商容易落秋後。無情宫樹一碧，况蕪平梗泛，無限回首。露逐盤移，天留葉翳，高處猶堪痴守。違山許久。剩對鬢慚衰，蜕身憐朽。別動經年，更煩相警否。

閏庵和作

翠陰依舊閑庭院，驚時乍聞清響。翳日高栖，嘶風遞送，如訴炎凉無恙。聲聲報爽。到深柳堂中，早荷池上。倦耳醒初，晝長聊復伴孤唱。年年絲鬢對汝，露餐空自潔，凄調同賞。消夏光陰，吟秋消息，暗裏偏增惆悵。宫魂夢想。又新曲頻翻，別枝休傍。抱葉生涯，夕陽紅半晌。

倬盦和作

緑陰啼破宫墻恨，商聲早驚長夏。水殿風疏，金盤露冷，舊日冠緌輕卸。高寒有價。問觸熱何人，鬬妝明夜。曉夢初回，幾行烏陣共凄話。關河羈旅易感，鎮垂楊萬縷，殘照如畫。抱葉終飄，緣枝偶託，愁見離亭車馬。籠窗晝暇。伴小酌微吟，曲房深榭。莫便傷秋，薰琴同奏雅。

薆庵和作

槐陰前度曾聽處，泠泠又弦清曉。乍似吟商，還疑恨別，孤説傷高懷抱。風枝顫裊。正新緑纔圓，亂紅初掃。到耳偏驚，甚時鶯燕等閑老。煩君相警最苦，舉家清似我，幽怨能道。搗練千砧，鏗床萬葉，和盡秋聲更好。凄音古調。笑熱不因人，飲非求飽。滿地斜陽，喚回塵夢杳。

景之和作

中庭纔過槐陰午，沈沈衆音都歇。萬柳迷煙，千荷映日，争怯朱炎如沸。輕身抱葉。要分得涼柯，怕因人熱。振羽薰風，動聲還應舊時節。滄江憔悴厭旅，夏蟲慵共語，誰是知雪。病蜂空堂，僵螢敗壁，愁泣殘更霜月。螳螂自拙。笑黃雀無知，懵迷生滅。羨汝冠緌，墮簪羞鬢髮。

匑厂和作

苓根未懺多生恨，還憐蜕仙孤峭。高柳煙籠，新桐雨拭，吟徹江南春老。塵寰夢攪。奈鬢影蕭疏，怕臨銅照。譜入么弦，啼痕襟上更多少。齊宮魂斷最苦，翳形陰縱美，休呀孤調。珠露愁晞，綃衣恨薄，惜取流光須早。蟲天縹緲。莫待得秋來，墜枝空抱。獨客南冠，故園歸思悄。

第七十四集　玲瓏四犯 聽雨

苓泉

梅雨如潮，記十二紅樓，珠箔慵捲。錦瑟華年，銷盡舞衫歌扇。中歲獨上吴船，但滿目、冷雲哀雁。更打篷瀉玉聲亂。煙水楚江凄黯。只今哀鬢星星換。伴閑房、藥鑪經卷。苔花濕處陰蟲泣，禪榻孤燈暗。句起萬斛舊愁，待譜入、玉簫魂斷。雨中聞鄰院簫聲。想斷魂應在，楊柳外，芭蕉畔。

忉盦

高柳蜩吟，正倦脱綸巾，逃暑無計。驀地瀟瀟，飛落半天松吹。簷溜滴盡殘更，甫換得、竹窗凉睡。奈霎時鄉夢驚起。偏又攪人無寐。料應潛漲西池水。早潮痕、亂侵荷芰。緑陰幾尺芭蕉展，遮眼憎濃翠。聽到一曲艷歌，只暗爲、吴娘心碎。想恁時攙入，冰簟澀，琴絲膩。

息庵 用彊村韻

夢覺屏山，漸淅瀝空階，蕉陰籠晚。緑淨凉生，情逗瑣窗雪片。還念日氣含雷，應膽怯、障簾雛燕。恁瘦腰、慵倚闌角，恐染碧苔嬌點。夜憐珠箔飄燈半。乍歸來、酒醒妝面。冰弦自弄瀟瀟曲，休道郎情淺。爭奈病枕少眠，又幾度、香銷羅薦。待訴情重畫，瀟湘寄語，青蘆雙雁。

辛盦

萬籟瀟瀟，正酒醒更闌，虛幌人倚。種竹移蕉，贏得亂愁盈耳。强起翦燭西窗，總不似、故山情味。更塔鈴、檐鐸聲迸，都攪得柔腸碎。羅衾湘簟涼於水。乍驚回、夢魂千里。明朝怕向花階步，多少殘紅墜。長是卧病茂陵，先送到、一簾秋氣。料萬斑千點，應化作，離人淚。

惜仲

石破天驚，恁萬瓦浪浪，噴薄龍氣。悄上層樓，催送暝愁無際。斜掩濕翠簾櫳，早換了、落花心事。怕燕歸漂盡殘壘。空説滿襟涼意。倦支湘枕難成寐。澹窗燈、細垂雙蕊。十年夢慣江湖闊，餘對床情味。依約繪水繪風，得舉似、六朝何地。料漲平笛步，中更有，離人淚。

蟄雲

小簟分涼，漸送響窗蕉，幽緒初緊。做盡凄涼，偏是漏殘香燼。簾外冷翠沈沈，早過了、隔江梅信。料渚荷、一夜紅褪，花底錦鴛愁損。少年聽慣何曾省。記朱樓、玉簫徐引。銷魂唱到瀟瀟曲，尋夢吴雲近。燈背細點舊愁，悄怨著、曉鐘無定。怕鏡屏秋早，偷減却，雙青鬢。

閏庵和作用石帚體

玉簟潤生，蓮檠光掩，凉聲驚破殘睡。近秋先送爽，入耳煩歊洗。簷花定知暗墜。又芭蕉、傍階敲碎。坐久添衣，吟闌遲漏，誰解寂寥意。西窗話歸期未早，長安倦旅，今舊情異。竹山詞筆，老更減、中年矣。香沈夢醒淒迷候，念當日、南皮瓜李。偏不俟金風，便銷魂此際。

倬盦和作用清真韻

飛雨鳴簷，惹竟夕相思，縈絆忘睡。樹密窗昏，慵向鏡臺孤倚。人定最苦挑燈，甚雁語、戍樓難寄。聽露荷戛韻珠碎。凝想曉妝同麗。去程流潦車行滯。篆香翻、怕殘心字。淒清漏點聲聲急，誰遣情如水。□際暗咽夜蟬，奈未省、凉天咫尺。剩亂蛩説恨，歌管寂，拚沈醉。整理者按，下片第五句首字，原文缺損，代之以□。

吷盦

瀛海風來，送繞屋嬌雷，林外輕轉。乍拂燈簾，先颭露螢千點。天漢暗瀉聲聲，便倒曳、挂空飛筧。料墜荷玉委波面。明日已成秋苑。翠厨冰枕沈沈倦。夢瀟湘、故人天遠。斑斕淚染君山草，愁望峰回雁。無奈萬疊東瀾，洗瘴鎖、炎州不散。想片帆怯渡，波浪闊，空艅岸。時方聞長沙之亂，感念交舊。

蘉庵和匑厂韻

誰倒天瓢，響碎竹圓荷，凄弄飛艷。睡碧蘭叢，微泫晚妝啼臉。孤旅似我無眠，料檢點、故情撩亂。嘆畫梁宿燕都換。殘燭對床重見。小樓深夜偎羅薦。賣花聲、蕩愁輕蒨。瀟瀟臥聽虛堂榻，凉沁惺忪眼。争似此夕斷腸，驟怒打、狂瀾萬點。怕素鱗不到，湘水曲，潮回散。

匑厂

淅瀝梧階，正簌簌釭花，初吐丹艷。冷逼瓊樓，應損影娥豐臉。欹枕臥聽雞鳴，試起舞、壯懷零亂。料曉來時序都換。遮莫陸沈驚見。夜深凉透紅蕤薦。暗銷凝、舞葱歌蒨。瀟瀟忍憶吴娘曲，啼淚傷心眼。惆悵翦燭舊情，剩數盡、銀虬更點。縱夢魂歸去，愁一縷，風吹散。

佚名和匑厂韻

門掩桐陰，漸夜色迷離，深坐燈艷。醉拍闌干，猶自暈潮生臉。惆悵暗水漂愁，颭露草、砌螢零亂。又者番節序驚換。幽恨錦屏誰見。扇風涼動芙蓉薦。鏡臺虛、慢妝嬌倩。蓮房墜粉紅衣濕，香霧迷愁眼。長念瘦骨病多，算負了、靈犀一點。彈袖羅凝佇，人去後，鑪煙散。

第七十五集　木蘭花慢

題陳圓圓入道小像

龠閣

認寒簧下降，對瓊貌、乍驚看。甚絶代風流，六珈早貴，换了黄冠。空花。霎時過眼，把繁華舊夢總勾删。冷落笙歌玉帳，深宵燈火蒲團。　悲歡。回首卅年間。眷屬美神仙。念深宫故國，蛾眉萬感，意託枯禪。凄然。報恩一死，指池蓮紅染浪花斑。縹緲輕鸞影在，至今艷説商山。

霜根

是寒簧影本，呼小字、悟殘生。嘆萬里蘿村，十年槐國，大夢今醒。明明。舊時鏡子，褪紅花自哂畫難成。回首鵷儀擁仗，皈心雞足傳燈。　鴻冥。梵網徹層層。休道阿環曾。信蛾眉絶代，蘼蕪儒服，與鬭娉婷。潛形。太陰甚處，展遺縑怳遇洛川靈。故事卿家記否，妙常先噪香名。

遜園

邈吴宫影事，此中意、少人知。看絶代伶俜，團蒲冷坐，换了黄絁。尋思。鈿恩鏡怨，寫愁妝不似舊蛾眉。虛負將軍一怒，慚吟詞客新詩。含悲。早作脱簪辭。到叛兩朝時。料冰山易倒，一袈裟地，便老滇池。凄迷。舞衫舊夢，只木魚聲裹佛燈垂。笑彼觀音四面，託身今屬伊誰。

苓泉

數收京破敵，青史上、美人功。記簫鼓迎來，戰場蠟炬，艷照驚鴻。從容。碧雞祀罷，把星冠换了紫霞封。紅霞帔、紫霞帔，皆宋時妃位。誰解功成早退，蛾眉却勝英雄。梧宫。一夕起秋風。春去綺羅空。任抄名軍府，銀屏金屋，難覓芳踪。雲中。彩鸞影杳，剩玉作平波蓮冷泣香紅。《玉波冷雙蓮曲》，吊吴宫兩隊長作。見青邱《樂府注》。遥指曇華舊觀，下方花雨濛濛。

忉盦

看黄絁入道，溯身世、幾神傷。記戚里迎歸，侯門待字，夢冷鴛鴦。倉皇。市朝驟改，賴專征笳鼓贖紅妝。參徹迦文夙業，一龕長爇心香。蒼茫。隨宦水雲鄉。曾訪舊經房。往歲隨宦雲南，曾訪圓圓妝樓遺迹，水雲鄉在昆明縣西。剩翠海波回，滇池草長，何限荒凉。相望。采芳伴侣，有白作平門同調禮空王。認取仙鸞片影，人間幾度滄桑。

息庵

甚紅妝一代，也栖影、道場中。更鼎定燕山，兵傳滇海，雲幕春風。匆匆。僅如短夢，睇興亡花草瘞吳宮。歌扇舞衫塵盡，藥鑪經卷情空。羞容。多事鹿樵翁。一曲譜英雄。恐黃絁不嫁，錦林埋玉，還勝王封。相逢。采香女伴，記板橋風月愴前踪。餘恨雙眉澹掃，點蒼山色猶濃。

辛盦

悵河山劫後，畫圖裏、認明璫。只鶯羽衣輕，鸞音珮冷，換却宮妝。一場。情因慧果，伴佛前燈火夜凄涼。彷彿拈花倩影，亭亭悄倚珠幢。思量。往事斷人腸。貝葉禮空王。嘆繁華夢醒，英雄兒女，都付滄桑。堪傷。珠沈玉碎，指白蓮花裏是儂鄉。滇海都成恨海，禪房原近椒房。

愔仲

恁蛾眉恨事，竟投老、住精藍。便故國鶯花，中閨翟茀，都付唐捐。當年。瘴雲萬里，伴驕王同夢玉京難。貝葉容持半偈，苕華休望重鐫。間關。訪古碧雞南。臺榭渺秋煙。笑緑珠賒死，驚塵搗麝，墮鏡愁鸞。無端。浪掀洱海，剩渠儂留命看桑田。一盞奔牛釀美，臨風更酹嬋娟。

蟄雲

早商山夢斷，認鸞影、是耶非。倩粉鏡傳愁，黄絁懺恨，换却宫衣。凄迷。翠蕪舊苑，問山名鸚鵡幾人知。三桂有離宫在鸚鵡山。畫裏雲鬟罷整，乍疑蠟炬迎歸。仙扉。鶯老又花飛。深坐淚雙垂。縱繁華閲盡，滄桑家國，總怨蛾眉。芳期。暗憐逝水，甚香蓮還弄并頭枝。圓圓投蓮池死，池中遂常發并蒂花。料得歸魂夜半，横塘煙月依依。

第七十六集　齊天樂　閏荷花生日

崙閣

今朝又是觀蓮節，安排鬧紅歌酒。已過花朝，還經竹醉，長日如年時候。朱霞染就。恰鳳尾添翎，節生新藕。把盞風前，願花長好更長壽。陰陰池塘萬柳，蛙聲頻聒耳，偏惱清晝。謬託神仙，都忘甲子，世界傷心非舊。青墩記否。待異日重光，補天應就。看到秋涼，繁花微雨後。

霜根

長生誰似花君子，池塘嫩秋尤好。不厄楊年，先添藕節，依舊亭亭霞表。歡場換了。怎朱序云闌，玉容難老。一醉無名，靚妝佯倚鏡天笑。煙波清福占盡，惹雙鴛羡爾，仙樣風貌。彩伴添蘇，閑身熟魏，回首瑶觴争倒。歸風信早。要緑意紅情，趁翻新調。漫當先期，乞他銀漢巧。

補盧

廿年前記逢今日，紅尊爲花重暖。水淨無塵，香遲有韻，雅集長生池舘。芳詞細款。甚泛梗匆匆，舊波催換。法駕虛參，只今凝碧斷弦管。依然星降太乙，似梧桐識閏，千葉花晚。任聒蛙聲，同携鷺侶，柳外煙艭新喚。丁寧翠盞。祝笛外西風，錦韶吹轉。待近周星，液池香再滿。辛亥閏六月，集於保陽之蓮池書院，院有廳事數楹，額曰君子長生館，吟賞竟日。今忽忽廿年矣。曆家謂後十一年辛巳，仍閏六月。

忉盦

年年載酒金鼇路，飛觥祝花長壽。運厄楊黃，根添藕白，水國薰風初透。銀塘雨驟。有卅六鴛鴦，爲伊低首。更挹芳筒，不辭長醉冷香酒。天涯憔悴倦旅，嘆青墩夢遠，風景非舊。過翼年光，吹香水陌，忍説滄桑十九。前此閏六月爲辛亥年。紅芳易瘦。恐消息西風，漸催高柳。倚櫂匆匆，鏡天涼笛後。

姜盦

鬧紅一笛流鴛夢，雙聲爲花稱壽。錦幌留香，霓裳駐艷，風露多時消受。清閨祝酒。算疊映驚鴻，兩峰圖就。方白蓮、羅兩峰室，與荷花同生日。別有詩愁，冷雲玉蝀怕回首。凌波曾賦韻事，近憐歡緒少，蓮唱都負。粉蕊重胎，瓊璈再譜，只恨繁華非舊。嬋嫣翠袖。早屈指西風，已涼時候。幾惜嬋娟，晚來何事瘦。

辛盦

涉江重踐搴芳約，亭亭又添如許。鴛夢還濃，鷗盟未冷，十里緑雲低護。幽期總誤。幸水佩雲裳，玉顔常駐。一舸歸來，鬧紅依約舊游處。今年秋信送早，夕陽垂柳外，銷盡殘暑。玉笛吹凉，碧筩勸醉，留待西泠詞侶。風光漫數。又看過平湖，幾番煙雨。試覓前踪，數聲花外櫓。

愔仲

暑闌猶中林鐘律，餘分又成今歲。紫荔香遲，黄楊厄早，還祝長生君子。霞情散綺。願續踐漚盟，碧芳呼醉。廿載回環，鏡天容整舊裳佩。辛亥亦閏六月。迎秋旬日已往，莫雙蓮節錯，風露如此。瓣數優曇，根蟠太華，消受新凉一味。嘉辰僂指。算金粟如來，後身應是。恰報初庚，是日末伏。望舒斜照水。

蟄雲

倚簫重與歌憐子，盈盈水香如許。暖翠分筒，酣紅繞鏡，説到停橈前度。瀛洲路阻。恁戀影滄波，暗禁風露。剜緑堂空，廿年腸斷舊題處。辛亥閏六月，余任東嘉，且園剜緑堂畔荷花最盛。錢錢新樣換盡，算漚盟未改，休怨遲暮。夢歇青墩，愁回錦水，羞見霓裳殘舞。霞觴再舉。怕解佩風情，冷鴛還妒。幾日秋生，個儂心更苦。

弢庵和作

廿年季夏重逢閏，匆匆立秋旬許。翠蓋花疏，緗房菂老，又説騷人初度。筒杯再舉。記朋飲湖樓，墜歡如露。鈍宧以觀蓮節集飲十刹海，樊山同游，有詩。況隔滄桑，液池回首櫂行處。而今僂指蒲節，只漁鄉幾曲，銷得殘暑。位占餘分，光隨太乙，相對渾忘遲暮。芳心最苦。似爲我淹留，犯風漂雨。後十一年，可能來壽汝。再閏六月則辛巳矣。念之悵然。

第七十七集　詠殘棋

塞翁吟

霜根

有甚輸贏，算依舊落子丁丁。不兩立，鬬心兵。剩窮劫堪爭。當初黑白原難判，還説死裏求生。錯到底，太無名。問仙著誰能。　推枰。人間世、何來國手，休自負、功由敗成。儘留戀、雞蟲得失，怎忘了、一刹那間，漏盡鐘鳴。旁觀倦矣，戲嗾猧兒，新樣調停。

壺中天

忉盦

河山方罫，剩零星劫子，猶戀殘角。往日南風曾不競，記否横飛斜掠。全局都輸，東隅又失，幾輩争先著。長安休問，六州誰鑄奇錯。　應念有客旁觀，長柯爛盡，局内何曾覺。斂手推枰無下意，争奈啼鵑聲惡。三晉雲山，二陵風雨，悔負當年約。夜窗燈盡，等閑敲子花落。

壺中天

姜盦

雨痕千點，正昏檠閑對，闌珊玉作平局。温飛卿詩『一局殘棋千點雨』，又『闌珊玉局棋』。笑指兩奩收黑白，那有成虧堪覆。風急危舟，露凉清泚，剩算空盈幅。高人籠手，暗憐塵世蠻觸。　江晚静枕孤雲，壺盧坐隱，詩夢垂垂熟。縱是忘機還有恨，愁見康猧翻蹴。未破山河，既佳光景，過去懸心目。活形何許，橘中幽趣差足。

壺中天

踽公

野樵柯爛，問縱横布算，何時纔罷。摇颺銅池風日裹，坐隱疏簾清暇。聊以忘憂，未堪鬭智，權抵桐君話。西南風急，鶱鷩飛渡來也。　休放亂局康猧，危枰入角，劫子還須打。勝負終宵曾未决，塵几昏釭將灺。先著難争，滿盤都錯，蠻觸誰高下。中心休近，不平空有悲咤。

壺中天

息庵

眼中一局，嘆如年長日，枯枰何計。虎口縱教能下著，已恐回旋無地。文武衣冠，王侯第宅，自感興亡外。茫茫餘劫，神州知付誰輩。堪嗟千古蠻争，參横月落，枉把光陰費。湯武征誅何處問，剩水殘山而已。漢鼎三分，湘東一目，餘子憑誰記。欣然成敗，寄心鴻鵠天際。

壺中天

悟仲

河山分剖，恁蒼黄争道，偏饒先著。滿眼悠悠誰辨賊，知否西南風惡。喝異梟盧，形留龍鳳，幾子斜飛角。一枰垂了，短燈花自開落。休信此局終輸，神州多劫，黑白都全錯。事去原關天帝醉，九斛玉塵須索。怕近中心，閑容斂手，時譽枯枝擇。長安何似，百年身世非昨。

壺中天

蟄雲

幾番柯爛，嘆縱横黑白，無多殘子。賭取宣城誰好手，兩字全輸而已。蟻陣桓桓，蜂籠吡吡，劫後須料理。吴圖重覆，棘門元是兒戲。　聞道舊日長安，側楸重整，朝暮看懸幟。破碎河山收局否，邱貉紛紛空計。鵡鸚憑呼，狻猊待乞，簷雨秋燈裏。却占星象，斂枰還望佳氣。

壺中天

弢庵和作

一枰零亂，欠猧兒放上，從新翻却。越是收場須國手，不管饒先争著。休矣縱横，竟誰勝敗，局罷同邱貉。可憐燈下，子聲敲到花落。　兀自坐爛樵柯，神州累卵，眼看全盤錯。大好河山供打劫，試較是非今昨。蜩甲枯餘，玉塵輸盡，説甚橘中樂。善眠巖老，夢邊那省飛雹。

第七十八集　百字謡 咏破硯

霜根

補天無分，怎寬頑身世，也感郎當。何物纖兒曾一擲，帝鴻年歷難詳。眼早鸜枯，尾真龍斷，怪事等南唐。瓦全多矣，讓他高踞文房。還怕春社抛墒，秋閨壓綫，珍護比香姜。完本初心殘亦數，總留神骨堅方。角折都忘，舌存偏喜，終古石交長。我生爲命，百年休報田荒。

補盧用稼軒體

石交經久，任半規老去，猶留圭角。憶否琳腴初割取，幾費功夫磨斫。磊落天成，瓦全未屑，冷眼看銅雀。模糊銘字，墨痕差喜能著。自笑旅食無田，寒氊伴汝，頻歲生涯薄。介性如君終不損，真手坡翁堪託。留慰衰頑，蟫餘數卷，好共隨行槖。有慚高邑，未曾宵褫奸魄。趙南星，高邑人，劾嵩之夜，著硯銘一則。余入諫垣時，言官封事須由閣臣代奏，削稿數四格，不得上。

忉盦

一泓鸜眼，看眉痕微損，黛色留斑。曾助詞場飛翰手，對伊才思瀾翻。璧碎紋深，墨多凹聚，伴我十年間。倘論勛績，勒銘合上燕然。今日退筆叢中，秋檠墻角，一例付蕭閑。飽歷風霜微璺處，摩挲如撫新瘢。賦質堅凝，論交端正，萬劫石終完。墨池深處，個中疑有龍蟠。

踽公

摩挲鳳咮，共犀紋雞距，伴我蕭閑。入手琳腴空一擲，斷痕欲整應難。璧友看承，石君結合，矜寵憶從前。閑人忙事，『閑人以硯爲忙事』，莘田句。可曾真見磨穿。猶是匣底琉璃，緹巾什襲，珍護比青氈。誰把彈丸輕打碎，南唐陶穀事。也如分裂河山。玉鏡抛殘，金甌傷缺，瞪目幾回看。半規無恙，好教留作公田。『留將片石當公田』，亦莘田句。

悟仲

嶢嶢易缺，許忘形如我，甘託龍賓。最惜南唐輕一擲，石頭殘夢成雲。鐵鑄何爲，溜穿終古，秋雨逗天驚。百年磨折，玉堂還戀餘恩。 猶説消去三災，珍逾斷璧，遺憾補平生。往日中書先瓦解，俯愁群碎紛紜。闕失曾疏，觚圜非舊，青眼幾完人。半文須值，袖歸容過橋亭。

摯雲

一泓古璧，早星芒箕隱，月暈鈎殘。割玉鑱雲何代手，斷珪傳遍人間。注水愁穿，試金疑脆，誰辨墨花寒。磽磽雖缺，石交還仗他山。憑數魏瓦榛沈，汾泥蘚污，顛史儘羞顔。彈指金池成百碎，補天心事應難。漫覆枯棋，料無完甑，鴝眼泫微瀾。削觚須戒，玉堂餘樣留看。

弢庵和作

衰殘石友，尚相從劫後，磨墨磨人。好個金甌看撞碎，畫山一角争珍。對此畸形，依然介性，戀戀信多情。舊氈雖敝，與伊同伴寒呻。坡老苦説無田，枯還食汝，遭際總承平。亂世全身原是幸，璧完敢望陶泓。不見銅山，繫囚流戍，惟有斷碑親。半珪烏玉，蟄居聊送餘生。

第七十九集　催雪　題五峰草堂圖卷蒼虬爲愔仲所繪

霜根

叢桂留人，草堂多桂。今日付誰，聊趁愁邊寫與。有五老嵯峨，自來庭户。多少神仙境界，恁賦出、孤蓬驚沙句。甚時歸也，呼猿放鶴，料天難許。羈緒。託豪素。想覓壑尋邱，幼輿前度。羡結社西泠，旅鷗分住。傳有知言作者，入畫苑、名防爭墩誤。宋五峰先生胡宏仁仲。轉笑我、頭白天涯，還夢石湖漁趣。

補盧

從古詞人，貪住杭州，孤憤翻成越調。有五畝之宫，衆峰圍繞。何事西湖背著，嘆罨畫、都非前時稿。桂叢宛在，空山甲子，草堂舒嘯。將老。迹如掃。算向日寒葵，寸心難槁。望輦殿千門，總迷秋草。縱有吾廬可愛，只付與、吟魂宵來到。且貌取、猿鶴蒼煙，出處曲傳襟抱。

遜園

招隱南屏，一作平壑許專，長嘯山樓醉倚。怕好景難追，畫來如此。豈料麻鞋遠赴，獨悵望、人間知何世。卷藏敝篋，傷心鳳蠟，淚還同墜。歸去。更無計。只夢逐秋雲，亂攙嵐翠。到野竹闌邊，小梅窗底。猶記門鄰水磨，倩水墨、描湖煙湖水。剩跋尾、三尺吴縑，乞寫酒愁詩意。

苓泉

煙月西泠，回首舊游，留得巢痕爪印。記欵竹開扉，掃花尋徑。檻外鷗波一曲，曾慣照、滄桑詞人影。卷簾恰對，芙蓉五朵，黛鬟妝靚。清景。漫重省。怕鹿砦苔荒，鶴瓢泉冷。歎塵海飄蕭，鳳栖難定。憑把生綃寫寄，更附到、山中青猿信。問甚日、歸訪溪堂，重補藥闌蘿磴。

忉盦

寒翠名簃，廊曲徑深，園住千叢碧篠。看一角西湖，正浮林杪。可奈壺飱志事，問負了、池臺秋多少。墨縑試展，猿猜鶴怨，定縈懷抱。誰料。畫空肖。恁一樣園林，也無緑到。蒼虬亦有別業在丁香橋。儘曲院荷香，夢魂吟繞。等是思歸未得，剩竹訊、年年平安報。待異日、重頌浯溪，更看五峰斜照。

姜盦

吹出西湖，一片泠雲，風攬園林勝事。幾夢寐真山，粉圖空寄。李太白《趙炎山水歌》：『五色粉圖何足珍，真山可以全吾身。』漫悵天慳一壑，但起視、人間今何世。五峰好在，清光遠印，歲寒深意。同是。旅霜滯。剩筑市飄零，萬塵吹淚。有舊日鷗盟，未抛流水。我念僧樓結夏，卷絮影、垂三十作平年矣。沅於庚子前嘗結夏靈隱寺經樓。問甚日、縑墨身游，卻領草堂幽致。

辛盦

人去西泠，湖上數峰，傳與年年別恨。借一幅吴綃，爲君招隱。空把東風怨笛，探不到、江城梅花信。甚時歸去，苔階篠徑，屐痕重認。幽訊。漫無準。悵滿目塵煙，路遥天近。只鶴夢空山，夜來眠穩。我亦天涯倦旅，問故國、黄花荒蕪盡。羨畫裏、如此湖山，鴻爪雪泥留印。

愔仲

吾愛吾廬，林壑宛然，輕付閑鷗一笑。甚別後西湖，黯塵難掃。空費文章結構，卻迸入、蘭成傷心稿。幾曾領略，鶯初雁始，隔簾昏曉。凄悄。歲華杳。便味俊蓴鄉，總遲歸棹。儘異國登樓，坐銷孤抱。何日西堂約夢，恐已是、池塘多秋草。

待問取、叢桂連蜷，可似小山人老。

蟄雲

家在南湖，樓外畫欄，愁結斜陽幾許。悵別鶴頻驚，倦鷗誰主。零落涼叢鈿粟，早閱盡、秋來閑風雨。故綃試認，殘山一角，最銷魂處。溪路。夢來去。便信斷蒓香，也應回顧。況刻翠量寒，故人心素。憑寄西風怨笛，問別後、幽篁平安否。待泚筆、題上浯臺，莫負雁邊歸櫓。

整理者按：此集中所收詞，詞牌原署『無悶』，實爲『催雪』。『無悶』『催雪』皆九十九字，仄韻，而平仄句讀卻異，據《欽定詞譜》改。

第八十集　渡江雲

詠桂

霜根

靈根生自直，金風玉露，特地釀天香。巋然仙客號，月殿岧嶢，手種記寒篔。含貞吐烈，儘高華、越見芬芳。誰似君、婆娑雲外，慣染御衣黄。吟商。荷觴倦後，菊約聯餘，向巖阿延賞。有阿師、吾無隱爾，指點當場。小山剩有留人處，怕相逢、敗興吴剛。馨逸甚、冬榮看伴松篁。

芩泉

誰將金粟影，裝成七寶，璧月寫嬋娟。萬花攢瑣碎，散雪團雲，綴就蕊珠圓。馞馧五夜，向定中、悟澈犀禪。還記取、畫欄西畔，一樹鎖秋煙。堪憐。蟾寒影瘦，蠹老香殘，問婆娑誰翦。料上界、清虚紫府，也種桑田。吴剛玉斧渾抛却，是甚時、謫下瑶天。談舊事、露華冷到銅仙。

薇庵

群芳催謝後，花天金粟，清沁露華濃。託根依上界，子落何年，靈隱最高峰。

天香領略，仗晦師、參透禪宗。還憶否、瑶園舊譜，傳唱向西風。 匆匆。飄雲影斷，散雨香殘，悵前塵如夢。休更説，枝探鷲嶺，蕊擷蟾宫。賦成招隱歸何處，剩小山、留得霜叢。遲暮恨、人間金粉都空。

辛盦

誰從塵海外，丹砂煉出，萬斛散林端。當年招隱處，冷落芳叢，舊約負青山。霜痕月影，誤幾回、珠雀飛還。休更問、前身金粟，漂泊到人間。 應憐。摧薪有恨，作棟無才，寫平生幽怨。空望斷、清虚仙府，高不勝寒。靈波漢殿都荒盡，感秋風、摇落年年。芳歲晚、羞隨群卉飄殘。

愔仲

誰摹金粟影，廣寒殿闕，長倚樹團欒。性非因地燠，秀茁冬華，散馥遍人間。疏麻折與，問何時、猶戀幽巖。應未忘、晦師無隱，參透木樨禪。 依然。心期皎潔，鼻觀温馨，似東堂曾見。愁此來、還珠櫝貴，食玉炊難。含辛一往垂垂老，認樛枝、高可攀天。天尺五、排當更許秋延。

蟄雲

青琴彈月罷，霧香漠漠，風引到銀屏。麝鹿留不住，細結秋心，一半付漂零。

妝鈿翦碎，傍畫欄、啼露珠輕。剛夜凉、碧窗如水，夢共小蟾醒。　伶俜。前身
虛託，上界曾攀，訝飄雲無定。憑檢點、淮南幽恨，人老巖扃。何因重見仙旗翠，
睇瑤園、愁換新聲。金粉影、明朝沾鬢星星。

煙沽漁唱卷五

第八十一集　畫堂春　詠燭

窗前聽雨夜談清。虛堂蘭炬香凝。紅妝曾與照分明。飛去化煙輕。

龠閣

有恨畫屏秋冷，無眠羅帳愁生。替儂垂淚到殘更。何限別離情。

回思折圣侍尊行。到今還伴宵長。六龍銜照杳難望。投篋感冬郎。

霜根

依舊擁書舉誤，由他鑿壁偷光。臣精不惜自銷亡。垂淚替人忙。

風簾舊夢隔霜清。金蓮瘦影伶俜。餘香猶自暖雲屏。長伴曉星明。

息庵

垂穗未消鉛淚，結花翻愛紅情。西園飛蓋憶承平。興盡夜游人。

更無人處照無眠。宵長越顯愁箋。一生替淚已堪憐。何事化輕煙。

蒼虬

故事玉堂都渺，深情塵篋難捐。何如蕭寺伴枯禪。籠去訪秋山。

真個玉　畫屏無睡夜偏長。慣憐偎影秋窗。海棠紅過又催涼。剩與照啼妝。

水香

鈫敲冷，寸心還費思量。便成灰燼亦尋常。垂淚爲誰傷。

蟄雲

寒焰漸　摇紅畫閣影依依。殘宵曾伴鈫圍。曆星眉月兩參差。宿燕幾曾知。

沈金燼，暗花猶隱羅帷。春心灰透已多時。有淚只偷垂。

第八十二集　剔銀燈

聞雁

補盧

何處畫樓十二。明月照人無睡。箏柱初停，帛書未到，多少關河心事。一聲凄厲。最無賴、殘星欲墜。　憐汝帶來秋意。慣向碧空題字。蘆荻無邊，稻粱甚處，枉自客程留滯。銀釭孤倚。待傳與、南天歸思。

苓泉

清夜誰彈箏柱。彈入霜鴻哀譜。孤館燈殘，空堂酒醒，句起凄凉百作平緒。天涯倦羽。比聽到、啼鵑更苦。　歲歲銜蘆覓侶。歷盡關山風雨。陣斷衡寒，聲高警月，常此流年暗度。北來南去。試問爾、定居何處。

忉盦

何處遥天唳晚。莫是離群驚散。驟引鄉愁，凄驚旅夢，正是新秋庭院。草枯水滿。念此際、怎生消遣。　休笑隨陽謀淺。遍地嗷鴻何限。暮雨平沙，殘星横塞，一味添人凄怨。洞庭波遠。問甚日、去程應轉。

辛盦

嘹唳秋風幾度。鄉夢驚回無數。卧病空堂，懷人遠塞，都是怕聽伊處。哀弦誰譜。待排入、一行銀柱。　天外斜陽又暮。啼過蘆汀楓浦。萬户凉砧，千林落葉，相和聲聲凄楚。離愁休訴。争似我、天涯孤旅。

愔仲

側帽西風亭舘。故國不勝清怨。斜柱筝哀，高樓笛罷，迸入秋來百作平感。上林音斷。早换却、丁年冠劍。　谷易江湖歲晚。憑寄相思無算。倦更書空，飢還覓食，休怨稻粱謀短。隨陽有願。剩舊侶、菰中曾見。

水香

越是清閨夢少。越是征衣寒早。此際心情，那堪觸撥，偏訝西風吹到。一聲凄渺。儘句起、傷離懷抱。　憐汝驚回雲表。愁斷汾河遠道。人隔南樓，一般清怨，禁得雨昏霜曉。屏山掩了。怕重惹、秋心顛倒。

蟄雲

昨夜南樓月滿。夢破如聞羌管。霜重疑沈，雲低漸邈，可有錦書捎轉。空簾試卷。問秋在、誰家亭院。　念汝拼飛未慣。燈背爲酬孤嘆。故國兵前，纍臣老去，禁得幾番腸斷。尋聲又遠。待傳寫、瀟湘清怨。

第八十三集　憶王孫雙調

詠秋草

霜根

好片歡場容易變。渾不似、落花芳甸。幾番風雨幾番霜，枉省識、春人面。　微生甘被牛羊踐。驚到處、碧燐紅燹。儘他風雨儘他霜，尚入夢、春暉戀。

苓泉

遠近關河殘照裏。空滿目、冷煙荒翠。裙腰黯澹玉鈎蕪，漸瘦到、紅心死。　青袍一例傷憔悴。似老去、庾郎身世。哀螢化碧照秋墳，染恨血、苔花紫。下半闋傷閨公新逝。

姜盦

彌望霜蕪風色緊。煙漠漠、一天秋恨。玉驄散去野鷹團，總莫問、王孫訊。　瓊陰極目飄金粉。誰念得、舊時芳俊。江郎賦別渺春波，却又著、相思引。

辛盦

水落池塘春夢斷。和冷雨、荒煙無限。王孫歲暮不歸來，更覺得、天涯遠。　斜陽十里長亭晚。嘆劫後、芳情都減。周原殷社總淒迷，寫不盡、秋風怨。

蕉萃孤芳淒十步。閑閱盡、舊時煙雨。夢中春緑換池塘，悔不共、江南住。

愔仲

銅駝巷陌都非故。休獨怨、美人遲暮。得霜何事減紅心，也解受、天憐否。

蟄雲

荒翠無情霜漸緊。愁數盡、雁朝蛩暝。舊時金埒不重來，又瘦到、斜陽影。

離離千里關山迴。偏只似、別來心徑。冷煙和夢兩朦朧，要盼到、東風醒。

第八十四集　山亭宴

立冬日水香簃社集

霜根

鳳毛曾品花農硯。溯流光、玉梭金箭。容易歲寒時，又勝事、從頭注選。悲秋多少無聊局，且尊俎、别商排遣。湖海繼聲誰，試借問、今陽羨。北風雨雪游笻倦。這重陽、百年罕見。凋序逐人來，正掄指、甲旬未遍。梅花剛有争春意，要忍過、冰霜磨煉。把酒迓詞仙，趁令節、三雲現。

苓泉

一丸冷月窺簾瘦。逼茸衫、夜寒初透。衰鬢怯繁霜，偏到了、梅前菊後。銅荷燭影照深杯，有幾輩、題箏籠袖。呵墨校詞箋，漸鳳硯、冰絲皺。溪山罨畫空回首。只一片、斷雲疏柳。塵海幾閑鷗，笑我亦、漫郎聱叟。相逢南雁話鄉愁，問湖上、芙蓉開否。故鄉有芙蓉湖，在惠山下。歲宴孰華予，且共醉、紅螺酒。

蟄雲

送秋黯黯籬頭雨。怨天涯、斷鴻留住。消息小梅初，尚夢繞、江雲一縷。畫堂孤笛又黄昏，怕吹歇、水風殘譜。無計避新寒，剩索共、銅仙語。亂蕪掩盡青門路。忍分付、夕陽終古。衰鬢伴滄鷗，數幽事、驚心逝羽。舊歡零落換新愁，總不似、盛時尊俎。對酒儘凄涼，待酒罷、歸何處。

第八十五集　蘇幕遮

詠冬柳

查灣

雪堆殘，霜翦透。未盡情絲，宛轉歌垂手。寂寂池臺春去久。冷月惺忪，腸斷黃昏後。捐愁眉，欹舞袖。樹樹蕭疏，處處禁回首。知否翠樓人更瘦。錯占東風，暗把梅花咒。

忉盦

傍長亭，依古戍。幾樹婆娑，曾繫征鞍住。一自西風吹夢去。瘦損腰支，忍爲他人舞。鎖煙寒，飄雨苦。慘碧絲絲，猶有昏鴉聚。轉緑回黄，君記取、蘸影春波，重鬬風前絮。

息庵

玉池荒，香閣閉。憔悴枝娘，銷盡眉痕翠。昨夜霜華清似水。冷月尖風，愁折闌干外。損纖腰，縈別袂。怕説當年，丰韻依稀是。樓上凝妝寒莫倚。雪絮吹來，金縷歌中淚。

愔仲

拂危樓，臨迴野。對影婆娑，幾縷斜陽挂。誰信荒寒須善畫。染就濃霜，黃似春來乍。記藏鶯，容繫馬。舊日風流，迸作傷心話。蟬曳殘秋秋又罷。瘦不禁攀，莫更離愁惹。

水香

短長亭，來往道。拂遍春風，又送秋風老。酒醒旗亭人去杳。點雪征衣，飄絮驚寒早。影依依，歡草草。笛冷關河，舊夢千縈繞。終歲牽愁愁怎了。拚作僵條，也許銷魂少。

蟄雲

凍雲沈，殘照駐。一片荒寒，笛外關山暮。依舊謝堤來往路。不見秋孃，腸斷歌金縷。澹含顰，慵罷舞。怨煞霜風，搖落知誰主。縱使明年春好住。只恐斑騅，去後無尋處。

立盦

惹愁腸，縈別恨。霜霰無情，村村摧難盡。灞上客歸休苦問。還是霏霏，雪絮飄成陣。臘將舒，春已近。欲與寒梅，共作東風信。長笛誰招留怨引。暗惜年光，莫待相思損。

第八十六集 一枝春

題彭剛直繪紅梅小幅

霜根

是幅栩樓夫人俞女史所藏，夫人爲剛直孫婿階青太史女，兹爲其母氏妝奩中物，今歸栩樓，屬題。

滌筆銀河，只嬌孫婉孌，能令公喜。樓船倚曉，爲貌朱霞天際。東風嫁杏，悦先兆、上林妍使。曾細把、兒女英雄，話向認春軒底。而今老彭誰比。只真花不落，靈根還寄。穠華夢醒，笑仿硯雲傳婿。留香歲晚，最心折、雁峰樵子。憑借取、冰玉風流，證成畫旨。『兒女英雄』四字及『雁峰樵子』本公印章及自號。『認春』爲曲園軒名。

姜盦

一幅閑情，想含毫静對，寒香孤嶼。紋窗墨作平瀋，正授穠華詩賦。花光更寫，是張負、女孫曾付。算退省、庵畔苔枝，也綴盛時眉嫵。耆英幾懷湘楚。愛孤標未減，東川風趣。流傳婿水，尚有喜神能譜。芳塵換盡，只都惜、壽陽遲暮。空認取、閑放滄江，粉圖暗數。

辛盦

連理枝頭，冠群芳、一幅春光無價。燕支染就，想見乃公風雅。緑華縞袂，記曾媵、玉京人嫁。看壁上、千朵紅雲，不怕笛聲吹夜。　今朝畫縑重挂。映銀屏彩勝，山齋瀟灑。東風蘸影，幾度燕驚鶯詫。還珠合璧，便成就、兩家佳話。還憶取、東閣開時，對花自寫。

愔仲

鐵骨冰心，是當日倔强，人間無二。東風借手，艷吐北枝霜蕾。瓊英數點，託孤賞、歲寒天地。須記取、佳處留庵，得擅聖湖春事。　無情可憐湘水。剩江城留怨，風流誰繼。青山未改，舊寫小姑環珮。閑磨敝盾，灑餘墨、老虬姿媚。休漫與、盈斛論珠，瓣香在此。

蟄雲

小幅横斜，寫冰姿、爲想吟香人健。剛直公所居曰『吟香山館』。湘舲夢渺，記否紅閨傳硯。霞天鏡曉，愛金幄、瑶匡相伴。余於沽市得剛直公書楹帖，有『金幄瑶匡』句，同爲外姑奩物。看老筆、還鬭寒虬，鐵石廣平如見。　低徊聖湖孤本。憶山租舊抵，苔枝題遍。公借居俞樓時，嘗畫梅爲賃直。璚奩幻影，換了認春池館。曲園有認春軒。微雲漫許，早才盡、夢中花管。慚閉閤、清對癯仙，自忘歲晚。

紓隱和作

鐵石剛腸，懺閑情、慣作疏花寒蕊。流傳萬本，那比催妝心喜。穠華賦罷，早親貯、女孫奩底。應記取、梅兆先春，占得上林春旖。韶華暗隨流水。剩煙雲過眼，珍留縑紙。和羹夢醒，久冷廣平心事。娥碑試撫，羡重付、掃眉才子。還看似、衣鉢相傳，價增畫史。

第八十七集　聲聲慢

題清微道人空山聽雨圖

龠閣 用夢窗體

道人王姓，名嶽蓮，號韻香，無錫人，所居曰福慧雙修庵。工書畫。嘗繪《空山聽雨圖》，題咏皆乾嘉間名士，卷中有道人小象，卷後自題二律，筆仿黄庭。今藏南陵徐氏。

神仙妝束，香火因緣，盈盈步上瓊輈。淨洗朱鉛，團蒲静坐薰修。金經佛前誦罷，度清鐘、蕉葉聲幽。空山夜，正心禪定後，凉到簾鈎。　容易煙雲過眼，怕蓮宫影事，隨逐東流。貌取輕鸞，畫中依舊明眸。空花曼陀散盡，甚丹青、還染閑愁。餘韻在，問楓江、何似藕洲。吴夢窗有贈藕花洲女尼詞。

苓泉 用草窗體

冷紅庭院，瘦碧簾櫳，曇雲深護瑶天。細雨櫻桃，愔愔潤到琴弦。空隨萬花彈淚，向蒲團、自懺塵緣。傷薄命，但黄絁學道，翠帔游仙。　遥想鶱摩誦罷，便瀟瀟禪閣，静對爐煙。椶拂葵衫，替他寫上吴箋。微憐曼陀轉劫，負三生、慧業青蓮。人去也，問蘭亭真迹、今落誰邊。奚鐵生所繪原圖爲人賺去，今圖爲許玉年等所補。

姜盦用夢窗體

寥天笙澀，暮雨燈殘，清清冷冷絲絲。早洗歡華，無心愁損燕支。翻惜作平藕花人俊，步汀洲、多帶穠姿。夢窗贈藕花洲女尼詞頗艷。此中好，認雙修瑩淨，萬境幽淒。今日蓉湖訪舊，悵杜蘭香去，寂寞多時。裝點華鬘，空傳芳茂留題。雲煙本來過眼，甚當年、還著情痴。吟望久，把清芬、閑綴草衣。明草衣道人王修微皈禪工詩，清微頗似之。

悟仲

絮禪初定，花劫難銷，虛堂問夜如何。涼透紋疏，應知玉井微波。仙耶佛耶皆幻，算人天、一例蹉跎。燈簾背，許孤鸞窺鏡，好避嫦娥。回首精藍換世，想惺忪幽怨，含睇煙蘿。慧業三生，重來肯伴摩那。低徊百年詩卷，甚泥犁、師秀輕呵。須懺盡，舊時愁、都付茗柯。

蒼虬

霧凝香霧，雲濕疏鐘，攤經人倦虛堂。薄潤芳箋，含毫寫入微茫。應憐種蕉身世，住寒山、消受清涼。聽簷瀑，似瀾翻千偈，齊贊空王。誰賺彩鸞妙迹，剩一層公案，故習難忘。異代漂零，相逢珍比琳琅。情天劫餘未老，便點衣、花雨何妨。漫輕擬，夢行雲、巫峽斷腸。

君適

煙巒隱秀，霧觀藏幽，當時曾靄曇雲。慧業難消，多生修得蘭蓀。凄涼畫樓燕杳，幾風霜、暗蝕巢痕。仙夢覺，憶瓊京伴侶，小別千春。追念山房聽雨，正銖衣寒瀫，蓮座檀薰。萬感人天，絲絲撩亂吟魂。閑愁漫無繫處，付畫圖、影事留温。埋恨地，對蒼茫、終古暮曛。

第八十八集　咏寒鐘

風入松　止存

鳳城殘漏曉霜嚴。袖薄衾單。清鐘那有寒温意，都緣聽者心酸。花外疏燈明滅，夢回紅淚闌干。冷隨遥雁度蕭關。月也孤圓。黄昏最是難禁得，凄音欲斷仍連。殘角催開天半，濕雲低亞秋千。

風入松　霜根

沈沈黨帳倩誰聽。還吼天鯨。一聲聲把聞根破，風嚴月皎霜清。不厭故香殘燭，替他急鼓疏鈴。唤回春夢佛多情。棒喝皆驚。雕盤虎嘯相高下，肯爲細響錚錚。蕩得陰霾漸碎，催教霽日徐昇。

風入松　補盧

前山知有梵王宫。遮斷深松。僧樓幾杵斜陽暮，遲遲傳遍諸峰。低共暝煙度水，遠隨霜氣流空。冷窗客夢破惺忪。人比僧慵。銅山消息繁霜後，孤吟愁對江楓。爲問枯禪定否，何時喚醒潭龍。

風入松

忉盦

寺樓清韻入霜天。禪味定中圓。江南地暖渾無雪，和流泉、聲咽潺潺。閑聽梵音一作平杵，蕩醒塵界三千。　早朝長樂記隨班。花外斷仍連。當時銅輦秋衾夢，共餘音、都化荒煙。今日寒山漁火，客船重伴無眠。

風入松

愔仲

南屏斷夢杳難踪。佛閣澹煙籠。荒灣木落船歸夜，鎮蕭寥、清梵剛終。逸響乍隨雲度，長鳴直破霜空。　恍然深壑起吟龍。僧倚一樓風。人天更苦修羅鬬，轉華嚴、誰叩琳宮。漏盡孤衾似鐵，何曾美睡從容。

風入松

蒼虬

蕭蕭落葉滿秋山。古寺夕陽邊。山門一片荒鴉色，送寥音、霜杵流天。杳杳漸如殘夢，沈沈都化空煙。　臥樓僧老不知年。相暖一青氈。難銷火宅人間世，對趺跏、慵問犍蓮。出手還成一擊，龍鍾漫笑枯禪。

月華清

姜龕

澀籟風回，虛簷月印，悄然幽幌人定。傳響西盈，暗數諸方入作平聽。幾雜沓、羅鼎鳴宵，幾寂寞、打包參暝。休省。早雲門舞渺，前塵淚迸。夜燭江篷照冷。但一杵悠揚，小眠頻警。洗盡繁音，恍置玉清真境。算寒瘦、郊島差賢，笑醉夢、愷崇難醒。還趁。把霜鯨叫徹，待開晨景。

月華清

辛龕

爐冷沈煙，窗虛窺月，數聲初動鄰寺。愁不成眠，却笑睡龍驚起。送楓江、半夜詩情，含梵宇、幾分禪味。憑記。問南安卧客，此心惺未。空外悠揚無際。暗數遍牟珠，暖屏斜倚。律轉黃鐘，恰又小陽天氣。正風前、街柝剛停，還曙後、塔鈴相繼。爭似。報花陰春晝，景陽宮裏。

月華清

蟄雲

幽徑沈雲，危峰擱暝，寺樓知在何許。響落空江，怕有魚龍潛舞。洗衆籟、山月高時，警斷夢、水風清處。凝佇。又諸天定後，一聲殘杵。悟到浮生去住。數雪北香南，幾番朝暮。喚破塵心，報與沈沈朱户。恨無奈、匝地笙歌，愁易斷、隔城笳鼓。誰語。問銅山消息，繁霜應阻。

第八十九集　芳草渡

答忉盦寄懷

龠闇

泛斷梗，早慣狎滄波，任風漂泊。念海鷗飛去，深盟未忍拋却。呼侶尋舊約。還清尊如昨。更雁信，往返頻傳，解慰離索。寥落。夜深風雨，枕畔荒雞驚夢覺。漫遥想、江南景美，芳晨好行樂。每依北斗，料望斷、斜陽樓角。問甚日，杯酒還來共酌。

姜盦和忉盦韻

雪乍霽，正度月南鴻，寄箋詞侶。想瘦吟霜晚，援毫妙點花雨。流浪誰道苦。偏寒潮如訴。每悵念，海水飛時，笛唱來去。遐顧。大江日夜，曼衍魚龍迷櫂路。泛蓬迹、憐余滯梗，蒼茫但扃户。小窗翦燭，幾悶對、玉梅無緒。盼後會，及共春燈醉舞。

辛盦

客去後，又水隔吴雲，山遮津樹。悵北鴻南燕，天涯盡是愁侶。前度攀柳處。

餘荒煙寒縷。想海上，未有啼鵑，不解歸去。凝佇。故人此夜，正折梅花傷歲暮。嘆人世、能消幾別，霜絲已如許。錦箋寫寄，只剩有、蘭成愁賦。待翦燭，重話西窗夜雨。

蟄雲和忉盦韻

別恨遠，正紫曲荒涼，醉吟誰侶。問隔江鷗訊，疏襟幾蘸寒雨。笳吹聽最苦。偏頑雲難訴。夢醒夜，暗送年涯，一雁南去。回顧。斷煙瘦柳，怕近當時携酒路。小橋畔、嘶驄過處，依依舊朱户。旅游易懶，奈更惹、花前離緒。黯向夕，背鏡愁鸞自舞。

君適

夕照裏，送鼓角聲寒，歲華如掃。撫曲欄凝望，清霜淨洗林皜。天闊鴻雁渺。摧南雲風峭。料兩地，別後心情，著恨多少。吟稿。舊愁黯黯，燕約分明輕負了。剩回首、梅邊菊畔，依依夢曾到。甚時把袂，爲整理、斷腸千繞。對翦燭，爛醉銀罌共倒。

忉盦原作

別思黯，又再閱蟾圓，頓疏吟侶。記月泉重見，曾聽幾度秋雨。分手情最苦。

吹参差如訴。暝霧重，瘦馬銜泥，更訪誰去。凄顧。白魚紫蟹，賤不論錢沽上路。想依舊、裁紅刻翠，春風動庭户。勝游間阻，問怎遣、傷離情緒。凝望久，檻外江楓自舞。

第九十集　水龍吟　冰絲盦感舊

止存

香山高會如雲，醉吟人去風流杳。悲歌猶熱，小文遲定，玉樓輕召。短鬢談兵，餘生縱酒，暗傷襟抱。嘆牀花塵委，村醪冰透，寒梅放、供清醮。我亦羈懷如擣。過幽居、蒼涼憑吊。從來詞客，暮年蕭索，最憐同調。悟到凌雲，逃空一例，何分修殀。只琴歌邈絶，園林留畫，是傷秋稿。

龠閣

海天樓閣初成，香山何意成仙去。小園冷落，石坪塵滿，枯藤葉聚。玉軸堆床，朱弦栖壁，人歸何許。把曲（作平）欄繞遍，階苔蹋破，徘徊久、淚如雨。三十年來儔侶。歷滄桑、故人如故。相逢亂後，舊歡重拾，頓更悲楚。轉燭前悰，捶琴古恨，更無人訴。但凄然滿目，夕陽一片，挂津亭樹。

霜根

座中怪石森森，石交太息人何處。瀹蔬成譜，移花宜畫，低徊前度。老去參禪，愁來按曲，此情誰訴。恁清尊無恙，唱妍酬麗，輕抛了、雲萍譜。曾展湛淵静語。信遥遥、風流天付。少游已矣，百身何贖，一般凄楚。鄴架通書，顧厨品畫，而今終古。剩千秋悵望，琴沈笛咽，過杭州路。杭州路，津南地名，盦所在也。

苓泉

名園今付誰家，一椽留此埋憂地。京華回轡，西風堅卧，憐君憔悴。畫桁殘山，歌弦急雨，暮年心事。嘆滄波逝景，伶俜忍慣，輕解脱、知何意。兜率龕成有例。愴晨星、悲歡彈指，青門舊隱，黄壚新話，依依蒿里。寄語蒼茫，凌雲一笑，應收衰涕。只風流頓盡，白頭誰侣，念人間世。

忉盦

遜園杯酒猶温，塞鴻愁斷南來訊。凄然翦紙，大招難賦，淚淹危軫。脱手雲山，倚聲風月，俊懷都盡。剩傳書急雨，回環看了，真耶幻、渾難信。長憶征帆風緊。好園林、屐苔猶印。支床怪石，倚墻蒲拂，依然幽韻。廿載交期，一朝頓隔，教人愁損。更江湖回首，雙鷄虚約，耿彌天恨。

姜盦

素心晨夕軒屏，眼中人已山河渺。維摩病况，桓公了語，沈思神悄。盛日雲龍，亂餘蛩駏，前悰難道。便公能作達，十纏超解，何匆遽、拋游好。雪涕還論風操。儘醇醪、自存厓峭。都廳縱話，新亭清淚，痛心多少。無易珙才，總羞噲伍，孤光懸照。剩追尋軼事，感音聊賦，博凌雲笑。

息庵

那堪墜葉秋深，病床一訣難相見。籠花曲檻，攤書小几，此情凄斷。三苦平生，七哀風誼，故交吟卷。二十作平年舊夢，飄零語笑，青燈換、朱顏變。重過松闌竹院。痛前蹤、回腸車轉。青山獨往，伊人不作，剩藏題扇。誰與招魂，白雲鄉渺，猿驚鶴怨。恨尊前客少，琴弦又絶，睇滄溟遠。

辛盦

秋來一病相如，文園頓覺風流盡。凄涼穗帳，招魂何許，杯寒香燼。愴罷霜春，思回煙笛，總成孤悶。嘆哀時感舊，西州殘淚，年年向、青衫揾。似夢歡場一瞬。早驚心、絲絲霜鬢。更誰忍向，黄公壚下，舊游重問。碑校西京，畫橅北苑，空留遺韻。悵山河邈若，孤燈殘夜，賦江郎恨。

蒼虬

憑軒花木依然，無端幻出凄涼境。拳枝寒鳥，棲廊素雪，一時入定。壁畫猶懸，案書未掩，穗帷風泠。剩銅爐殘篆，香篝宿火，長相伴、生前影。浩渺滄洲逸興。佐談鋒、千巖萬嶺。獅峰蹋雨，龍湫濺雪，芒鞋輕俊。湖海歸來，園林勝事，佳晨觴咏。甚清吟未了，轉頭夢覺，示維摩病。

蟄雲

凄凉來酹孤觴，草堂猶是題詩地。栖塵短榻，繡苔荒徑，風流誰主。冷眼論兵，狂才賭曲，廿年心素。正江山摇落，寥空鶴下，應凄斷、新亭語。也識浮生無住。感前悰、荒波漂羽。夔門訪杜，湘皋哀屈，伶俜詞賦。一暝攀天，千憂入地，蕭然終古。又大招唱罷，低回殘笛，背斜陽去。

第九十一集 金縷曲

題吳柳堂先生《罔极編》墨迹

止存

展卷危欄凭。障浮雲、柳蔭交翠，鑾輿路迴。母病語兒兒不去，君出扞掫誰任。吳痛罔極、諄諄彝訓。野寺荒煙遺疏草，照丹心、畢竟隨燈燼。忠與孝，千秋炳。

江素練縈方寸。我生初、未逾百日，遽摧慈蔭。竊比前賢援以類，縋出圍城一櫬。谷岸改、中衢凄哽。老嫗忽云知墓所，罪彌天、貸爾寧非幸。誦公誌，倍深省。恩澍生於蘇，長於粵，咸豐丁巳三月杪生，而先慈於七月見背。時粵匪圍蘇，澍依先兄子鳳公元和任，遣僕奉柩出瘞橫塘。其後偕弟往醒墓，歲久，遍覓不得。適遇一老嫗，叩之，則其夫即守墳人也。隨往，則界石墓碑宛然，非披榛莽、剔苔蘚，莫之辨也。慎先作記，仁先補圖。

霜根

費盡褒賢筆。只鰥生、雲愁海思，百端交集。親見愍孫同硯守，與乞俞樓短律。更屢拜、城南遺宅。尸諫一封驚急遞，曲江翁、老病還親説。豐潤張師。家所寶，寶茲帙。修羅劫到俄亡失。料已付、秦灰楚焰，不堪尋覓。家國傷心無限事，誰補庚申日曆。喜竟入、雲東秘笈。昔有兕觥還趙例，要遺孤、重把清門立。當不詫、我言直。是編舊爲先生孫郭齡所藏，失於辛亥武昌之變，今歸會稽姚氏。

忉盦

經劫留殘幅。莽傷心、麻衣似雪，復哀駝陌。寸草春暉恩難報，長日魂摧堊室。況鳳輦、關山遠隔。墨绖從戎非容易，想揮毫、淚灑龍蛇濕。家國恨，問誰識。他年帝后同歸日。望烏號、甘拼一死，志堅金石。從古神仙原忠孝，行裏精光四溢。五十載、兵塵重歷。至竟丹心難終閟，驀流傳、越客珍璆璧。開卷處，血花碧。

姜盦

舊恨懷京國。最傷心、木蘭出獮，暗氛迷日。秋老圍城愁玉貌，孤憤當年迸澈。想幾度、霜臺腕扼。不道終天還覲閔，滿清襟、血淚都成碧。看廢却，蓼莪什。而今好事珍遺墨。每搜求、庚申掌故，邈然駝陌。此是史魚皋魚輩，忠孝淋漓大筆。任世事、滄波流急。一擲馬伸橋邊水，算東都、父老須憑軾。煙柳罨，薊门色。

息庵

魚直書青史。算同光、峥嶸幾輩，孰能追此。大節如今昭星日，猶見蒿廬數紙。痛國難、甘泉烽委。風雨漂搖西狩恨，更何堪、血泣麻衣子。書廢讀、恐難比。重來吊古尋燕市。想祠堂、松筠故宅，後先媲美。取義成仁平生學，自古艱難一死。那料得、鼎移龜毀。若輩不爲宗社計，讀遺編、黄鳥悲風起。忠與孝，本同體。

摯雲

不斷蒿莪涕。寫凄涼、銅駝劫后，滿城胡騎。返哺心孤霜毛禿，冷夢啼烏喚起。睇故隴、荒雲千里。家難國仇空一慟，儘窮愁、付與毛錐子。看崦日，又西墜。

橫街祠宇斜陽裏。愴重來、喬柯已改，壁題猶是。先公有詩題柳堂先生故宅。尸諫蒲城孤忠并，魂戀橋山尺咫。念此日、長陵佳气。我亦摧心風木恨，剩鐵函、更補興亡史。濡紙尾，墨和淚。

第九十二集　鳳凰臺上憶吹簫

納蘭容若生日集蒼虬閣

查灣

青瑣仙郎，烏衣年少，無端占得清愁。更俠腸天付，季子綢繆。爲想狂吟側帽，風情在、明月高樓。魂銷盡，羌城別路，斷雁驚秋。休休。一尊漫薦，嘆似水華年，卷裏空留。問健庵題碣，底處荒邱。曾擬乘桴滄海，當時意、肯羨封侯。伶俜恨，湘蘭更采，爲問靈修。

霜根

鮫淚揮殘，麝塵搗盡，算來情種推君。怎烏衣門第，偏著斯人。果否南唐二主，三生石、許證前身。曾僥倖，天香一幅，認取丰神。歸真。定依絳闕，詞客有靈無，結想風雲。趁拜蘇成例，先款清尊。瑞鶴當年自壽，操布鼓、還過雷門。煩呵護，章家塢裏，忍草長春。

忉盦

馬齒加長，蛾眉供妒，當年自壽曾悲。甚翩翩才調，偏屬烏衣。總爲傷春傷別，彈指罷、紅淚如絲。空贏得，移燈膩語，側帽妍詞。誰知。月泉社侶，焚一瓣心香，重薦瓊巵。問騎鯨何處，倘降靈旗。只是銅駝巷陌，凝望處、送盡芳菲。休更話，名亭淥水，碧草離離。

息庵

東閣郎君，南朝詞客，生來一樣風流。想羽林年少，錦帶吳鉤。漫説烏衣門第，論交誼、肝膽千秋。當時盛，珊瑚萬軸，池館清幽。浮休。尚餘幻影，題榜冷鴛鴦，華閣空留。况注金埋玉，千劫悠悠。還念蕭條異代，似坡仙、磨蝎同愁。悲摇落，青山有靈，應識蒼虬。

蟄雲

側帽當花，題箋倚柳，風流劇耐人思。奈四愁空賦，瘦了瓊枝。不許鴛鴦頭白，『不信鴛鴦頭不白』，《飲水詞》語。秋墳冷、怨咽哀絲。尊前夜，闌干月墜，夢去誰知。用容若自壽語。當時。俊流散盡，嘆響絶柯亭，逝水如斯。剩梅邊孤盞，重費新詞。多少人間濃福，便輕付、騃女痴兒。招魂處，黄雲紫塞，匹馬歸遲。容若奉使覘梭龍諸羌，以勞致疾卒。

君適

冷暖心期，醉醒身世，清才絕代誰憐。剩飄零一卷，腸斷鸞箋。來酹詞靈杯酒，傷歲晚、倦旅幽燕。儘消歇，繁華塵土，萬劫人間。征鞍。當時出塞，度落日長河，殘雪蕭關。料兩般風物，齊入吟鞭。寂寞神京回首，銅駝卧、白草荒煙。更誰見，烏衣雙燕，能憶當年。

第九十三集　郭郎兒近拍

賦稻孫　時蟄雲得長孫，讌集索賦。

止存

瑞靄。充閭似竹生孫，天降紅蓮欣在抱。佳妙。大可娛老。稱名宜署嘉蔬，緑護芳塍如繡褓。清曉。遠度花風，户牖婉婉環繞。硯倚爲田，留傳祖德，飲和秋穫早。況貽謀、一室温馨，鱗次龍文占秀茂。

查灣

芥圃。分香砌竹留陰，魚夢今年占好語。忻舞。虎掌初舉。題樓閑煞元章，只愛柴門臨水住。堪賦。秀到紅蓮，下筆定詫鸚鵡。穀似先型，禾興異瑞，好教文褓護。待秋成、更壽漁洋，香祖他年叢記補。蟄雲與漁洋同生日。

霜根

再熟。當年曾誦吴都，真見而今嘉種卜。葱鬱。繡隴新緑。椿萱重蔭圖成，湘鄉曾氏事。更補豳風圖一幅。亭毓。共仰先疇，食報定配豐玉。博得元章，樓頭榜就，盎然生趣足。願年年、遞茁孫枝，拈遍新題桐與竹。

姜盦

累葉。揚芬百穫徵祥，都道金穰同玉樹。欣睹。錦髻華縷。殷勤吟到獐牙，異事元章樓更署。　鸜鵒。幾趁香雲，白漢赤甲頻舞。琥珀流脂，筼簹疊秀，築場添笑語。看琅琊、再刈成文，應有奇童傳杜注。收句用《唐書》李百藥事。

摯雲

再展。獐牙『獐牙稻』見白詩。喜動柴門，南畝閑身成晚笑。低繞。赤甲香早。題樓應傲襄陽，嫩綠遥分書帶草。　扶老。好傍先疇，襏襫拙計粗了。話到琅琊，奇童漫許，用李百藥事。乍看桐鳳小。只心田、盎盎春留，乞作平與他年囊粟飽。

立盦和摯雲韻

弱葉。重繁相見秋成，田父掀髯應一笑。圍繞。穰穰還早。定知雲子龍睛，湛露清流休草草。　宜老。試效題樓，隴畝素志堪了。健筆能扛，襄陽有繼，競看雛鳳小。祝他年、億萬倉箱，粒我蒼生咸得飽。

吷盦和作

露町。栖梁接隴連塍，風膩煙腴仍翠瑩。　秋剩。玉粒猶孕。看他茸錦旋鋪，虎掌獐牙名恰稱。　樓迥。舊日元章，倚檻共眺嘉穎。長養東園，霜餘老芥，隔畦相對并。更森森、立竹階前，閑誦坡詩風味永。

第九十四集 一萼紅

人日栩樓花下觴集

止存

倒瓶罍。酹芳馨一盞，花下擬飛英。梅雪争春，梨雲借夢，風信猶殢金鈴。釀成似、催妝火急，乍睡起、簾捲曙霞明。名友筵前，美人林下，院落盈盈。嘉會曲房高舘，趁金雞翦彩，墨客將迎。蓮葉摇輕，箏絲拂誤，妍唱誰占旗亭。看簾外、東風尚懶，好煙景、喤引到流鶯。定卜今年有年，疊咏新晴。

愢盦

酒新篘。倩深杯猛燭，珍重寫離憂。花勝邀春，星橋擱冷，好天良夜悠悠。奈又逐、飆車南去，載一輪、明月過滄州。側帽豪情，燒燈佳節，總付輕漚。爲問浮生歲月，捨驚離傷別，幾度綢繆。王粲登樓，陳思感逝，當前何限清愁。枉消領、芳菲倦眼，記新來、苔屐爲春留。只恨悲吟短鬢，辜負觥籌。元夕南行，追憶芳游，車中填此。

息庵用石帚韻

靄芳陰。乍題詩寄遠，春色到華簪。争麗椒盤，分香菜縷，詩夢簾桁沈沈。小窗暖、殘梅數點，好伴我、揮墨寫來禽。舊約城南，共携樽酒，猶記登臨。還念星移年换，更花前雁後，别感余心。款雪琴孤，飄雲笛倦，清興誰與重尋。莫辜負、嬋娟好夜，拾前歡、一刻值千金。儘道春來似夢，夢裏愁深。

辛盦用石帚韻

一般是、嫣紅姹紫，漸引起、庭外語花禽。劫後河山，客邊風月，何處登臨。多少去鴻來燕，惹天涯倦侶，物候驚心。灞岸傷離，黄壚感舊，辜負歡緒重尋。嘆寥落、晨星數點，尚憐取、春夜抵千金。莫待啼殘杜鵑，紅雨深深。

坐花陰。又安排小宴，佳日盍朋簪。彩勝占晴，銀箋鬬韻，吟興還未銷沈。

蟄雲用石帚韻

小樓陰。認莓鬟數點，邀夢理紅簪。凍解冰鱗，光浮蠟鳳，芳夜清酌沈沈。翠尊冷、疏香乍染，又幽唱、催起宿枝禽。錦柱憐聲，彩幡羞鬢，暗怯春臨。回首承華天遠，早東風换世，皺損春心。油卜疑乖，羹香總負，殘緒重費温尋。油卜菜羹，皆人日故事。漸飛盡、梅梁舊燕，剩泥痕、還印畫屏金。漫道愁來是醉，醉淺愁深。『愁來渾是醉』，明徐賁《人日》詩句。

君適

約簾期。正園林澌湅，池閣晚晴時。鴨鼎浮煙，犀帷護暖，芳訊纔動梅枝。翠巵映、臉霞暈薄，趁檀板、唱徹好春詞。照席燈闌，轉廊風細，良夜遲遲。寂寞天涯行樂，嘆休文瘦損，帶眼頻移。闃夜藏鉤，蹋春挑菜，還入前夢凄迷。漫長憶、蘭橈繫處，料明月，猶自鬬修眉。望到吴雲雁程，應過荼蘼。

第九十五集　題清微道人榓馬湘蘭墨蘭長卷

減字木蘭花

止存二闋

孤芳幽韻。隔世香魂留爪印。玉井藏珍。摹取葳蕤一段春。合成兩美。宛轉傾襟題紙尾。細雨黄昏。苦憶湘江舊夢痕。

三生香火。寶鼎旃檀參佛果。高綰螺鬟。手拂輕綃淚點斑。禪心似水。寫入駢花交葉裏。釵墮盆傾。空谷猶聞碎玉聲。湘蘭理鬟，墜一寶釵，徐語侍兒曰：『久不聞碎玉聲矣。』

浣溪沙

霜根

修到咸宜觀裏身。自將風格寫温存。瓣香留取秣陵春。秀箭好題楊妹子，愁根翻種柳夫人，爲誰花片寄朝雲。

鷓鴣天

苓泉

一碧湘魂欲化煙。春愁翦翦落毫端。黛痕乍染葵花帔，檀息猶沾薤葉箋。情脉脉，態娟娟。青溪舊夢印空禪。櫻桃雨過瑶窗潤，倚竹還憐翠袖寒。道人又工畫竹。

虞美人

切盦

圖成楓落吴江後。人比湘魂瘦。黄絁長日誦蕎摩。一葉一花寫出淚痕多。咸宜觀裏東風暖。紉佩芳心遠。筆花濃沁口脂香。飛絮輸他天壤有王郎。

减字木蘭花

姜盦

小休禪誦。妙筆靈苕憑點弄。墨影瀟湘。寫出離騷夢也香。雙修剩卷。空谷幽姿渾未遠。細跋嬋嫣。款識同珍孔玉田。國初孔玉田有《蘭齋題畫》詩。

瀟瀟雨

辛盦

空山聽雨後，畫中禪、參到最高乘。想天花散罷，東風一縷，吹上吴綾。惆悵美人香草，一樣感飄零。空谷傳神處，懺盡紅情。不是爲借叶平花寫照，是情因慧果，自寫平生。記湘皋重見，秋佩寂無聲。問人間、誰傳心素，只黄絁、一著誤娉婷。銷魂有、幾多詞客，卷角題名。

鷓鴣天

蒼虬

憔悴空山聽雨人。三湘清怨入微顰。玉纖輕點花疑瘦，釧重慵移葉未伸。芳佩冷，露痕新。微波何事誤靈均。心香意蕊難分別，劫墮華鬘又一春。

浣溪沙

水香

聽雨燈前憶白門。美人幽怨托靈均。一葉一花是秋魂。染墨乍疑金粟影，沾香莫誤玉釵痕，湘屏消得幾黄昏。

菩薩蠻

蟄雲

燈唇颭雨秋魂醒。畫窗瘦了嬋娟影。將淚寄瀟湘。盈盈罷佛妝。綢繆紅押尾。莫誤清溪字。一葉一花扶。瑶田蝶到無。

太常引

君適

素心寂寞伴煙蘿。托命在巖阿。紉佩戀湘娥。倩描取、傷秋淚多。春風畫筆，人間流轉，瑶瑟費哀歌。玉京本無波。甚一點、温馨未磨。

第九十六集　憶舊游

過水西莊遺迹，追懷查灣。

霜根

已孤雲寺圮，艷雪樓荒，還溯伊人。舊日通賓驛，傍青青柳岸，指點難真。莊西去，即楊柳青。輞川畫圖何在，摹本認翻新。莊有舊圖，巖氏蟫香館摹本，十年前鈺曾題之。嘆南渡箋詞，西臺坐獄，都付沙塵。　清門。百年後，有老輩風流，山谷詩孫。往事休提起，羨故家文藻，還照清尊。柳家七郎堪吊，知返杜鵑魂。忍回首年時，江南慣説烏夜村。查灣少游吴下，每見輒談金閶舊事。

補盧

問荒莊邈若，二百年來，只剩詞箋。不及湖船録，有茭蘆冷榭，猶帶溪煙。縱橫一代風雅，憑吊夕陽前。想竹館聽歌，帆臺選句，何限留連。　凄然。酒壚畔，忽向歲梅花，吹送華顛。摇落家風在，訪舊時煙月，愁迸哀弦。多少暮年心事，傳寫到殘山。料化鶴歸來，吟魂應戀春水邊。

苓泉

羡承平耆舊，風月園□，占盡聲華。留得滄桑影，但荒陂泛鴨，淺水撈蝦。猶有後來詞客，製譜拍紅牙。話家世風流，行人指點，一曲鷗沙。堪嗟。舊游逝，算冷醉閑吟，送了生涯。重過西洲路，有懷人清淚，彈上蘆花。空剩百年喬木，秋色老煙霞。聽鬼唱凄凉，楓林月黑尋鮑家。整理者按：上片第二句第四字缺，代之以□。

忉盦

溯銀燈賭曲，玉管箋詞，勝事當年。不盡滄桑感，早雕闌綢户，都付蒼煙。漫傳芥園移迹，流水繞花田。嘆舊舘蟫香，新圖蠹損，空恁留連。偏憐。酒罏侣，有玉笥家風，題遍吟箋。記向荒莊裏，撫舊時松桂，幾度停韉。那料逼年鄰笛，怨調咽哀弦。待唤起詩魂，凄然爲賦招隱篇。

蟄雲

認歌鈴颭雨，舞佩迷花，雙鳳來時。刬盡樓臺影，甚斜陽似夢，還戀南碕。斷腸押簾殘拍，幽怨玉簫知。剩老去詞人，尊前話舊，旅鬢添絲。匆匆。酒壚别，又淚眼危闌，送斷芳菲。等是鋤蘭恨，算故香無恙，重照清漪。篋底手書猶濕，愁誦太鴻詞。用樊榭挽蓮坡詩語。問拋却塵寰，仙山底處尋紫芝。劉文煊贈蓮坡詩云：『黄髮未有期，紫芝不可茹。徒懷超世想，未免塵寰慮。』

君適

望低雲轉碧，殘照匀黄，楚客情孤。駐馬尋陳迹，嘆雕闌改盡，委恨寒蕪。豪華一代賓主，俯仰歲時徂。想裁韻當花，聆歌倚竹，清景模糊。江南。舊詞客，自衣染燕塵，閑了西湖。回首東風裏，聽鳴廊葉顫，逐侶禽呼。名園遺事難問，故老只今無。寫百疊閑愁，春波一曲如舊圖。

第九十七集　題宋王晉卿山水軸 不限調

軸爲紙本，寫香山林間暖酒、石上題詩詩意。左角署『駙馬都尉王詵畫，元祐八年歲次癸酉九月二十八日寶繪堂東齋題記』二十八字，筆致絶類坡公，朱文印曰『太原晉卿』。畫作園林景，遠則崇巒叠嶂，霜柯森立，五色斑斕如古錦，中有大方朱文印曰『復古殿寶』，題款前有朱文印曰『機霞清賞』。『復古』爲南宋臨安殿名，高宗嘗命畢良史往汴京搜取劫餘名品，悉輦而南，彙藏是殿云。

霜天曉角　止存

攮燃蘚剔。醉叟詩中拾。供養損齋别殿，邀睿賞、臣詵筆。　煙濕。疑雨急。霜斑風動壁。山谷題畫竹詩：『懸之高堂風動壁。』只少西園艷景，雙鬟侍、遠山碧。李伯時《西園雅集圖》記王晉卿觀東坡題石，旁二女鬟，晉卿家姬也。

念奴嬌　補廬

主家陰洞，算無此、瀟瀟岡巒秋境。愛與香山摹斷句，石上落雲都冷。一詔啣悲，千林染淚，此意無人省。圖作元祐八年八月，宣仁即於是月薨。風流都尉，晚山中有詩影。堪嘆艮嶽煙銷，飄零畫譜，沙漠歸燈檠。何幸零縑收寶繪，持與殘山相映。茗理齋頭，朱文墨字，年遠猶完整。焚香清對，也應寒具先屏。

鶯啼序

霜根

西園主人興好，要商量畫境。菊花節、當日香山，一聯多謝持贈。倦重展、煙江舊稿，晴秋別寫天然景。倩春鶯、瞞過梅妝，粉侯休請。一樣丹青，遠勢莫比，恍嵩陽攬勝。最難得、霜入千林，鬧春疑賦紅杏。借龍眠山莊筆法，狀鴻乙草堂觴咏。任東坡，甘換仇池，掉頭寧肯。將軍下筆，侍女吹簫，畫禪上乘證。試問訊、鳳樓能事，果否經進，御翰宣和，瘦金輝映。烏臺一謫，駝岡重潰，生愁同付江陵刼，又何時、秀與雲栖競。承平故物，居然未押葫蘆，紫泥爾許端正。風流將種，著色名家，肖李成畦逕。嘆一紙、人間流轉，歷盡罡風。瑞應圖成，俯同彪炳。葵花巧合，承恩前度，傷心家國多少恨，畫中人、知亦華胥醒。從今寶晉題齋，汴岸清明，笑他贗鼎。

少年游

辛盦

前身緱嶺記吹笙。珥筆下瑶京。北苑宗風，西園俊侶，煙墨見承平。溪山猶認留題處，風露一襟清。寶繪堂空，臨安殿杳，粉本幾飄零。

金菊對芙蓉

蟄雲

石氣迎凉，葉聲送晚，孤吟人倚巑岏。指蒼苔一徑，秋到柴關。含毫换了煙江稿，費閑情、商略梅鬟。東齋題罷，銷魂幾許，憑問詩仙。太息寶繪堂空，又紹興御賞，禁籞松間。怕丹青染淚，來雁聲寒。風流合付詞人手，認小楓、紅似當年。拓叉清晝，古愁唤起，一片殘山。

浣溪沙

君適

寶繪丹青尺素留。煙霏深渺寫林幽。雲篁蘚壁動清秋。　塵外孤情傾玉局，毫端破墨入營邱，寂寥異代接風流。

第九十八集　辛未清明 不限調

雙調望江南

霜根

江南客，佳節憶從前。虎阜錦鋪迎會仗，蠡湖鱗接上墳船。碧柳絳桃天。津橋畔，怪煞勸啼鵑。聽倦拔河唐苑戲，望殘賜火漢宫煙。只合揔題年。

倦尋芳

㔻厂

桐華報序，榆火然愁，春夢如影。塞草游韉，淚濺一年韶景。芳樹園亭無客到，野桃門巷憑誰省。望天涯，有紅樓隔雨，柳絲偎暝。更畹晚、芳心淒警，零亂櫻花，狂醉難醒。偷寫羈懷，甚處畫闌孤凭。回雁書空衡浦渺，杜鵑啼血津橋聽。倩瓊簫，訴東風，自憐三徑。

漢宫春

忉盦

開到桐華，看湔裙一水，緑遍江灣。生憎乍來燕子，絮語梁間。新煙澹沱，甚東風、猶殢餘寒。從怕見、桃昏柳暝，背人倚盡危闌。　却嘆卅年作客，恁南雲尺咫，目斷鄉關。何時過家上塚，手薦寒泉。夷歌野哭，想飢烏、銜肉都難。休更憶、梅亭暗雨，夜來旅夢先還。

浣溪沙

辛盦

春水碧涵新燕影，芳草南園載酒遲。輕煙門巷柳絲絲。　東風無奈是天涯。杏花紅盡暮鵑啼，年年輕負蹋青時。

采桑子

水香

江南莫問銷魂事，年年慣寄天涯夢，怕説清明。偏又清明。愁膩燈痕夢不成。　花裏鶯聲。花外鵑聲。細雨如塵總未晴。

祝英臺近

蟄雲

冷餳簫，閑粥鼓，芳節病中度。鬬草人非，腸斷畫橋路。年年歸夢青山，棠梨開後，又聽到、瘦鵑啼雨。　倦凝佇。楊絲裊盡新愁，怕隨晚煙舞。改火年光，依依舊尊俎。最憐劫後東闌，春風不到，只分付、斜陽來去。

第九十九集　永遇樂

李園春褉寫感

辛盦

一角蘭亭，尚能塵外，容此詩侶。棠樹歒煙，杉橋臥雨，重認題襟處。蟲沙幾劫，鶯花半老，歸燕向人還訴。料應憑、新波一掬，難浣舊愁千縷。　朝寒暮暖，小桃紅謝，已是韶華輕負。心翦東風，魂銷南浦，人與春俱暮。游雲易散，晨星漸減，感舊更添悲緒。怕匆匆、携尊去後，又啼杜宇。

水香

薄霧吹香，嫩陰織暝，花暗芳晝。春已三分，峭寒還緊，著意欺羅袖。幾曾瞞過，清明寒食，又説采蘭時候。算年年、携尊來此，難得畫欄依舊。　詞人老去，天涯多感，況值嫣紅消瘦。夢裏浮生，且歡今日，耐我低徊久。錦箋題恨，緑波蘸影，愁寫謝橋煙柳。剩零落、心情似許，問花笑否。

蟄雲

尋夢游輪，款愁吟榼，舊時亭舘。社冷鷗疏，堂空燕老，芳緒匆匆換。午醒猶華林俊賞，休話翠瀛深淺。算猶是、蘭池清韻，十二畫欄凭遍。薄，春寒且忍，比鄰笛語，驚心薤唱，流水年年，斜陽處處，偏我銷魂慣。青旗何許，一片垂楊遮斷。

梁商上巳日會賓客於洛水，酒酣作《薤露歌》。時查灣、遜園新逝，借用其事抒感。蘚壁舊題都黦。怕簾外、東風又去，絮花怨晚。

第一百集　百字令　須社百集題填詞圖

止存

信風過翼，數花間序飲，觴咏盈百。歷歷游仙張廣樂，墜夢鈞天重拾。鳳蠟緘愁，鸞襟費淚，譜入蘋州笛。瓣香題字，須溪同此馨逸。　却羡老去司農，園林人外，不繫京朝籍。風調石湖兼石帚，分占鷗沙吟席。是日集苓泉雲在山房。溝水流紅，池雲凝碧，愁認啼鵑迹。玉臺留韻，圖成烏帽誰側。

霜根

亦姑謀樂，儘雲酬雪唱，清尊遥替。一片黄蘆連漲海，偏仿會琴高寄。麝粉心研，蠶絲鬢織，揾住滄桑淚。浮圖安頂，九成誰道容易。　笑我沓舌方心，登場舞蔗，依舊將軍技。偷活草間愁萬古，那問居前糠秕。鮑老郎當，楊妃評泊，聊與諸君戲。此生才分，百篇甘讓仙李。百集中，鈺所作凡九十四。

忉盦

津橋琴集，倏匆匆三度，榴紅時節。社起於戊辰五月，迨今百集，恰三周矣。宛轉吟成珠百琲，寫盡悲歡圓缺。側帽披尋，研朱評點，精詣通千劫。裒然連帙，此中多少心血。何況勝會凋零，詞人南北，相望頭如雪。社友中薇庵、匠厂皆度遼，踽公客威海，余去夏亦來滬上。查白風流俱宿草，翦紙秋魂明滅。臺榭依然，須眉宛在，展卷心空結。流傳他日，問誰原委能說。

薇庵

舊游回首，想園林畫裏，風流裙屐。檀板金尊豪興在，肯負春秋佳日。逝羽年光，飄蓬身世，吟望頭俱白。塵箋珍重，雪泥鴻爪留得。無奈嘆逝傷離，頻年心事，百感隨風笛。書劍羈遲關塞外，垂老依然爲客。別緒如雲，前塵若夢，聚散殊今昔。何時尊酒，與君同按歌拍。

姜盦

海桑留眼，剩閑鷗野語，迎送潮汐。百弄笛場千繞樹，風月尚饒今夕。檢點詩痕，惺忪黍夢，幾感芳尊窄。相珍耆舊，寓言龍見誰識。尋省夜路應劉，河梁蘇李，繁恨堆琴席。一種馨香常慰薦，還辦十年觚墨。嘯引蒼鸞，氣回青兕，要補天吳坼。金荃差俊，亂愁多與消得。

息庵

歲華催老，悵尊前吟侶，鬢堆殘雪。却想山房扶翠好，誰著丹青傳筆。遼鶴歸遲，津鵑啼老，俯仰空陳迹。悠悠天醉，哀時惟有詞客。回數雁後蛩前，天涯住定，影事塵箏席。如此江山供涕淚，閑煞新亭才傑。櫟社游疏，蘋州譜在，百感風花疊。交期千古，高歌同醉明月。

蟄雲

天涯絲鬢，幾憑欄腸斷，年年萋緑。無那閑雲邀夢去，輕付烏絲紅燭。百種沈吟，一般流怨，秋雨迦陵曲。玉龍吹過，凄飆猶裊檐竹。何况故國鵑啼，名流鶴化，移柱悲歡促。結束風騷餘涕淚，灑向西園殘幅。煙柳愁春，露花傷晚，白紵歌難續。碧滄留影，相看應笑寒鶩。

煙沽漁唱卷六集外詞

更漏子 賦春陰

查灣

蝶魂蘇，鶯夢醒。簾外妒花風緊。香半灺，酒微醺。春歸纔幾分。　尋小睡。
愁如醉。天氣困人無味。釵股重，帶圍鬆。春濃愁更濃。

龠閣

柳邊鶯，花外燕。寂寂深深庭院。慵早起，晝偏長。垂簾留篆香。　倚高閣。
情脉脉。閑了秋千繩索。風似翦，雨如絲。落花春不知。

㤖盦

燕迷花，鶯織柳。乍暖還寒時候。成句。虛幌暗，遠山微。爐煙濕不飛。　春
似夢。酒愁重。黯黯流光輕送。闌干外，晚雲低。鷓鴣長日啼。

臣厂

葉藏鶯，啼不住。望斷畫樓高處。鈴索低，護春妍。海棠嬌欲眠。　情脉脉。
珠簾隔。亦似楊花漂泊。天一碧，暮雲平。莫教孤月明。

姜盦

雨絲慳，煙絮重。閣住小簾花夢。嗔舞燕，怕啼鵑。倚闌春可憐。

寒訊沍。芳期誤。消遣酒懷琴趣。春欲半，怯游驄。冷拋千萬紅。

蟄雲

酒懷慳，簫約誤。心上幾番風雨。偏悄悄，又懨懨。燕歸嗔下簾。

飛絮斷。畫樓晚。算只花光到眼。春有意，帶愁來。愁來偏費猜。

柳梢青

李園紀游用少游韻

查灣

吹皺圓沙。一池春水，縠亂風斜。纔有鶯聲，斷無人處，開到桃花。畫闌似隔天涯。秋千外、啼殘春鴉。柳户清明，鶯簾寒食，春色家家。

龠閣

綠漲灘沙。名園傍水，一徑欹斜。曲曲闌邊，垂楊深處，紅了桃花。風光約略西涯。小橋外、荒林暝鴉。幾許閑愁，夕陽歸去，賣酒人家。

遜園

淺草輕沙。閑園曲徑，雨細風斜。老柳青初，新蘆碧小，襯出桃花。幾株水汊雲涯。翻墨影、攙來暮鴉。一片愔愔，風光無價，笑屬詩家。

叵厂

一抹明沙。小桃紅了，煙外橫斜。昨夜驚寒，今朝中酒，喚起尋花。可堪春思天涯。撩人處、風林暝鴉。水遠添蒼，巖空蘸碧，似夢還家。

萍蓬　姜盦

桃靨顰沙。柳媚嬌日，笑我簪斜。幾睠霞姿，幾驚風色，何計憐花。費淚天涯。看浪墨、高林點鴉。一段清愁，流鶯未識，付與誰家。

分明　蟄雲

雨後鷗沙。輕陰池舘，幾樹夭斜。鬢影匆匆，酒潮來去，暗逐飛花。眼底天涯。正淒黯、啼來斷鴉。帆遠飄愁，簾低隔夢，春屬誰家。

鷓鴣天　春感

最是愁人二月天。暫歡聊破酒腸慳。新槐近節將傳火，弱柳籠寒未放棉。雲北望，日西遷。傷春有恨已難箋。夢中況是身爲客，閑裏誰知味近禪。　龠閣

春不恔人做冷天。遠山破額擁愁眠。燈脣讀書還呼酒，詩鬢添絲未脱棉。風不定，漏頻傳。舊情空費海棠箋。春蠶情緒銷何許，又結清齋水墨禪。　姜盦

啼斷殘鶯欲雨天。畫樓如夢柳初眠。潤添籥局疑生醭。冷透琴衣懶卸棉。杯易盡，曲誰傳。燈宵心事疊蠻箋。茶煙颺起春魂小，悄結龍華劫外禪。　蟄雲

解語花

閏花朝栩樓觴集賞花

姜盦

篔屏艷幟，樺館清尊，添按鶯啼序。愛春留住。圓蟾近、撲蝶會中雙遇。賓萌宴舞。亂翠盞、蠻薰千縷。休更愁、葵麥風摇，任把紅情迕。偏是瘦鵑慣苦。説蛛塵長罥，扶荔宮樹。霧朝煙暮。風還緊、冷落舊香無數。傷春夢雨。總莫問、劉郎前度。歌未闌、蓮漏頻移，慳隱花深處。

辛盦

聽鸝舘近，影蝶樓深，小榼酬芳序。紅酣翠嫵。闌干畔、又過信風幾度。好春重駐。却添得、春愁無數。凝望時、煙外青帘，曾是銷魂處。百二芳韶孰主。怪黃楊偏厄，佳日虚負。雨朝雲暮。流連意、一霎流光飛羽。緘愁怎訴。又簾底、暗紅飄去。憑片時、歌板吟尊，消者般情緒。

蟄雲

瓶蕤供几，鈿葉偎屏，催按霓裳序。瘦鶯啼住。重簾卷、裊裊亂紅如舞。檀心正苦。悄憶到、東闌前度。尋舊歡、鑾榼分携，小夢迷花霧。因念逝波斷羽。話瓊津天遠，春暗宫樹。舊香誰主。啼鵑恨、總付怨煙颦雨。流塵怕數。剩花影、如潮來去。拌醉吟、休負今宵，要翠尊深注。

詩趣軒春禊 不限調

西江月

查灣

天氣蹋青時候，園林罨翠人家。鬱金裙子卓金車，人在小桃花下。少女風來池上，王孫草緑天涯。年時影事記些些，依舊秋千如畫。

蝶戀花

臣厂

腸斷琅琊東去道。且駐游驄，怕説春光老。韶景三三何處好。舊時臺榭垂楊繞。驀地糝英紅不掃。詩趣盈軒，别院笙歌鬧。花外夢痕都换了。無情最是青青草。

粉蝶兒

姜盦

到得春深，園亭翠紅都是。便天涯、也恢人意。有林宗，如逸少，重尋蘭記。共佳携、分曹縱吟花底。閑眠乞我，風前飛鷁良似。掩重門、老符還醉。老坡謫海南，於上巳携酒，遍尋諸生，皆出，惟老符秀才在，因與共醉。余怯風未赴，乃適類是。瘦吟身，渾中酒，偏辜三巳。剩虚酬芳景，自填銀字。

金縷曲

辛盦

楝子風微度。又匆匆、清明過了，芳韶還駐。絶似籠鵝山陰客，繭紙題成新序。軟紅外、誰家林墅。觴咏留連容我輩，看門前、便是桃源路。衣帶水，清如許。花陰悄供流鶯語。甚東風、吹殘紅紫，不將愁去。柳色依稀華林宴，偏付江關詞賦。葵麥恨、君應記取。歧路飄零春又老，望鄉山、一片無情樹。殘酒罷，歸何處。

浣溪沙

又塵

柳已吹綿杏漸肥。一痕碧水又傳杯。采蘭真個欲貽誰。芳草似關詞客恨，落花還送酒人歸。啼鵑聲裏易斜暉。

探春

蟄雲

花夢留春，柳煙迎晚。雨後闌干緑淺。小榼煎蘭，輕衫躪草，總是年時游伴。多事翠觴頻偏幾隊腰鼓，早占了、秋千别院。一般畫裏樓臺，何人添寫芳鈿。

勸，便醉向東風，酒愁難遣。倚劍心孤，題裙約誤，攙入瓊華幽怨。部下同人約集北海静心齋禊集，未赴。旅鬢成絲否，怕圖上、吴綃羞見。煙外啼鴉，銷魂如賦秋苑。

金縷曲 詠桃花茶

樊山偕雲藹鈍宦游雩壇，坐山桃花下啜茗，落英如雪，時墜杯中，笑曰：『此桃花茶也。』有詞屬和。

一抹燕支雨。憩游筇、晴欄寫韻，小亭剛午。石鼎聯吟煙篆細，烹就蘂珠芽露。風習習、燕嗔花舞。盞挹芳菲紅錯落，更回腸、香沁琳腴滑。敷春意，問誰譜。　　劉郎尚憶天台路。佐胡麻、艷陽韶錦，淺歌瓊樹。怎得緇經詢陸羽，碧乳青文兼注。有詞客、嘉名錫與。從此雲英分顧渚，説餐霞、倘是緱山侶。憑七碗，上詩句。 臣厂

啜茗春風路。滿芳鄰、蕪煙糝碧，茜雲霏素。雨外旗槍愁倒影，何似藏身花霧。好瀹向、桃紅深處。奇想酪奴諧新眷，惹息作平嫣、破涕犀微露。笛作平韻膩，寫成趣。　　當年龔美傳佳賦。共茶神、松陵倡和，婉情雙具。皮陸爲伊先合并，團月須勤將護。漫千尺、汪倫情注。倘有賭書言司女，怕認成、人面些兒醋。傳好事， 姜龕

綴香雨。

摯雲

驀地仙雲墜。隔闌干、瓶笙寫韻，石泉初沸。薄薄脂香銷不盡，偏有佽人滋味。算玉訣、餐霞新試。漫拾夢痕冰甌話，怕元都、幾樹俱憔悴。芳事盡，雨風裏。飄零肯便隨流水。倩詞人、茶經細訂，替商芳謚。應笑阮郎仙福淺，小泛瓊漿如醉。問此意、樵青知未。一段傷春新來恨，又絲絲、悄逐春煙起。鉛淚影，暗紅膩。

樊山原作

淺草城南路。躡花來、春陰薄薄，澹煙橫素。艷粉輕脂傾國色，自笑鬢霜眼霧。團坐向、紅雲深處。柳嫂魚羹剛一飽，更新茶、艷甚哥哥露。評菜譜，說琴趣。微風過樹花如雨。甚飛英、半隨流水，半歸茶具。恰似雲英漿一盞，乞與清明渴護。緑若共、丹砂點注。從此皋盧添雅謚，勝桃花魚與桃花醋。根與葉，莫輕賦。苓泉無妄，故戲之。

高陽臺

賦送春

叵厂

山笑含青，波横皺緑，舊時星驛迢迢。杜宇三更，惺忪夢警芳宵。鈿車香騎笙歌裏，惜芳菲、又過花朝。肯輕孤，低唱紅情，我替吹簫。　六朝佳麗知何處，奈簾前鸜鵒，總説無聊。燕翦鶯梭，織成廿四紅橋。東君應解相思苦，挽游絲、繫住鴛綃。儘綢繆，一刻千金，首莫空搔。

姜盦

冷袂修修，閑房寂寂，做成清夢迢迢。艷緒重回，思量鏡曉琴宵。紫騮嘶慣尋芳路，幾扶頭、醉過花朝。把風情，倚遍珠闌，按遍璚簫。　華胥驟换新亭淚，任鶯花到眼，醒醉無聊。見説仙音，多時不唱星橋。管弦凝碧池頭起，但聞聲、暗揾鮫綃。判沈吟，象管薰罏，潘鬢空搔。

蟄雲

輕舸雲移，紋屏雨歇，夢邊煙樹迢迢。舊慣千金，思量忍負芳宵。錦韶來去無天涯碧草尋常見，拘管，儘留連、燕暮鶯朝。甚顛風，送斷荼蘼，怨咽瓊簫。

把春紅、裹奈離愁喚起，目極無聊。絮影多情，飄飄還拂虹橋。色身甘化絲千萬，

向煙綃。悄低徊，曉枕鐘聲，心痒誰搔。

芭蕉雨

賦春雨和迦陵韻

查灣

負了芳菲冷節。楊花吹不起、風前雪。密灑草心如結。無奈杜宇聲聲，替人惜別。闌干凭暖袖摺。花落未堪折。悄不見隔枝、飄亂蝶。雲黯黯、畫樓寒，準擬喚起啼鴉，小窗澹月。

臣厂

纔過清明舊節。有棠梨濺淚、飄成雪。影隔紅樓愁結。生怕綠漲春波，銷魂又別。舞衣金縷半摺。花好問誰折。偏打散夢中、雙蛺蝶。簷斷續、似淋鈴，芳枕一夜無眠，香憐榭月。玉溪句：『月榭故香因雨發。』

姜盦

一雨游驄滯節。怨東君不管、花飛雪。心事爲春繆結。猶省聽澈朱樓，玉人絮別。杏簾絲縷幾摺。詩簡濕還折。花盡妥錯猜、鶯捎蝶。最喜是、潤芳疇，尋擬一笛煙蓑，看耕劚月。

蟄雲

巧展錫簫冷節。怪無情損却、東闌雪。柳外愁絲千結。錯道寄淚天涯，王孫怨別。倚簾頻熨袖摺。問玉蕊誰折。只惹夢暗尋、伶俜蝶。背燭夜、睇紅樓，煙碧幾樹濛濛，休疑是月。

洛陽春

挹清堂畔看牡丹同賦

查灣

棐几袖羅同凭。虛堂人靜。趁香蜂蝶爲誰忙，儘賣弄、春風影。長記玉肩偷并。摘花妝靚。相思一捻可憐紅，剩訴與、流鶯聽。

叵厂

風颭楊花無定。綠生苔淨。戀芳蜂蝶總紛紛，底似我、痴情性。翠袖緋衣交映。捲簾妝靚。倩誰蘸筆畫燕支，趁薄醉、留春影。

姜盦

風信午闌初定。柳慵花淨。過時姚魏尚支春，任蝶逞、顛狂性。繁錦夢華雲映。鏡回芳靚。山篦倚染太真妝，記舊舞、傾城影。

蟄雲

曲曲闌干低凭。香濃偏靜。閑情分付與蜂兒，又捲入、楊花影。粉靨偎煙相并。似伊嬌靚。隔花不見去年人，悄覓遍、青苔徑。

臨江仙

初夏

查灣

試問送春纔幾日，緑陰青子都肥。櫻桃紅綻楝花稀。麥光侵硯几，梅潤上琴衣。　簾捲薰風池上閣，碧苔匝地芳暉。鶌鴂多事勸人歸。瘦餘殘鬢影，輕減舊腰圍。

臣厂

羃檻槐陰生晝静，小蟬試噪斜陽。困人無奈日初長。夢痕疑化蝶，午枕問蒙莊。　渺渺雲峰移斷影，移舟晚過陂塘。芰荷吹翠落衣裳。斜陽蕢葉外，閑看浴鴛鴦。

姜盦和蟄雲韻

過盡百花來盡燕，閑階狼藉榆錢。春移物换只年年。殘酲青子酒，淺夢緑油天。　老鬢薰風愁弄晚，看人還蹴秋千。珠塵别院澀宫弦。向來歌舞地，煙蔓盡堪憐。

蟄雲

昨夜輕雷剛送雨，鏡波點上荷錢。綠陰簾幕又今年。瘦腰輕幾許，病過楝花天。　啼鴃聲殘人意懶，日長閑了秋千。青梅如豆落琴弦。芳心千萬結，酸苦鎮相憐。

四字令

南塘泛舟

查灣

榴花未然。楊花未䌛。碧桃花爲誰妍。剩嫣紅可憐。杖頭數錢。櫪頭喚船。一篷湖水湖煙。共沙鷗對眠。

臣厂

梅黃弄丸。荷青弄錢。一篙衝破溪煙。載斜陽滿船。菰村水田。蕢洲水弦。幾家晒網風前。羡漁翁似仙。

蟄雲

溪雲路長。溪風夢涼。低篷聽到鳴榔。是鵶娘雁娘。新蘋弄香。晚桃弄妝。一痕沁上羅裳。亂花光水光。

疏影

和蒼虬湖樓感舊　　叵厂

湖光昵客。看冷波渺渺，零亂芳迹。望眼淒迷，殘塔偎煙，苔痕尚自凝碧。高樓靜鎖孤山外，只燕子、歸來曾識。更暗憐、映水梅凋，濺淚似珠誰拭。　還憶年時舊侶，悄吟共永夜，疏雨桐滴。怎奈顛風，蕩起驚塵，幻作眉端秋色。幽禽迎樹啼聲苦，宛訴向、玉簫瑶瑟。剩斷橋寒月無情，却忍照人頭白。

姜盦

疏蓬倦客。有聖湖蘚翠，曾染綦迹。夢冷如鷗，花瘦於鶯，春心幾皺寒碧。南屏暗草經行路，早石老、雲荒難識。省玉田、水竹重題，宿譜就泉淒試。張玉田有西湖感舊《疏影》詞書於水竹清隱。　還數梅邊笛趣，校棋讀畫處，芳露滲滴。避影龍華，一樹婆娑，不定年時風色。清笳換了桓伊弄，但擫向、晚波蕭瑟。又近來、急拍鯨鏗，惱撼淨天栖白。

愔仲

歸來似客。便一廬好在，何限陳迹。寸寸遥岑，商略春愁，橫波自寫淒碧。老逋已厭人間住，算只有、山靈曾識。倘瘦筇、倚立空階，屐上舊苔難拭。　知否危樓獨夜，正銀燭翦雨，和淚同滴。忍憶年時，柳軟花穠，西子妝成國色。暮年詞賦都何味，且拼領、北游蕭瑟。愧殷勤、寄與相思，逐夢海天雲白。

蟄雲

浮生是客。恁暗波換夢，來去無迹。斷塔成灰，凄黯斜陽，殘莎自弄煙碧。江湖酒醒塵衫冷，只劫後、青峰相識。傍竹窗、細檢蛛塵，喚起亂愁難拭。　還憶燈宵覓句，水天舊恨滿，蟾淚俱滴。一霎顛風，翠羽飛回，誤了重闌春色。寒雲鎖斷孤山路，并寫入、庾郎蕭瑟。怕夜來、月上空枝，照鬢幾星添白。

蒼虬原作

閑鷗笑客。倏廿年夢斷，一散無迹。戢枻窮湖，幽渺魚天，銷凝幾度寒碧。重來萬里衣塵黯，怕邂逅、煙蓑相識。儘眼前、似酒春濃，付與淚痕偷拭。　還翦西窗蜜炬，故人絮語罷，涼露輕滴。鼠迹蟲絲，簾押凄迷，仍是梅邊月色。當年雪夜疏鐘裏，傍映水、一枝清瑟。怎到今、明鏡幽波，不照異鄉頭白。

浣溪沙

用稼軒贈子文侍人笑笑韻，贈歌姬笑笑。

查灣

絶代薔薇解笑人。櫻桃紅綻笑頻頻。合歡花底可憐春。

南内荔枝妃子意，東風芍藥侍兒顰。玉梅笑拜藐姑神。

叵厂

露井夭桃似玉人。太真欣見入簾頻。回頭送媚自生春。

倩影夢中還乞巧，可能傾國故含顰。拈花偷問藐姑神。

息庵二闋

相視曾逢絶代人。櫻桃紅破奏歌頻。當筵索取早梅春。

翠竹舞風工作態，石榴綻雨故含顰。嫣然疑是洛川神。

一笑從來百媚人。未妨巧笑曲中頻。千金買得笑時春。

有底愁時還帶笑，不曾笑處却含顰。一顰一笑見丰神。

辛盦集句

翠袂半將遮粉臆，試問南塘著屧人。年年結伴采花蘋。與誰同度可憐春。
雲屏不動掩孤顰。幾回夢想玉精神。

水香

半破玫瑰還索夢，玉笑珠香可喜人。寶奩相視故頻頻。瓊枝畫出遠山春。
雙偎翡翠不成顰。明璫含睇洛川神。

蟄雲

睡靨餘憨還勝醉，肯信傾城屬恨人。九枝燈下見頻頻。玫瑰喚破小屏春。
歌眉生小不工顰。喜神端的是花神。

清玉案 春暮園游用夢窗韻

查灣

蘼蕪繡軟横塘道。怕春去、人重到。出水圓荷錢様小。紅稀緑暗，柳棉如雪，愁共秋千杳。鶯鶯燕燕東風老。鴨鴨波輕弄殘照。滿載雙舠還恨少。金衣無語，紅襟自舞，説與閑漚曉。

臣厂

新蕪緑遍溪邊道。煙鎖住、無人到。滿載春愁嫌艇小。一雙飛燕，向誰絮語，舊夢隨波杳。垂楊似怕韶光老。暗把千絲綰斜照。苔砌落紅今後少。斷腸詞句，伴簫低訴，莫待鐘催曉。

蟄雲

翠苔掩了垂楊道。怎春後、無人到。兩點蜻蛉波影小。蘋風吹去，舊時亭舘，目送凉雲杳。江鄉别恨莼絲老。挂夢青山黯斜照。涴盡零紅春意少。醉魂無賴，暗隨芳杜，却怕殘鶯曉。

水龍吟 詠楊花用東坡韻

查灣

是誰教得輕狂，年年慣向歌筵墜。滾球成陣，吹綿作雪，動人綺思。暗惹簾衣，悄縈窗網，畫樓深閉。最銷魂撩亂，秋千影裏，衫兜落、裙翻起。因念章臺身世，儘飄零、亂絲難綴。前身稊小，後身萍老，被春揉碎。薄命憐伊，半淹疏雨，半隨流水。更來生、莫作飛花，處處灑天涯淚。

苓泉

本來不當花看，和雲飄蕩和煙墜。一年一度，鶯忙蝶亂，惱人情思。誰與纏綿，儘教拋擲，緑窗深閉。乍瑶階雨過，沾泥無力，又簾外、東風起。最怕曝衣樓畔，紫貂褕、被他輕綴。芳菲世界，霎時攪得，珠零玉碎。萍梗無情，桃花有恨，共隨流水。望天涯、一片濛濛，多化作傷春淚。

臣厂

生來絕世温柔，暗隨珠玉遥天墜。杳香煙暝，梨魂夢斷，撩人心思。怕惹狂飆，聰明勝雪，靜中門閉。任無拘人笑，幽情跌宕，風吹落、還吹起。休把升沈商略，儘東君、茵飄藩綴。多情繞指，捉將芳徑，春寧揉碎。回首章臺，張郎老矣，喜逢萍水。待靈和景麗，青回眼底，慰相思淚。

姜盦

不知晴雪何來，因風舞又隨風墜。輕攔蝶翅，軟粘驄勒，儘撩詩思。試酒誰家，築球誰院，澹陰門閉。看兒童趁捉，爭穿蘚徑，驚花底、眠禽起。飛藿心情對此，蕩春魂、鬢絲愁綴。靈和月瘦，永豐星換，夢揉恨碎。白打千錢，翠陰一箭，玉搔漂水。剩方回倦旅，修簫絮晚，寄芳塵淚。

息庵

問春去也何歸，又鋪徑雪花紛墜。歌簾巧入，舞衫爭惹，別饒才思。一瞥飛雲，凝妝人去，翠樓長閉。料封侯夢遠，悠揚陌上，愁和悔、仍牽起。未必百花勝此，耐漂零、畫闌重綴。沾泥愁汙，因風羞舞，甘隨春碎。百五光陰，輕教拋斷，暗憐流水。怕輕萍化去，一般幻影，費相思淚。

辛盦

銷魂一曲楊枝，枝頭點點從拋墜。長亭短陌，被風捲起，一天愁思。昨夜聞歌，今朝中酒，綠陰門閉。嘆天涯飄泊，沾泥心事，怎擔得、春愁起。一自翠樓人去，黯銷魂、釵粱重綴。燕蹴兜簾，蛛黏罥砌，柔腸俱碎。漢苑煙沈，隋堤夢遠，空憐流水。更風前斷影，啼鵑催起，惹星星淚。

愔仲

是誰報與春深，漫天作勢飛還墜。細茸彈破，故枝拚斷，不關春思。盡日無人，回風吹汝，畫簾深閉。怎將離又合，略無根蒂，慣摇蕩、清愁起。休憶謝橋前度，颺詩魂、鬢絲重綴。愔愔門巷，兒童拍手，塵痕都碎。生小輕狂，沾泥未了，更隨流水。儘朝來一雨，舊時青眼，迸成別淚。

蟄雲

怪伊占盡殘春，漫天舞罷和煙墜。翻階涴雨，繞闌飄雪，惱人情思。黯黯濛濛，嫩寒池館，畫簾空閉。奈鶯慵蝶怨，故枝瘦盡，愁欲斷、吹還起。撩亂詩魂似此，蕩斜陽、鬢絲羞綴。靈和夢遠，惺忪春影，忍教揉碎。結帶前歡，浮槎後約，總隨流水。算芳情、不隔天涯，處處惹東風淚。

立盦

小園桃李都殘，濛濛暗見飛花墜。風流性格，飄摇誰主，最縈春思。舞影婆娑，綺愁撩亂，錦帷休閉。待寶環纖手，捧來窗下，又還恐、因風起。便是陌頭飛遍，問何能、碧梢重綴。乍驚雪散，寧堪泥汙，妖紅俱碎。自誤疏狂，夢回細雨，春隨流水。算天涯、只有孤蓬無定，灑同情淚。

春光好

折瑩園酴醿數枝，供瓶吟賞，倚聲寫之。

查灣

冰鈿小，翠屏低。隱芳蹊。雲髻圓簪翦未齊。弄柔荑。
蝶簇羅裙偷罥，鶯窺繡箔慵啼。勸得瓊兒花底醉，玉東西。

叵厂

勻杏雨，補梨雲。數枝新。對舞霓裳眉淺顰。倩留春。
七寶香車偷載，九華綺帳初薰。玉膽瓶回鄉夢影，颭詩魂。

姜盦

花媚晚，客吟清。帶春醒。小折芳蕤綴玉瓶。水沈輕。
曲院香攙漂絮，勝游夢冷飛英。偎鬢嬌分婪尾飲，記分明。

辛盦

花事了，柳陰肥。送春時。一片香雲罥蝶衣。畫闌西。
粉鏡雙釵雪膩，翠簾半面煙欹。多恐燈屏殘酒醒，惹相思。

蟄雲

一翦粉蕤親注，幾香綰袖，雪籠巾。摘來新。醉折蠻腰上畫輪。悄含顰。回翠被偷薰。不是春人愁裏影。是春魂。

立盦

素手誰簪羅髻，芳花事了，午晴初。駐香車。妃子嬌酣一笑扶。曳霞裾。蕤漫浸春酤。留著玉瓶窺艷影。似當罏。

浣溪沙

詞龕夜談，邈然隔世。追憶前踪，愴然同賦。

臣厂

老樹雲穿又一時。瑤琴聲斷挂蛛絲。凄涼落月有誰知。
扇角題愁空宛轉，燈脣照夢兩迷離。年年惆悵是秋期。

息庵

曾憶春風并轡時。而今團扇掩蛛絲。佳人一笑更誰知。
老去歌弦渾似夢，舊來尊酒不曾離。年年多病感花期。

蒼虬

黯澹秋窗落葉時。昏燈相對鬢成絲。劇談月落不曾知。
未轉頭時真似夢，如今夢影也迷離。情天容有隔生期。

蟄雲

記著西窗月落時。秋魂飄斷一絲絲。凄涼舊事夜燈知。
任是無情還有夢，却因暫住悔輕離。人天虛説碧雲期。

整理者按：此組詞牌原署『浪淘沙』，實誤。據《欽定詞譜》，改詞牌爲『浣溪沙』。

沁園春

寫感

查灣

開百石弓，讀五車書，世無此才。嘆諸君袞袞，一邱之貉，百年鼎鼎，轉眴成灰。乳臭登壇，屠沽作郡，爲問從何遽集來。鈞天醉，儘玉津歌吹，金谷池臺。　滄波不盡余懷。試回首、承平安在哉。看石鯨故苑，幾分煙水，銅駝廢陌，一片塵埃。詩卷滄桑，酒杯涕淚，遇著青山死便埋。蘭成老，便江南好在，難遣心哀。

臣厂

賈傅祠荒，太白樓空，嘆絕世才。看靈風湘渚，芳菲入夢，夕陽吴苑，金粉餘灰。雕輦不歸，銅駝安在，只見寒潮去復來。無窮恨，付鷓鴣啼罷，飛上高臺。　蒼茫難訴孤懷。今日是誰家天下哉。笑横刀健者，塚中枯骨，踞床老子，隙裏浮埃。陸起龍蛇，人爲猿鶴，滿腹憂教何處埋。新亭淚，并庾郎詞賦，羌笛吹哀。

息庵

忼慨平生，讀古人書，論天下才。嘆波沈泗水，誰扛周鼎，塵昏孔壁，誰拾秦灰。晉代衣冠，吴宫花草，不盡興亡到眼來。空千古，只田横孤島，郭隗高臺。蒼茫古淚今懷。問一世之雄安在哉。剩南山射虎，悠悠白日，中原逐鹿，莽莽黄埃。挂夢星辰，撐胸海嶽，忍使當年劍氣埋。君休笑，借歲時杯酒，擊缶歌哀。

辛盦

對酒蒼涼，澆古今愁，論王霸才。嘆燕南趙北，尸居餘氣，吴頭楚尾，劫後殘灰。操莽笑人，良平無主，誰挽天河洗甲來。傷心處，是蟲沙戰壘，麋鹿荒臺。徘徊莫遣孤懷。問一世功名安在哉。念長沙射策，盈腔涕淚，范滂攬轡，是處風埃。把酒看天，當歌斫地，不願吾頭牖下埋。無聊甚，借屈騷寫怨，庾賦鳴哀。

蟄雲

窮矣虞卿，老矣班生，枉天下才。嘆客中送客，蒼涼鄰笛，夢邊説夢，慘澹池灰。魏晉都非，荊凡誰在，滿眼殘山自往來。傷心事，待剗空瓊島，搥碎金臺。不須高語無懷。問身外浮名何有哉。看朝秦暮楚，千場傀儡，恩牛怨李，一例塵埃。魑魅窺人，蠮螉寇汝，爾許煩憂底處埋。悲歌氣，有賣漿屠狗，識我心哀。

沁園春

寫感再賦

查灣

漢馬伏波，唐郭令公，今古幾人。念玉門晚入，生班定遠，藍田夜獵，故李將軍。白馬横行，黄龍痛飲，成敗窮通總不群。數公者，皆支撑宇宙，叱咤風雲。　等閑兒戲紛紛。彼灞上何須笑棘門。嘆登臨廣武，英雄安在，憑陵華夏，甌脱輕分。大好家居，纖兒撞壞，十萬鶯花慘不春。都休問，怕殘山剩水，無處招魂。

息盦

如此乾坤，君本狂奴，我亦散人。笑麒麟有閣，詩成拜將，蠮螉有塞，棋勝能軍。管領鶯花，平章風月，白也飄然思不群。相期事，只滄溟送日，泰岱看雲。　人間襬襶紛紛。喜十丈紅塵不到門。儘鄴架蕭閑，圖書坐擁，庾園嘯傲，水竹平分。不羨飛揚，能甘寂寞，浩蕩胸中别有春。清談倦，想花争舞態，扇鬪歌魂。

蟄雲

石火風燈，不飲何爲，息也解人。問誰知我者，今無鮑叔，能令公喜，安得參軍。胸有千秋，身行萬里，低首寧堪雞鶩群。憑高望，又東南滄海，西北浮雲。薰天甲第紛紛。笑富貴何如倚市門。看幾輩墦間，但爭肉飽，而翁俎上，也許羹分。鴻鵠焉知，蛤蜊且食，還我胸中自在春。雙眸在，藐許多蠻觸，釜底游魂。

賀新涼

觀劇

查灣

一片銷魂地。有幾處、舞衫歌扇，恣人游憩。曲譜伊凉翻變調，并入悲笳冷吹。又換却、舊時營壘。羯鼓漁陽撾欲碎，著岑牟、陡壯風雲氣。要洗盡，筝琶耳。何堪老矣龜年死。記燕南、酒酣擊筑，淚隨聲墜。粉墨登場紛傀儡，裝點參軍博士。誰挽住、霓裳仙袂。喚起念奴嬌更小，鬬纖腰、溜了金釵矣。簾不捲，笛重倚。

臣厂

亭墅誰家地。聽底處、行雲響遏，散仙群憩。亦似鈞天沈夢斷，點綴陽阿鼓吹。更閃出、珠旗新壘。鐵馬金戈成一晌，莽蒼凉、暗挾幽并氣。狂擊節，爲傾耳。怪他混沌無端死。剩月裏、山河舊影，鳳鸞紛墜。游戲人間今幾世，欲問蓬壺逸士。爲腸斷、參軍衿袂。南内西風秋草冷，嘆梨園、白髮盈頭矣。瓊淚咽，玉簫倚。

辛盦

何處銷魂地。趁好夜、花痕月影，畫欄人憩。么鳳新聲驚鴻舞，一部霓裳鼓吹。

驀地見、臨淮新壘。小隊弓刀分兩向，便登場、帶有鬚眉氣。仔細看，裙釵耳。善才老去龜年死。又十載、梨園重到，夢痕雲墜。凝碧池頭笙歌歇，不見貞元舊士。誰與掩、筵前愁袂。頭白周郎垂淚聽，嘆人間、法曲飄零矣。休擫笛，宮墻倚。

蟄雲

燈月紅氍地。驀地喚起、鈞天夢影，繞欄流憩。綽約神光疑洛浦，裊裊鸞絲鳳吹。又鼓角、催開新壘。躍馬橫戈兒戲事，笑登場、猛挾風雲氣。箏笛和，亂盈耳。菤葹心死何曾死。剩幾許、今愁古恨，淚隨弦墜。檀板金尊人易老，不是當時阿士。愁更對、宮妝衫袂。三五梨園餘白髮，問岐王、舊宅苔荒矣。霓譜在，爲誰倚。

八聲甘州 露臺晚飲

查灣

舊關河滿眼亂滄桑，新亭淚難收。剩津橋一角，烽煙影裏，人在高樓。聊共泰娘攜手，借酒祓清愁。無限銷魂事，一醉都休。　況有哀時詞筆，肯讓他秦柳，寫盡風流。儘燈唇點拍，低唱小梁州。驀驚心、荒波殘角，問倩誰、彈壓萬貔貅。且同倚、天涯欄檻，笛裏呼秋。

臣厂

望青冥無際月來初，有人倚高樓。正千門燈火，重霄星斗，共綴珠毬。何處玉簫送晚，喚起夢邊愁。天半聲聲雁，吹墮江頭。　又是鼓鼙動地，對丁沽凝碧，客思如秋。更蘼蕪路斷，九點黯齊州。倩玲瓏、花間低酌，挽翠襟、偷認酒痕留。休教唱、凄涼河滿，淚咽箜篌。

姜盦 次臣厂韻

正風簾月午漾流黃，花痕媚臨樓。卷霞綃細認，離箱粉縞，艷袂香毬。櫻筍剛沾薄醉，脂唾帶辛愁。彈指游蓬影，閑了纏頭。　暗惜飄零燕子，甚夢驚鳴鏑，鬢亂橫秋。嘆玉箏塵閣，舊曲渺神州。伴江湖、金笳淒拍，染香巢、贏得淚痕留。今宵酒、倚闌干處，寒逼箜篌。

辛盦

正宵涼星月轉晴空，倚闌豁雙眸。見流光飛彩，萬家燈火，都近高樓。一片笙歌縹緲，漏盡未曾休。喚起游蓬恨，驀上心頭。　爲憶家山何在，看斷鴻影去，信杳汀洲。況烽煙千里，何許足淹留。問今宵、山河影裏，更幾人、黯黯起鄉愁。休回首、有煙波處，都是桑疇。

蟄雲

倚蓑臺四望渺滄煙，寥天挂瓊鈎。指霞綃揭處，金皛飛舞，迢遞燈樓。一派瑶空鳳吹，風峭夜珠愁。疑有仙車過，隱見青虬。　暗暗吳霜鬢短，向煙波捎眼，身世輕鷗。怨雲峰幻影，殘畫黯滄州。儘安排、孤歡閑醉，怕春風、不爲酒人留。銷凝意、倩紅兒唱，恨咽箜篌。

點絳唇

詠新月

查灣

一掐眉痕，替儂畫出銷魂影。行雲無定。悄把弓彎印。　下拜簾前，私祝秋來信。歡期近。玉人肩并。盼得圓於餅。

臣厂

桐院昏黄，小樓一角星三兩。捲簾風漾。疑拓珊鈎狀。　桂影初生，遠隔銀河浪。凝情望。爪痕無恙。描在雙眉上。

辛盦

簾倚黄昏，分明記得初三夜。碧桃枝亞。一曲銀鈎挂。　乍見還羞，嬌小人初嫁。芳心惹。水晶簾下。偷樣雙眉畫。

蟄雲

畫出離愁，寒簧悄試摻摻手。一痕眉瘦。怕爲微雲皺。　羅襪徘徊，弓樣摹難就。人依舊。簾前纖柳。腸斷黄昏後。

花心動 賦牽牛花和子年

叵厂

何處針樓，望銀河、吹來半天秋氣。翠冷鈿飄，金燦鈴低，侵曉曲闌頻倚。鵲橋分散雕陵影，奈芳蔓、綰愁無地。錦棚外，相思淺夢，一痕清淚。種得情根似此。還素袂、漂香悄搴花底。玉露滿身，夜月闌干，待向畫屏休睡。可憐舊結天孫恨，漫風雨、替人憔悴。描雙鬢、柔條折將暗寄。

息庵

庭院修修，伴殘月、疏星澹妝幽麗。倚竹傍藤，匀粉拖藍，却勝等閑羅綺。惜花還恨花開早，忍負了、香衾嬌睡。寂寥處，明河側映，一簾秋意。縱賞無多嫵媚。憑織女、機絲此情空寄。萬點細攢，爛漫天姿，偏似彩雲輕碎。忍教寒蝶梢頭舞，怕句起、露盤清淚。看紅濕、朝來怨離更悴。

蟄雲

銀漢分涼，誤嬋娟、仙衣五銖初試。露綴鈿輕，風颭鈴圓，扶上晚籬煙紫。錦棚一角秋來早，只閑伴、吟人無睡。驀腸斷，紅墻淺夢，暗蛩啼碎。宛轉愁絲自繫。偏盼到、星期悄驚憔悴。妒煞漢宮，夜月鴛機，虛伴渚蓮香墜。洗車消息前番雨，認綃碧、幾痕殘淚。數離緒、年年倩伊細記。

立盦

銷盡鉛華，只濃黛、誰家掃成眉嫵。籬落半開，星月初沈，素態似窺荊布。百花輕謝驚寒蝶，殿芳景、肯簪釵股。料應悔，朱樓倦起，雨收朝圃。可要金風玉露。相望澹妝人，每移更鼓。脉脉綺情，黯黯秋光，寂寞向誰堪語。待求玉杵和仙藥，還笑倒、月中蟾兔。恐零落、金鈴爲伊繫住.

子年原作

涼訊星河，乍娟娟、離魂被秋扶起。泫碧露華，破暝晨光，水樣砑羅新試。玉蕤長結雙星約，奈樓畔、穿針人去。幾多恨，秋棠説與，斷腸無語。翠袖中宵自倚。算天上人間，只花憔悴。一晌并頭，瑣細紅心，拚與漏聲催碎。放歌扣角情都倦，鎮贏得、寒叢漂淚。買愁蔓、相思替誰寫寄。

臨江仙

賦竹夫人

臣厂

伴影湘娥帷月瘦，銀床臥看牽牛。笑他倚翠假温柔。玲瓏心宛轉，無語抱衾裯。　冰簟横陳涼入夢，抛簪占盡風流。錦衣不著爲郎羞。錫奴休妒寵，冷暖兩綢繆。

息庵

三尺玲瓏圍夜玉，飄煙抱月春賒。横陳愛傍枕鸞斜。連環湘影瘦，瑣骨總無遮。　却憶黄陵殘淚濕，冰肌别擅風華。更愁不語似桃花。秋紈恩易斷，薄命妾同嗟。

蟄雲

水殿暗分花蕊寵，青奴學得風流。枕屏無語似嬌羞。幾時箴鳳紙，有夢隔鴛裯。　生就玲瓏仙骨瘦，怪卿只欠温柔。夜來冰簟入新愁。斑斑湘女淚，團扇共傷秋。

鬲溪梅令 雨後飲西湖別墅寫意

晚芳堆砌媚新晴。駐雲軿。兩樹櫻花搖曳、綴珠燈。碧陰深幾層。

叵厂

醉扶雙鬟鬬娉婷。聽銀箏。欲把涼州詞句、畫旗亭。美人歌曼聲。

半篙新淥雨初晴。夢仙軿。十畝香蓮穠焰、吐春燈。碧雲千萬層。

息庵

晚涼雙槳載娉婷。暗調箏。聽得煙中嬌語、想亭亭。水邊釵落聲。

霧裳翩舞弄新晴。擁仙軿。緩棹歸來涼夢、晃漁燈。苧衣添一層。

蟄雲

晚波漂斷影婷婷。似風箏。覓遍斜陽還倚、水邊亭。暗淙疑佩聲。

柳絲梳日晚天晴。試香軿。夾岸朱樓歸路、月含燈。有人樓上層。

立盦

靚妝窺影兩娉婷。弄瑤箏。怪道重逢嬌樹、尚亭亭。隔花聞笑聲。

錦堂春

咏秋海棠

查灣

換了畫簾銀燭，啼妝別樣風流。柔腸淒斷花無語，花更比人愁。

霜到紅時來雁，雨餘碧處牽牛。泥他長伴銷魂影，并作可憐秋。

臣厂

離角一痕瘦碧，墻陰幾點疏花。昨宵涼露添珠淚，無語隔簾斜。

不是紅妝悄睡，臉波淨洗鉛華。砌蛩啼過秋如水，腸斷定誰家。

蟄雲

妝粉偎煙更瘦，香鈿顫雨疑沈。瑤階滴碎相思淚，花外又秋陰。

漫遣緗梅誤聘，暗憐紅豆同心。一般銀燭重屏夜，春夢費重尋。

鎖陽臺

涼臺夜眺

叵厂

白袷延風，丹梯趁月，海壖無此涼臺。錦屏華燭，紅暈逗香腮。舊是江南綺夢，迷樓影、翦彩花開。看星漢，珠燈互映，一色映纖埃。晴霄。揩望眼，人如宋玉，搖落孤懷。感故鄉征雁，留滯天涯。每憶湘靈北渚，憑誰問、芳褋瓊釵。空贏得，當筵楚舞，弦管一舒哀。

息庵

青瓦凝煙，花欄纏絲，悄然天際樓臺。片霞梳日，一抹暈紅腮。還似澄波萬頃，風吹處、寸碧鱗開。重檐下，朱輪繡轂，九陌逐香埃。冥冥。生海樹，幾行雁斷，頓觸秋懷。望城南燈火，愁寄天涯。莫共繁星炫夜，微光駐、好照金釵。花陰冷，指間風雨，猶記繞弦哀。

蟄雲

暗瓦沈煙，繁燈替月，眼中無此高臺。晚霞低抹，流艷鬬桃腮。一霎金晃錯落，星橋迴、雲幕齊開。滄波遠，丁灣幾曲，黯黯隔飛埃。秦川。身易老，烽煙目極，銷盡狂懷。剩飄零南雁，寄夢天涯。偏是涼颸解意，花欄畔、還颭瑶釵。孤凭久，鑾絲宛轉，邀笛共清哀。

立盦

遠樹籠煙，涼笳催晚，夕陽還戀層臺。斷霞如染，酒力透香腮。人向高樓縱笛，微颸引、襟袖徐開。低頭見，萬家燈火，星斗在塵埃。家園。何處是，危欄倚遍，渺渺予懷。只歌筵紅粉，同是天涯。舞困暗垂羅扇，欹側甚、欲墮金釵。弦絲迸，暮蟬一曲，清露咽新哀。

風入松

湖墅即事

臣厂

淺風吹雨晚香亭。薄醉初醒。珠衣忽露搴簾影，乍嫣然、一晌凝情。昨夜杯中蛺蝶，今朝扇底蜻蜓。

對花轉使惜娉婷。池皺波生。過枝不解秋蟬意，背人別、□曳聲聲。歸去孤吟未了，相知只有青燈。

整理者按：下片第四句脱第四字，代之以□。

蟄雲

楚雲冉冉繞花行。雲比花明。無情却爲衣香醉，傍瑶階、飛上蜻蜓。悄地教人雙撲，不作平知何事干卿。

夜來微雨過羅屏。殘酒催醒。衆中誰信矜持慣，憑消受、笑淺顰輕。莫遣煙禖傷晚，紅蕖一半飄零。

立盦

暮天雨過潤花蹊。芳影凄迷。多情不管羅衣薄，惜蜻蜓、絆住游絲。掠鬢輕舒香腕，聞歌偷蹙長眉。

問誰陌上緩歌回。車走輕雷。關心况是黄昏後，更難辭、百罰深杯。虚遣柔條牽別，風蕖先已離披。

一絡索

咏草用湘雨樓韻

查灣

淺夢東風醒否。迷離煙雨。裙腰一道爲誰斜，又繡遍、銷魂處。　腸斷緑波南浦。自温孤緒。亂愁剗盡怕重生，莫更惹、流螢住。

臣厂

不管王孫歸否。一天愁雨。入簾消息怨東風，只吹遍、無情處。　凄黯銷魂南浦。幾番離緒。即今拾翠更誰憐，曾賺得、游驄住。

息庵

爲問春魂醒否。曉來煙雨。凄迷啼鳥落花間，漸沒盡、垂鞭處。　幾度相望南浦。怕牽芳緒。怪伊貼地作花茵，只悄約、烏龍住。

蟄雲

一枕西堂醒否。繞簾煙雨。曲闌干外即天涯，又緑到、傷心處。　目斷年時蘅浦。暗愁無緒。畫輪輾破不成茵，怎絆得、春風住。

六醜 咏海棠

辛盦

甚風狂雨驟，早減盡、樊亭嬌色。好春向闌，殘妝和淚濕。舊燕應識。一霎芳塵冷，夜來銀燭，照夢還愁寂。傳香暗費東君力。恁地無情，催成斷碧。憑欄幾偎吟幘。笑天涯倦鬢，空對傾國。鄉山遥憶。有南豐手植。一樹亭亭影，香閣北。飛紅記點瑶席。儘瓊枝瘦損，更誰憐惜。風光去、料難重覓。况銷盡、別後春心，怕問玉蟾消息。沈吟意、悄送歸翼。待幾時、補與金尊醉，餘顛遺得。濟南藩廨有宋海棠一樹，傳爲南豐手植。

悟仲 和蒼虬韻

怎豐姿漸損，憶獨上、高樓曾識。好春乍回，風柔嬌靨羃。無限珍惜。又送重簾暝，個儂妝謝，揾淚紅長濕。絲恩未報東君力。翠袖何依，瓊酥欲滴。移根早拼孤立。便香塵颺盡，稀見行迹。巢痕輕擲。况書來歲隔。事去隨流水，何處覓。池塘故作寒碧。問惺忪倩影，軟波吹息。歸期阻、自憐垂翼。更誰耐、萬里胡沙，遠占一枝香國。愁相對、屏畫猩色。其小年、本少芳時恨，人間易得。

蒼虬

記嬉春酒醒，有絕代、穠華曾識。怨風正狂，殘妝偎翠冪。零落誰惜。越見丰姿好，曉來清露，浥袖痕都濕。强扶倭墮終無力。愁亂絲垂，紅凝淚滴。凄惶幾回憑立。儘芳欄叩遍，幽恨無迹。年光虛擲。又天涯遠隔。往事如殘夢，難再覓。東園漸入叢碧。聽杜鵑啼罷，斷無消息。乘風願、早輸歸翼。空瘦損、去住春心，應自悔逢傾國。輕陰乞、漫相雲色。剩爇天、一寸寒香炷，成灰拼得。

蟄雲和蒼虬韻

記吹香舊舘，有倦燕、飛回曾識。錦城夢遥，含顰歛翠冪。春去誰惜。漫許金盤薦，冷枝紅嫵，涴雨痕猶濕。長幡穩護愁無力。蝶瘦魂凄，鵑寒淚滴。憑欄爲伊痴立。又煙絲弄暝，零亂苔迹。年光輕擲。況樊亭路隔。送斷風花影，渾懶覓。東風換了萋碧。只藘脂半掩，暗傳芳息。玲竮恨、忍隨蜂翼。憑扶起、劫後春心，底處更尋香國。箋天罷、虛盼晴色。待捲簾、細賞千金夜，仙雲駐得。

雙雙燕 送燕

姜盦和蟄雲韻

玉襟絮别，認年去年來，玳梁栖透。輕妝倚罷，冷落漢宫絲柳。秋夢烏衣影瘦。幾對語、雕闌携手。巢痕一掃林慮平聲，倘化青真相守。　雲又。迷離粉堠。睇杏雨樓陰，捲簾非舊。香盟鵜錦，弃了却還回首。無賴花前社後。更銜石、待春來否。金籠不鎖輕盈，莫問淺梨暈候。

辛盦

斷腸凉雨，甚輕去玉襟，又添惆悵。殷勤繫縷，憶到舊時珠幌。料理花間祖帳。早望斷、斜陽紅颺。年年社散秋期，客裏心情非曩。　回想。梁園俊賞。煩寄語東風，鬢絲無恙。香泥飄盡，甚日畫樓重傍。約到江南草長。莫忘却、烏衣門巷。雙雙倩影歸時，更看柳舒花放。

蟄雲

畫堂慣見，甚芳夢差池，一簾秋透。香泥宛在，暗付斷煙殘柳。猶憶紅襟影瘦。

繫絳樓，曾沾酥手。分明細雨歸時，怨煞空梁厮守。　偏又。關心遠堠。更寄語西風，別情依舊。雙飛虛約，拼得幾番回首。聞説雲巢定後。問珠舘、重朝能否。緘書怎寫相思，誤了楚天雁候。

立盦

瑣窗佇立，雙雙燕來時，記窺朱户。落花作平寂寂，春色等閑輕度。抛繡曾憐舊伴，畫樓在、佳人何處。梁間已落新泥，怎得韶光長住。　輕舉。空回紫羽。又萬水千巖，楚天多雨。明年將社，肯否翠帷重舞。紅縷還傳愁緒。只銜淚、春風誰訴。飄零何向定巢，莫但茅檐喧語。

踏莎行

龠闇

袖揾啼珠，箋書恨字。寒花未抵人憔悴。便無風雨也愁陰，夢夢難問蒼蒼意。原草春生，川波秋逝。無情白髮如期至。舊愁檢點換新愁，就中多少凄涼事。

𦣝厂

淚蠟成灰，心香結字。寒鴉影裏秋容悴。西風吹冷芰荷衣，晚來凄絶騷人意。墜景虛攀，流波暗逝。窺窗青鳥何時至。鐘聲閬苑久銷沈，金龍莫問仙曹事。

忉盦

窗捲丁簾，闌回亞字。風顔悄對秋花悴。故山長日望松陰，居夷誰信非吾意。斷雨蛩喧，殘陽鳥逝。虛檐又送涼蟾至。莫辭共醉喚鄰翁，一觴遺日無餘事。

愔仲

酌我能狂，書空無字。芳馨何遽成凋悴。早知天遠望難窮，偷生可也符天意。劫局全輸，童交半逝。依然白雁霜前至。回頭故國剩斜陽，痴兒孰了公家事。

蒼虬

蠹蝕蠻箋，圖窮錦字。新秋淒黯供憔悴。回腸轉處是逃禪，重重洗盡年時意。　鳩妒香銷，春隨恨逝。牽情翻怯音書至。從今相憶莫相逢，相逢惟有傷心事。

蟄雲

鏡翠銷香，箏銀換字。畫堂殘燕窺人悴。一秋殢雨比愁多，墻蕉做盡淒涼意。　別夢雲乖，歡期汐逝。書沈空見飛鴻至。天涯那有未銷魂，從今怕記銷魂事。

弢庵和作

雨做蟲天，霜將雁字。薄寒不管花憔悴。宵深剩與睡相宜，奈無好夢恢人意。　萬態雲翻，百年電逝。西風却又吹愁至。愁腸相對百千回，細思有甚干卿事。

卜算子 閨意

查灣

淺靨隔簾窺，微步凌波亂。倩寫人人字一行，寄與歸來燕。

梅落子猶酸，藕脆絲難斷。撥盡春心肯便灰，無奈東風懶。

侖閶

煙裊柳絲輕，雨點花光亂。君是雙飛比翼鶼，妾是孤飛雁。

別比見時難，芳夢何曾斷。一枕相思夜夜心，卸却殘妝懶。

臣厂

鈿約月來初，簫語風吹亂。不敢將愁付玉璫，瞞却傳書雁。

芳訊去無還，藕緒連仍斷。燕子秋來瘦不禁，莫怪窺簾懶。

辛盦

雲憶鬢痕鬆，風惹衣香亂。吹皺春波底事干，巧作傳書雁。

來似柳絲牽，去似萍根斷。知否秋來蝶夢醒，花底尋芳懶。

水香

驀地忽相逢，數盡秋來雁。別夢付萍漂，愁緒如蓬亂。盼到佳期又誤期，還恐花遮斷。花影分明似舊濃，人比當時懶。

蟄雲

曲罷苣煙沈，眉萼月彎環，心絜雲撩亂。誤了前期又後期，箏柱參差雁。坐久蘭薰斷。不是狂香入夢慳，夜夜秋心懶。

戚氏

息庵

又春旋。瀲灩風日暖庭軒。破笑夭桃，放嬌紅杏，倍增妍。悠然。數華年。花明柳暗記前川。難抛滿目清景，更聽金鼓動關山。鬬草場換，湔裙時晚，隔墻冷落秋千。但香籠佛榻，花點詩硯，避地人間。　曾歷熱海冰天。銷盡髀肉，荏苒到華顛。當時盛，綺紈賓館，組練樓船。竟何堪。攬鏡顧影少歡，漫説走馬長安。探芳紫陌，對酒青帘，事去如夢如煙。　更感蹉跎久，津橋倦客，淚灑啼鵑。那復中宵起舞，負雄心百念數刀環。只應一斗消愁，四弦尋樂，牢落情無限。嘆此身、陵谷更千變。空誤了、花月嬋娟。憶舊游、白袷誰憐。强欹枕、黯黯不成眠。苦清宵短，靈風夢雨，别奏哀弦。

蟄雲

怪東風。春來閑煞好簾櫳。倦燕愁歸，瘦鸞羞舞，錦屏空。惺忪。覓芳叢。殘花沁淚隔年紅。鴛帷幾度傷别，只與絲鬢記飄蓬。帶眼量恨，箏心傳怨，絮飛繭老匆匆。剩多情賺得，吟袖香褪，羈枕雲慵。　回首鳳陌游踪。珠箔翠桁，到處絆青驄。妝臺畔、吠花厖避，喚茗鸚逢。十年中。不道酒醒，清鐘換了，鏡裏愁儂。錦韶瞥眼，悄倚湘弦，黯黯目送飛鴻。　只是閑哀樂，低徊似夢，夢也朦朧。爲問流鶯解否，奈啼香不到宋墻東。枉教緑葉頻看，綺蘭易謝，渴損珠房鳳。又九光燈下新寒重。多少恨、拼負香茸。儘後期、月滿花濃。怕當歌、袂掩淚龍鍾。甚行雲遠，春山影在，朵朵芙蓉。

立盦

正初春。寂寞門巷少行人。翠柳嬌垂，絳桃慵吐，佇香輪。良辰。恨難申。池塘嫩緑又粼粼。東風幾度催雨，繡出芳草已如茵。海燕來晚，流鶯啼斷，畏寒蜂蝶逡巡。只餘霞欲散，夕陽雖好，還近黄昏。　眉黛鎮日長顰。音訊遠隔，擬問總無因。誰知我、怕拈針指，懶啓歌唇。淚沾巾。且待織與回文，爲道褪了羅裙。料知別後，陌上城邊，自有游女如雲。　記否臨岐語，看襟袖底，尚灑斑痕。悔覓封侯萬里，嘆人生甚事苦離群。况堪皓月難圓，好花易落，潮信長無準。對鏡中、惟有飛蓬恨。愁漏永、衾枕空陳。再幾孤、佳夕芳晨。更新覺、夢也不能温。又殘更裏，愁腸萬結，輾轉思君。

煙沽漁唱卷七集外詞

慶宮春　和蒼虬重返湖盧韻

悟仲

愁疊芳馨，賦成蕭瑟，故人天末相許。湖背幽棲，參差入畫，別來經幾風雨。絶憐病酒傷乍歸單舸，却空載、悲涼萬緒。西風無賴，慣作清商，舊弦難撫。唾壁都塵，槁梧無據。荒波照影，闌干一角，獨睇殘山無語。亂鴉棲晚，更分春。唾壁都塵，槁梧無據。

蟄雲

幽渚蜻迷，閑扉螢度，晚來寂寞如許。樓外殘山，相看疑泫，黛痕初浣暮雨。最憐暗檢春藕蠶身慣，又輕惹、悲歡斷緒。湖雲沈夢，覓遍虛廊，冷弦愁撫。劫後苔枝，舊香無據。半畝荒涯，結茅漫約，心事都成虛語。水天摇暝，甚淒弄、危闌紺縷。不須怨別，還羨閑緣，伴鷗暫住。

蒼虬原作

莎隱蛩聲，葦低螢點，再來秋遽如許。濕透寒香，泠泠清露，襲襟疑是過雨。

鷺鄉曾慣，怎今度、凄魂觸緒。依稀留夢，别院移燈，案塵重撫。　年時姚冶春光，縱酒情懷，斷煙無據。蕭疏至此，都難説似，蹇盡人天言語。素波催暝，更縈惹、殘霞一縷。那容消受，恨水顰山，鎮長伴住。

一枝春

瑩園秋集，海棠桃梅各放數枝，倚聲賦之，用草窗韻。

叵厂

顛倒春情，怪東皇、不管天涯風雨。流光細數，回首惜芳心緒。王孫歸後，問紅紫、爲誰妝嫵。應錯認、翦彩隋堤，艷錦一團新聚。　還憑畫欄深處。宛披香、入夢柔魂千縷。扇作平蕤廿四，待與別修花譜。朱顏怎借，對菱鏡、只教人妒。偏客燕、驚換韶華，覷簾絮語。

蟄雲

錯鑄春魂，破初禪、驀墮作平一痕花雨。流塵暗數，換了鶯邊心緒。吴霜鬢改，儘羞對、露酣霞嫵。算綺思、休便成灰，散雪更教重聚。　風光暗歸何處。記空枝、倦折愁歌金縷。歡期未晚，試與巧翻芳譜。零香碎粉，怕慊底、冷蕤還妒。新夢後、歸燕伶俜，替傳怨語。

立盦

臨水妍枝，照殘妝、似是飄零經雨。秋期暗數，乍見頓牽芳緒。涼蟾鏡底，問

無言漢宫深處。只嬌柔、
懶對衰楊千縷。誰扶醉態，夜起自翻新譜。西風繫恨，算應有、斷蓬相妒。一任把
因甚、細描眉嫵。終不比、如繡園林，試憶蝶圍蜂聚。
羌管頻吹，慣聞愁語。

小重山

和臣厂病中感懷

查灣

送盡秋光是綠陰。畫欄闌不住，靜愔愔。繩床如水篆煙沈。簾波動，雙墜鬭階禽。

誰識爨桐音。脆絲彈隔指，聽商吟。新愁未抵舊愁深。文園病，淒絶故鄉心。

恜盦

澹月墻腰籠薄陰。藥香微裊起，思愔愔。鞦韆前院葉聲沈。霜花重，驚醒抱枝禽。

何處起清音。孤燈明滅影，悄沈吟。冷蛩絮夢又秋深。容華減，猶是百年心。

姜盦

海霧層樓蘸碧陰。青琴知己在，趣愔愔。冷薰著作平夢遠書沈。幽期阻，愁問楚天禽。

霜晚激鯨音。鬢絲禪榻畔，玉京吟。酒悲茶病到宵深。天涯月，無賴墮簾心。

蟄雲

幾曲湘屏罨翠陰。藥煙清到枕，靜愔愔。虛廊風葉伴愁沈。新寒緊、驚斷夜飛禽。樓迴隔車音。遥鐘三兩杵，和孤吟。秋懷誰信比秋深。殘更夢，句起少年心。

立盦

露冷庭梧減舊陰。小窗方倚枕，思愔愔。殘星明滅遠笳沈。西風緊，應有繞枝禽。蛩響和淒音。病來無個事，愛低吟。侵簾秋氣伴愁深。茶煙歇，燈影是知心。

叵厂原作

瘦翦墻蘿澹冪陰。短檠搖不定，夜愔愔。鐘聲和夢兩銷沈。風枝勁，涼警墜巢禽。箏雁疊幽音。茂陵秋卧病，黯孤吟。藥爐星火隔窗深。江蘺晚，誰寫此時心。

滿庭芳

中秋前一夕，忉盦邀集新居飛翠軒賞月。

查灣

青粉墻低，碧苔院小，畫欄輕颺茶煙。弦琴巵酒，風味儘翛然。相伴梅清鶴瘦，幽栖處、詩夢長圓。還堪羨，萱開笑口，吟到白華篇。藏身塵海裏，朋簪幾聚，萍泊隨緣。嘆眼中人老，同閲桑田。縱有一枝可寄，還自惜、抱葉凉蟬。爭銷得，簾廊鏡檻，花底著詞仙。

忉盦

滿地江湖，頻年羈旅，舊人强半凋零。故園何許，飄夢越山青。營就三椽小築，向塵海、商略逃名。清秋夜，晨星俊侶，花底勸深觥。當筵催染翰，吴綾題罷，珠玉縱横。仗酒龍詩虎，爲破愁城。休問滄波幾劫，算剩水、容結鷗盟。過從慣，陶巾阮屐，賓主兩忘形。

薇庵

徑曲藏花，廊深貯月，羡君營得菟裘。兩三竿竹，添寫庾園幽。疑是瑯環福地，圖書擁、笑傲王侯。閑情在，圖成雅集，觴咏及高秋。憐余長作客，漂蓬身世，天地沙鷗。嘆故山天外，松桂空留。消領尊前好夜，秦川恨、休賦登樓。滄桑事，兜來眼底，一醉散千愁。

叵厂

玉宇生凉，金飆送爽，幾分秋到軒楹。換巢鸞鳳，銜壁艷珠燈。恍憶鼇峰晚翠，聽燕語、王謝門庭。頻相約，東山對弈，北海夜飛觥。觚棱回首處，宣南入夢，舊邸韋平。奈軟紅遮斷，滄海塵生。漫笑結作平廬人境，却還我、心迹雙清。良宵近，琴尊小集，風雨話雞鳴。

姜盦

露晚飄犀，星初引燕，角巾秋度閑坊。地偏人逸，多得是清光。愜意晴檐白醉，幽栖穩、芸帙偎香。今宵酒，賓萌起舞，塵袂滌新霜。殊鄉聯汐社，燈簾絢處，詩版琳琅。漸昏鐘轉月，催照回廊。一夕江湖小集，蘭成老、詞賦還狂。河橋柳，扶藜識我，來往笛吟商。

息盦

左右琴書，平章風月，寓心已在江湖。今朝杯酒，秋色淨庭梧。想見詩人笑語，羈栖久、還憶蒓鱸。君恩重，琬題榜在，喬木護新廬。回旋人海裏，扁舟作計，久羡陶朱。況入林身健，涉世情疏。只與栽花種竹，觴壽母、欣賦閑居。騷懷冷，餐英自許，舊夢感清都。

辛盦

曲徑縈花，虚廊邀月，庾園無此清幽。芳樽華燭，裙屐占風流。況是天香染鬢，新凉夜、剛近中秋。閑情緒，紅牙試拍，一笛倚南樓。當筵微醉後，鸞箋寫韻，玉唱珠酬。只飄零客燕，休訴羈愁。分得鷗沙片席，算身世、等是虚舟。靈山遠，燈龕細話，香火證前修。

愔仲

疏綺留花，凉襟宜酒，月圓秋借明宵。愔愔門巷，羈燕定新巢。幾輩傳箋俊侣，交期舊、回數前朝。清尊畔，雲龍下上，狂笑古愁銷。天涯同倦旅，孤蓬自轉，叢桂誰招。看行窩小葺，塵外蕭寥。夢寫三山縹緲，故家在、喬木風高。低徊久，聽詩燭灺，更漏斷危譙。

蟄雲

榭曲藏鸚，堂深宿燕，晚寒不到簫廊。翠簾人坐，蘭箭裊衣香。圖就平安好語，燈屏底、還駐春光。壁懸紗燈，爲徯園所繪《平安圖》。多情夜，雲羅漸捲，月地待移床。幽栖新結就，傳鈔俊句，争和山薑。田山薑有《移居》詩。嘆游蓬小聚，同是他鄉。商略凌寒寸節，留隙地、更補松篁。歸心阻，啼猿漫怨，詩夢墮洪塘。

立盦

燕賀新梁，鶯遷喬木，共聞背郭堂成。地閑心静，樂事揖詩朋。佳節相將宴衎，笑塵世、寧用浮名。東籬菊，何時細采，自把一壺傾。璇題追舊賜，市朝頓改，猶憶書楹。剩五湖歸泛，閑話魚經。聞説田園好在，問天下、何日澄清。姑安此，吟風嘯月，爲我主詩盟。

清玉案

栩園賞月，用方回韻。

查灣

彎環秀野亭邊路。更月底、穿花去。界斷瑶繩雲不度。緑陰闌檻，碧紗窗户。都是愁來處。　疏桐瘦柳西風暮。怕寫瓊樓舊時句。減却前宵秋幾許。暗螢飛濕，亂蛩啼絮。莎露凉如雨。

息庵

凉蟾又滿池西路。正伴我、孤亭去。一角明河星暗度。柳陰簾幕，桂香庭户。秋思歸何處。　蹉跎坐感蘭成暮。載酒重尋舊題句。減却清光留幾許。試招天鏡，更披雲絮，幽夜凉疑雨。

辛盦

雁聲飄斷瑶雲路。又早送、佳期去。三五流光容易度。暗蛩吟砌，冷蟾窺户。都是銷魂處。　殷勤照鬢休傷暮。影事還吟玉盤句。碧海秋心深幾許。清尊泛桂，晚衣添絮。風葉凉如雨。

蟄雲

重欄不隔行雲路。看花影、如潮去。笛外西風消幾度。悶招鷗社，笑呼蟾户。同倚高寒處。危欄目斷江關暮。緑減愁吟感秋句。乞與微晴天亦許。夜烏多警，冷蛩如絮。還恐明朝雨。

月下笛

咏絡緯和彊村韻

臣厂

枕倚凉飆，簾栖夜色，亂愁誰語。吟秋惜汝。替瓊簫、管離緒。桐漂霜葉聲聲碎，更添得、銷魂苦雨。正孤燈暗灺，哀弦低咽，漸向天曙。　聽誤。啼蛩住。悵寂寞王孫，玉闌空訴。寒衣未寄，錦閨還念機杼。無端驚醒西堂夢，怨銀漢、佳期又度。咏愁句，悄步虚廊裏，萬感來去。

息庵

月咽修廊，風啼暗幕，悄無人語。孤燈聽汝，一聲還、引千緒。誰憐思婦城南夢，已淚盡、殘砧斷雨。況寒衣待寄，慵尋刀尺，坐怨天曙。　愁誤。空床住。更戶外繁霜，凄凉誰訴。黄金買鬭，翠眉閑了機杼。悲絲凄切緣何事，只催得、勞生迅度。又驚起，倦枕離鄉客，似勸歸去。

愔仲

四壁秋深，□風斷續，絮愁何語。凄凄爾汝，奈凉宵、亂離緒。西湖一角傷心事，早銷盡、虛堂暗雨。更宮槐墮夢，庭莎吹老，怨極難曙。休誤。天涯住。正倦枕無眠，促弦如訴。誰家院落，一燈閑和鳴杼。中原買鬬王孫泣，問橫草、功成幾度。匡床下，伴瘦吟身世，好待歸去。整理者按：上闋『風斷續』前脱一字，代之以□。

蟄雲

荒砌偎霜，空簾吊月，背人低語。伶俜念汝，絮西風、甚情緒。紅閨刀尺新來懶，只道是、敲屏暗雨。奈宵寒初緊，秋心攪碎，蠟淚啼曙。休誤。牽愁住。便錦字千回，鸞腸難訴。笙歌夜午，空房誰問鴛杼。湖山拚付雕籠戲，算賺取、銷金幾度。付倦客，怨天涯秋共，王孫老去。

弢庵和作

月滿西堂，淒淒切切，是何情語。無人和汝，儘抽愁、萬千緒。相思金井欄邊夜，忍重説、長安舊雨。剩虛樓警夢，孤燈吊影，絮恨難曙。誰誤。留人住。奈啜泣王孫，冷吟交訴。金籠買鬬，幾絇閑煞寒杼。荊駝側畔傷心過，又聽取、商音一度。藜床下，等噤聲偷活，且放秋去。

瑞鶴仙

窣堵臺秋眺用夢窗韻

叵厂

晚鴻來遠嶠。看書空帶到，秋光偏早。黏天盡衰草。有西風吹起，旅窗孤抱。攜尊縱眺。塔凌虛、飛雲縹緲。記年時、舊地行吟，一例插萸盈帽。　曾道。餐英客懶，送酒人遲，菊籬霜老。開筵香裊。龍山會，孰年少。嘆斜陽城郭，依稀如故，哀角聲聲暗窈。數園亭、詩趣無多，只憐月照。

踽公

徑幽疑斷嶠。乍亂葉漂愁，驚心秋早。寒堤被衰草。任游筇留影，碧泓回抱。憑高試眺。黯鄉關、煙林渺渺。傍黃華、擁鼻微哦，不管冷風吹帽。　休道。梁園攜酒，杜曲延秋，卅年人老。芳枝低裊。擬簪鬢，學年少。記石欄西畔，舊題詩處，曾是紅欹翠窈。算多情、尚有寒暉，爲留返照。

蟄雲

枕波疑斷嶠。看亂蘆吹雪，鷗鄉寒早。蹉跎負芳草。問行吟何處，總傷孤抱。

愁道。嬰高秋縱眺。暮雲深、飛笳縹緲。算人間、此水清泠，肯照泠游巾帽。

英邊詩春觴闊，泛月槎空，暗塵催老。垂楊碧裊。靈和影，誤年少。怕雕闌荒盡，夢，虛付煙深水窈。儘僵佪、瘦塔多情，替留晚照。

立盦

夕陽迷遠嶠。甚醉插黃花，匆匆歸早。壺觴幾班草。對西風霜葉，頓回孤抱。前時倚眺。認天角、孤雲縹緲。問今年、健否何如，短鬢也曾吹帽。

休道。閑園重訪，覓句支笻，杜陵將老。垂楊猶裊。輕攀折，誤年少。但萸囊愁佩，傷秋誰訴，洞口苔深徑窈。怕黃昏、溪水無情，悔將影照。

戊辰九日集李氏園 不限調

貂裘換酒

查灣

地近中條古。問何年、青山剗盡，更無高處。戲馬臺荒飆館寂，換了六朝詞賦。且乞取、閑園射圃。天與吾曹腰脚健，指浮圖、側帽斜陽度。涼蹋碎，竹間露。少時自負凌雲趣。最留連、佳名重九，蟹螯敵虎。頗怪詩家新意少，慣寫題糕殘句。更怕説、滿城風雨。開遍黄花篘熟酒，便白頭、醉倒差無苦。君莫笑，吐狂語。

霜花腴

龠闇

放歌此地，醉月明、秋分曾幾何時。黄菊霜新，紫萸朝艷，匆匆又到花期。晚晴共怡。認此園、人外桃溪。記前番、柳外游悰，倚欄圍坐畫堂西。佳節喜無風雨，好招邀近局，舊侶重携。一老婆娑，群賢瀟灑，銀箋姓字同題。記年義熙。試較量、陶令東籬。忍登臨、剩水殘山，揭來茲會稀。

羅敷媚

忉盦

一年一度名園聚，暫遣秋懷。長怕登臺。如此江山百可哀。佳辰不負題糕約，黄菊纔開。白雁遲來。新月娟娟下玉階。

霜花腴

薇庵

桂叢易老，轉晌間、西風又作重陽。商略歡儔，共陪耆宿，名園小集壺觴。壯懷激昂。嘆半生、消向滄桑。强排愁、怯倚高臺，冷吟添得鬢邊霜。佳節儘多風雨，喜今朝日暖，莫負秋光。囊佩萸新，巾欹菊瘦，尊前暗惜年芳。倚闌自傷。滿目中、衰草疏楊。暮煙深、興盡歸來，一鈎初月凉。

驀山溪

姜盦

地窄眼能寬，摩健翮，渺浮雲，遐想懸霄漢。寥天過雁。夢冷清都宴。風雨故鄉多，但客裏、晴游能辦。閑來題筆，須爲紫萸忙，吟未了，日西矬，酒醒天涯遠。

柳陰池舘。佳日陪山簡。次第寫秋光，又數到、重陽杯盞。幽攀蘚磴，

龍山會

踽公

側帽西風裏。黄菊丹萸，點染秋情麗。登臨支病骨，年鬢改、换了嬰春滋味。珍重晚芳時，且招手、晨星同輩。儘安排、園林人外，閑吟冷醉。　争奈倦羽天涯，歡淺愁深，剩衫痕憔悴。魂銷揺落後，幽興懶、辜負龍山佳會。繞砌語寒蛩，訴凄楚、離懷攪碎。更禁他、南飛斷雁，向人清唳。

百字令

辛盦

霜新雨舊，正澄空、一抹秋容如沐。戲馬臺高無覓處，試訪城南幽築。紫蔫螯肥，碧斟酒淺，銷盡愁千斛。西風人瘦，沈吟還對叢菊。　猶憶覓句江亭，承平俊賞，舊夢從誰續。醉插茱萸衰鬢影，斜照一池寒玉。白雁飛時，紅羊劫後，凋遍千巖緑。跫音聊慰，此間猶是空谷。

點絳唇

水香

斷雁清霜，客中幾度重陽節。年年今日。總爲黄花設。　依舊園林，半榻偎殘葉。煙沈碧。低徊忘夕。任吐秋林月。

聲聲慢 賦秋柳和蟄雲

忉盦

關河冷落，金粉漂零，隋堤流水依然。蹙損雙眉，秋情付與殘蟬。柔絲萬條如舊，甚蕭疏、不綰游船。空憔悴，對蘸波纖影，綺恨難箋。　頗憶春時綺陌，有斑騅曾繫，緑到鶯邊。解舞蠻腰，風前何限纏綿。誰知一番霜信，翦芳愁、飄散如煙。紅橋路，便重過、非復往年。

薇庵

纖腰軟舞，媚眼輕顰，當時刻意相憐。驀地銷魂，離懷飄作秋煙。柔絲好春難綰，唱陽關、無奈歌筵。天不管，任鶯愁燕恨，影事凄然。　回首章臺夢遠，嘆風枝漂泊，絮亂吴棉。踠地霜痕，相思幾縷還牽。低徊爲留荷鏡，鎮相看、憔悴吟邊。黄驄曲，渺何年、重倚管弦。

叵厂

斜暉送冷，搔首江潭，天涯此意堪憐。黯黯離魂，西風飄散如煙。游驄繫將何處，憶隋堤、金縷歌筵。霜信緊，又伊涼按笛，池舘凄然。省識無端恩怨，奈宫腰瘦損，軟舞纏綿。蕉萃相思，一作平絲春夢徒牽。誰傳玉關消息，只寒宵、孤雁雲邊。多少恨，向章臺、空訴管弦。整理者按：上闋『隋堤』原爲『惰堤』，『惰』應爲『隋』之誤。

姜盦

幽鬢驚晚，嫩約温宵，銀灣一簇秋憐。人醉瓊樓，搴簾忍俊寒煙。柔情幾無著處，認今番、還是歌筵。青眼看，笑江郎老矣，張緒翩然。前事靈和春好，道未妨惆悵，曾致纏綿。油壁芳驄，河橋幾度情牽。重重翠交花月，帶霜痕、又染尊邊。休啼恨，傍離箱、還弄素弦。

息庵

蠻腰漸瘦，鶯眼都迷，流光一逝誰憐。舊種金閶，柔條如夢如煙。東南底處風好，繫斑騅、翻訴離筵。笛中曲，正秦關湘水，兩地凄然。曾憶相逢陌上，儘飄煙抱月，軟似吴棉。那料如今，雙眉鎮日情牽。空留幾絲倩影，自縈回、張緒愁邊。無限恨，怕霜寒、彈上雁弦。

辛盦

絲絲零露，葉葉凋霜，秋光又到河橋。應怪東風未堪，絆住長條。章臺舊停驄處，悔朱樓、好夢輕拋。相思恨，似青荷鏡裏，眉影空描。拚向江潭惆悵，笑仲文情重，也替魂銷。往事思量，尊前曾見蠻腰。凄涼晚風殘照，問藏鶯、甚處新巢。羌笛裏，訴離愁、山遠水遥。

悟仲

纖腰約素，倦眼慵青，回風舞罷休憐。惜别連番，匆匆燭淚成煙。誰家怨拋金縷，剩歌塵、偏惹華筵。銷魂處，是黄昏月黑，影外蕭然。憶否章臺風軟，許游驄綰住，扇底吹棉。眠起無端，經時綺恨仍牽。渠儂便隨春轉，問長條、攀自誰邊。甘漂泊，甚青樓、都厭管弦。

立盦

吴棉飄盡，金縷歌殘，依依忍見殘枝。愁倚長亭，西風也怨輕離。從今更休攀折，漸澹黄、秋淨霜霏。剩纖影，恨空留溪水，征雁還飛。還憶前時月下，替輕修眉譜，花霧徐披。薄髩籠雲，誰知此日分擕。新來沈郎腰減，任垂煙、拂水淒迷。對尊酒，更牽情、金勒暗歸。

蟄雲原作二闋

影隨秋去，思伴雲慵，風亭幾樹蕭蕭。擔盡離情，偎人還弄纖腰。虛教怨煙恨雨，只如今、説作平也無聊。新夢後，甚眉痕添瘦，恁地難描。早料柔絲易斷，剩霜邊冷鬢，拚共愁銷。眼底天涯，分明不隔紅橋。丁寧漫留春約，算三生、終付萍漂。孤笛淚，倚江皋、凄送暮潮。

鞭痕舊陌，笛語荒郵，斜陽處處堪憐。折盡風流，傷心如夢如煙。蠻腰幾番銷減，甚相逢、偏是離筵。歌簾遠，縱青青好在，回眼凄然。　誰信平生泥絮，笑江潭晚別，爾許纏綿。化作愁絲，他時斷夢還牽。殷勤好留霜影，印秋痕、心上眉邊。陽關曲，倚西風、空訴錦弦。

玉連環 和彊村

臣厂

篆簾香盡新妝卸。小簾低亞。兩般羅袖一般愁，看蠟淚、銅槃瀉。記得藕花池榭。背人閑話。怪他明月太無情，頻暗照、銀屏下。菊花無奈隨秋卸。晚籬苔亞。西風吹淚易成波，拚海水、杯中瀉。栩栩夢邊亭榭。舊愁重話。可憐去燕不飛回，樓自鎖、斜陽下。

息庵

金盤墜蠟啼紅卸。醉雲花亞。真珠酒滴小槽濃，偏不共、清愁瀉。曾見晚寒亭榭。燕鶯偷話。分明貯淚紫香囊，争肯得、心拋下。霜簾寒重金英卸。鬢香雲亞。花前禁得幾回腸，杯底淚、天難瀉。回首雨廊風榭。一雙情話。可憐燕子鎖黃昏，愁寸寸、斜陽下。

蟄雲

花屏影瘦風香卸。冷枝斜亞。瓊仙招手話新寒，多少淚、鉛波瀉。依舊柳邊臺榭。冷鸚偷話。曲廊行盡不逢人，偏目送、斜陽下。

歌簾飄雨危弦卸。曲屏春亞。酒痕花影散如潮，都暗向、心頭瀉。　　寂寂燕樓鶯榭。舊情誰話。最無情是畫鞦韆，曾斷送、行雲下。

虞美人

咏雪擬小山韻

臣厂

凝瑛寒影分菱鏡。仙羽栖初定。畫欄梨靨一枝開。悄共柳棉吹過謝家來。憶他小妹清溪上。郢唱停蘭槳。還將素篆寫蠻箋。説是瓊樓高處寄身難。

天涯綺夢龍沙遠。銀箭沈沈轉。卷簾桂影冷牙床。尚説忍寒臨鏡試梅妝。冰泉細領雲腴味。鶴向煙中避。瑶扉玉女鬭風流。那識章臺街裏有人愁。

息盦

雌龍琢玉鸞偎鏡。銀海光難定。瓊樓百尺倚天開。縞帶風吹疑共月娥來。濛濛遠樹津橋上。鷺背橫煙槳。瑶情誰寫碧雲箋。只恐陽春一曲賞音難。

墨雲千里疑天遠。六出花空轉。輕飄莫點縷金床。便恐寒梅呵手試新妝。煎茶可似中冷味。熱客腸羞避。瓊枝瘦盡太風流。莫去凌波塵袜涴新愁。

蟄雲

輕煙樓迥窺鸞鏡。仙袂雲無定。晚寒剛報小梅開。偏是飛瓊一笑入簾來。越溪夢斷疑天上。絮影迷煙槳。粉恨涴盡舊蕉箋。争奈銀屏心事畫都難。

霓裳舞罷瑶雲遠。心逐風幡轉。天花幾點落經床。莫是安妃素面倚新妝。茶煙試領閑中味。釵玉寒應避。此情容易付東流。多恐瓊枝瘦盡更添愁。

立盦

素鸞飛舞臨妝鏡。吹絮渾無定。薄寒簾幕颭風開。似見珊珊環佩有人來。阿誰夢憶雲溪上。月底移孤槳。謝娘消息舊書箋。欲待春塘水滿寄時難。

瑶臺誰説如天遠。剛是天心轉。玉妃舞困倚銀床。道是薄施鉛粉不成妝。清時只愛無能味。愁也何須避。但教不似水東流。拚得驀時堆上萬千愁。

金縷曲

樊山丈薄游沽上，獲同讌集，倚聲紀之。

苓泉

柳外東風峭。近清明、梨花釀熟，采芝翁到。重認旗亭青簾影，袖角京塵未掃。看海上、紅桑已老。法曲飄零宮羽換，聽玉琴、彈出清商調。渾不似，舊懷抱。　寥寥故國空文藻。剩當年、蘿溪畫卷，茗樓詞稿。璧月銅街行樂地，換了冷煙殘照。更愁絶、江花江草。無限蘭成蕭瑟感，莽風塵、頭白知音少。歸夢遠，楚山曉。

叵厂

燕薊東風峭。正城南、山桃似錦，探芳人到。酒後一鞭斜陽裏，苔砌飄紅未掃。儘凝望、還愁春老。詩趣盈軒長吟罷，瑩園有詩趣軒。蕩瑤情、重話當時調。餘夢影，觸懷抱。　蒼茫故國空文藻。問蘭成、年涯感賦，幾添新稿。魯殿靈光巍然在，江漢澄波自照。漫悄咏、騷人香草。楚水黏天雲千疊，悵金戈鐵馬知多少。歌永夕，竟忘曉。

切盦

春半寒猶峭。問東風、梨花客鬢，是誰先到。瀟灑苓泉還好事，花徑緣誰預掃。恰邂逅、樊山詩老。典却金貂同沽酒，更玲瓏、譜出穿雲調。今舊雨，共襟抱。十年輦下陪文藻。憶江亭、嬰春讌集，幾留殘稿。彈指滄桑巢痕換，衰鬢恒河懶照。忍更問、瀛洲芳草。詞客燕南凋零盡，便朱弦、重奏知音少。還惜別，語侵曉。

息庵

簾外餘寒峭。倚參差、垂楊影裏，小桃春到。臺榭風光凋疏甚，新燕巢痕待掃。怕幾日、柔紅吹老。賦遍蕪城殘淚熱，祝東皇、休補凄凉調。憑茗趣，豁幽抱。騰蛟早歲瞻文藻。更人間、滄桑寫盡，蠹塵殘稿。記得雲間當時曲，明月長庚共照。螺江太傅在座。又換了、西園芳草。重拾月泉吟社局，寫烏絲、醉興隨年少。中酒意，問誰曉。

辛盦

同是天涯客。對東風、衰顏倚醉，幾分春色。節過花朝無花賞，消領燈紅酒碧。況四座、翩翩裙屐。中有貞元朝士在，話前塵、悵望銅駝陌。無恙月，共瑶席。尊前問訊春消息。料城南、丁香落盡，夢痕難拾。海上争傳詞仙過，猶見風流杖舄。

更檢點、霓裳殘拍。末座黄裳年最少，笑尊前、鬢影新霜白。星乍聚，汝南宅。

樊山和作

過了花朝節。指煙波、丁沽七二，來爲嘉客。一個野人如冰冷，闌入詞場火熱。便高會、蕭齋魚蘗。月府霓裳同日咏，老龍吟、换却啼鵑血。歌一曲，酒一石。故鄉烽火連三月。剩吾曹、高樓跌宕，玉笙吹徹。二柳俱催孤楊聳，花月從南徙北。讓領袖、騷壇英絶。更憶遼陽香茗妹，倩大雷、書雁傳花葉。十日飲，再言别。

浪淘沙 千葉蓮和仲遠

霜根

別様妙蓮花。分種天家。重臺并蒂漫争誇。聊是觀音忙手眼，幻出靈芽。雅稱卍闌遮。四照晴霞。朝雲花片只些些。儘唱百宜嬌一曲，十倍憐花。

補盧

細瓣孰親裁。含露全開。花中世界費疑猜。莫是觀音千手眼，幻出蓮臺。有客手移栽。回首蓬萊。曾迎法駕液池來。多恐秋盤鉛淚瀉，還怨天涯。

苓泉

珮影照銀塘。水月多香。亭亭翠帔擁紅妝。似惜蓮儂心最苦，不采瑤房。千葉蓮，葉盛花肥而不結子。猶記液池旁。舞罷霓裳。太液池開千葉白蓮，明皇邀妃子同賞。見《開元遺事》。錦鴛夢醒玉波涼。分得露盤珠一斛，醉我瓊漿。

悟仲

波蘸玉泉賒。裳佩風華。一枝勝倚望舒斜。層疊芳心忘菂苦，寶相堆霞。銀漢舊通槎。夢影非耶。移根本是佛前花。占得如來香世界，莫怨天涯。

苓泉、蟄雲合填

雲水白鷗家。乞取名花。凌波人似阮凌華。今夜澹妝來月下，翠袖涼些。苓泉

舊夢話靈葩。淚雨金沙。碧筒酒醒在天涯。爲問瓊津何處是，還駐嬌霞。蟄雲

栩樓主人惠藤花餅賦謝

苓泉

蘇幕遮

絳霞肥，紺雪膩。付與厨娘，食譜誇新製。圓玉雙環珠絡碎。顆顆紅酥，猶帶煙華紫。配桃餳，調桂餌。更愛山齋，色映松花翠。山居製餅糝，以松花味尤香美。莫令痴兒知此味。畫破藤箋，忍爾流饞水。東坡詩：『畫地爲餅未必似，要令痴兒出饞水。』

鵲踏花翻

忉盦

淼藪風暄，蔆亭日暖，去年頻蕩瑩園槳。幾行壓架繁英，絡石柔條，垂垂似窣流蘇帳。如何鐵騎駐連營，終教玉笛妨幽賞。爲謝寒碧，閒關探訪。紫雲壓餅分相餉。試看味敵紅綾，香流丹頰，舊夢疑天上。不應滋味薄公羊，且將熬著桃花釀。紫藤仁熬香著酒，令酒不壞。見《本草》。

一叢花

臣厂

融風送暖賣香餳。陌上弄簫聲。紫霞分得湯官餌，月圓處、萃錦槃盈。十五花枝，吾家故事，風味媲蓮英。　紅綾曾憶舊題名。對酒不勝情。漫天絳雪春無主，餐玉屑、有美頻賡。七妙流酥，雙清映字，相報愧瑶瓊。

一叢花

以藤花製餅，分貽同社，媵以小詞。

蟄雲

仙雲乞取向人誇。艷影紫鸞車。玉纖新揀燕支菜，惠州豐湖有燕支藤，亦名藤菜。見東坡詩注。論風味、只屬詩家。盼到焦時，山禽幾唤，供我嚼春霞。　團團休笑似蒸沙。老去更迷花。蓬山舊夢紅綾冷，算綺福、不負殘牙。一架濃陰，歌筵敞處，回首是天涯。曩在都同宴雲龢堂藤陰下，忽忽二十餘年矣。

清平樂

夏夜

查灣

水天閑話。小閣燈涼夜。淺碧紗幮慵未下。一縷茶煙如畫。隔花聽不分明。

玉人何處調笙。便掩銀屏自睡，夢回怕更愁生。

遜園

綠窗幽話。占得清涼夜。風透湘簾遲未下。蕩起金波難畫。桐陰斜月分明。

誰家花下調笙。笑指池荷深處，兩三螢火初生。

忉盦

蕉廊涼話。好個初三夜。新月窺人剛欲下。做就愁眉難畫。地爐試爇松明。

晚風聽取瓶笙。悄把簾鈎收起，防他魚眼初生。

叵厂

孤襟誰話。玉漏留殘夜。月子窺人簾未下。影弄花枝如畫。醉眠夢不分明。

相知只有桃笙。悄盼一天涼雨，颼颼又怕秋生。

姜盦

舊歡休話。耽寂辜良夜。酒縱澆愁無物下。悶閱滄洲殘畫。鬢絲樺燭羞明。
多時夢冷調笙。月影偶從雲蝕，客愁暗逐潮生。

息庵

蕉窗留話。消受新涼夜。淅瀝雨聲簷瓦下。一點燈痕如畫。詩愁總不分明。
無聊悄付茶笙。未必心塵洗盡，眼前悟到無生。

蟄雲

茶瓜閑話。商略銷今夜。花影簾櫳新月下。一幅徐熙殘畫。夢邊星斗分明。
是誰偷弄銀笙。換盡仙韶舊譜，拍來字字都生。

立盦

暗蛩如話。暑淨憐中夜。一片荷香殘月下。似有幽人臨畫。只宜坐著天明。
步虛聲雜鸞笙。却又濛濛細雨，冰綃暗覺涼生。

點絳唇　南塘觀荷和忉盦

查灣二闋

曉入湖天，萬荷花底清無暑。碧亭亭處。篷背堆涼雨。　柔櫓聲聲，伴得鷗心住。橫塘路。者回歸去。飽吸筒杯露。

水國涼多，一篙劃斷人間暑。亂蟬鳴處。似唱瀟瀟雨。　風定蘆梢，慣惹蜻蜓住。鷗邊路。試尋伊去。花底吟風露。

侖閣

四面蒲荷，舟中人坐渾忘暑。戲魚深處。潑浪吹成雨。　二水中分，有緑雲遮住。來時路。回頭看去。一角漁灣露。

霜根

葑渚蒓鄉，記曾買棹商逃暑。萬花深處。不躲跳珠雨。　拋却煙波，歲歲津橋住。橫塘路。夢中歸去。香海驚風露。

遜園

淨綠周遭，放舟水墅閑逃暑。憶前游處。曾看西泠雨。柳下風回，紅抹斜陽住。渾無路。采蓮人去。雲袂微微露。

苓泉

畫舸亭亭，慣向花間住。橫塘路。鬧紅人去。傾盡盤心露。柳外風薰，火雲如織蒸梅暑。斷霞明處。遠岸收殘雨。

臣厂二闋

水樹誰家，澹沱留雲住。漁村路。看人來去。衣上珍珠露。放棹蒼茫，沁芳四壁能消暑。半泓深處。響作菰蒲雨。

單舸荒涯，還伴斜陽住。金鼇路。夢隨鷗去。遥夜愁風露。一抹垂楊，半溪瀉碧忘徂暑。翠禽啼處。似説連宵雨。

姜盦二闋

不用調冰，芰風透袷元無暑。岸楊欹處。鷗訝前宵雨。一葉凌波，第二灣頭住。田田路。笛歌來去。吹碎荷心露。

聽水聽風，往來煙渚無多暑。夜涼生處。不定何方雨。　野墅飄燈，鑾榼留人住。笙歌路。更尋詩去。獨客吟風露。是夕飯於西湖別墅，息庵復獨游陶園。

息庵

一舸斜陽，碧塘樹密深藏暑。晚風偏處。蘆荻聲疑雨。　萬柄芙蕖，中有漁村住。香盈路。笑呼兒去。盛取蓮心露。

愔仲

一角晴漪，舊游曾逭人間暑。萬花明處。夢斷隨飛雨。　誰許嬋娟，來伴維摩住。鷗邊路。更牽愁去。依約雲鬟露。

水香

一碧亭亭，畫橈穿過渾忘暑。斷雲移處。漏了斜陽雨。　塵外游蓬，許伴閑鷗住。花遮路。看蜻蛉去。掠碎荷盤露。

蟄雲二闋

人在香中，輕衫小扇渾忘暑。畫橈移處。掠葉聲如雨。　繞遍垂楊，不挽斜陽住。前灣路。漁榔來去。閃閃疏燈露。

十里風香，緑雲曲曲深藏暑。吴船何處。唱罷瀟瀟雨。　生羨鴟夷，一舸花間住。秋來路。載愁歸去。葉葉多風露。

忉盦原作三闋

打槳人來，柳陰繞岸渾忘暑。斷霞明處。閣盡黃昏雨。紺屋千荷，欲住緣何住。吴窯路。載花歸去。衣上多風露。

藻國淒迷，朅來三度容逋暑。碓聲喧處，疑是前溪雨。澹澹晴暉，恰被雲遮住。沙堤路。畫橈來去。蕩碎荷盤露。

落魂江湖，浪游一舸忘寒暑。翠雲多處。荷氣涼於雨。棖觸前塵，十載鷗邊住。金鼇路。怕教重去。淚泫銅仙露。整理者按：上闋首句第二字「魂」，係照實録。

弢庵同和

一舸清渠，曙風障斷塵寰暑。過雲行處。不帶些兒雨。本亦浮家，花更留人住。無多路。便隨香去。收取荷盤露。

眼兒媚

詠盆蘭

冰簾波映一枝搖。魂斷倩誰招。琴歌有美，佩瓊消瘦，靜對偏嬌。

臣厂

騷人舊憶同心約，楚些惜紉茅。孤芳媚谷，應憐遲暮，秋思如潮。

綺窗磁斗夜光搖。摩詰畫情招。孤薰透幌，幽姿襲佩，一態千嬌。

姜盦

國香剩入詞人手，盤露冷仙茅。從伊憶著，麗娟芳韻，艷夢吹潮。

湘㡘波影暗香搖。仙佩乍心招。窺人未慣，葳蕤葉底，半面藏嬌。

蟄雲

多生結就騷魂瘦，幻眼誤荃茅。伶俜念汝，一枝香早，信似秋潮。

倦尋芳

重過李園寫感

叵厂

澹煙羃水，虛籟生林，游蹤驚換。惱我西風，偏助角聲吹散。荻葦摧霜遲暮感，荊榛匝地迷陽怨。挂斜暉，剩垂楊幾樹，葉黃無算。　漫覓遍、憑軒詩趣，舊撫苔枝，芳意都懶。滿院飛蟲，眯目頓呈凄惋。傷亂樓臺歌吹寂，添愁菘韭光陰賤。更魂銷，塔邊鴻，一聲遙斷。

息庵

峭檐墜葉，深閣籠煙，悲向秋晚。翦盡青蘆，還恐野鷗驚散。弦管希聲流水咽，樓臺沈景繁霜怨。黯溪橋，想春鴻照影，夢回波遠。　更休共、層廊閑眺，瘦却垂楊，翠眉難展。負手花前，暗憶舞衣歌扇。松徑烏啼人事換，蔬畦蟲蝕秋光賤。怕流連，月昏黃，舊情凄斷。

蟄雲

磴深草掩，樓迴花沈，星鬢驚晚。照影寒漪，多少夢雲飛散。倦笛悶邀流水訴，孤笻閑寫斜陽怨。睇煙林，似湘皋瑟罷，數峰青遠。剩無恙、荒亭殘柳，皺盡詩心，怎教重展。蹴徑春絲，記絆舊時歌扇。冷榭呼鷗人意懶，寒畦引蝶風光賤。好樓臺，更安排，幾番腸斷。

題雷峰塔藏經

水調歌頭

霜根

壞劫佛難救，終古剩斜陽。一千年上公案，故紙費評量。爲問金塗埋遍，何事龍天不祐，末路作降王。影事入圖畫，空爇海南香。　琴泉圮，報恩燼，等無常。儘多眼福，向人誇見白毫光。前此祥雲萬丈，後此寒煙一抹，起滅總荒唐。佞佛笑吾拙，佞宋笑吾忙。

整理者按：該詞詞牌原署『大江東去』，實誤。據《欽定詞譜》改爲『水調歌頭』。

八聲甘州

臣厂

又牟尼密諦落人間，無端感滄桑。莽天驚石破，千年舍利，鈴語凄凉。照水孤吟迦葉，湖上迸珠光。零甓偎煙雨，苔蘚青蒼。　莫問臨安故事，付潮聲嗚咽，夕照微茫。有蓮依淨土，證果念燈王。悵當時、黃皮梵夾，共劫塵、一例話興亡。空贏得、摩挲優鉢，贊嘆金裝。

八聲甘州

息庵

嘆藏經七寶鎮莊嚴，千春蝕風霜。想西天旛蓋，南屏鐘磬，山色湖光。頓感人天淚盡，劫火换悲凉。惟有亂鴉影，空吊斜陽。漫説龍飛鳳舞，乍亭亭卧水，月墜微茫。悵白蓮照影，霸業付空王。剩拾得、苔紋半偈，供寒燈、愁爇佛前香。更何論、金塗形巧，白石歌長。

八聲甘州

愔仲

甚匆匆龍象返諸天，悲魔豈尋常。便婆留霸氣，孤撑半壁，掃地堪傷。可似枯禪出定，卓錫更何方。收拾明湖影，頓减秋妝。一角殘山誰主，試憑高送遠，笛外新霜。剩經磚半偈，手剔土花凉。認當時、中原正朔，是香孩、代謝幾滄桑。休回首、餓鴟争壘，低掠斜陽。

八聲甘州

蒼虬

鎮殘山風雨耐千年，何心倦津梁。早霸圖衰歇，龍沈鳳杳，如此錢塘。一爾大千震動，彈指失金裝。何限恒沙數，難抵悲凉。慰我湖居望眼，儘朝朝暮暮，咫尺神光。忍殘年心事，寂寞禮空王。等閑擎天夢了，任長空、鴉陣占茫茫。從今後、憑誰管領，萬古斜陽。

八聲甘州

蟄雲

甚龍天彈指劫塵空，何人話黃妃。嘆風流錦樹，千年霸氣，澹付斜暉。爲想香花散處，陌上舊春非。零落金幢字，蘚雨凄迷。　笛外殘山如夢，又摟雲影斷，寂寞鳥啼。算珠林無恙，壞色認蓮衣。蹉跎撐天素願，剩枯龕、回向總依依。憑呼起、風窗蜥蝪，幻夢醒遲。

滿江紅

放歌和息庵

叵厂

濃笑登樓，喜公瑾、醇醪如昨。誰復問、金貂換盡，錦衾嫌薄。賞雪何妨聯袂往，當筵且作藏鈎樂。只輸君、咳唾九天高，珠璣落。逢時器，慚干莫。離塵想，嗟纏約。漫許身稷契，儒冠原錯。伏櫪空餘千里驥，乘軒不到三清鶴。把人間、壘塊一齊澆，頻斟酌。

薇庵

以醉爲鄉，日月在、何論今昨。儘領略、飲醇情厚，啜醨風薄。俗子安知壺可隱，先生自有盤之樂。更半酣、雄辯四筵驚，天花落。從顛倒，山巾著。休孤負，雲溪約。有佳人窈窕，贈之金錯。强飯君思吴下鱠，忍寒我是堯年鶴。且安排、清聖濁賢間，同斟酌。

水香

萬海千桑，只我輩、青松猶昨。更誰念、秦川淚盡，燕山衣薄。投老縱如新息尚有狗屠無，呼同酌。

風萍聚，還如約。正賓筵喧笑，觥籌交錯。障面憎逢桓典馬，知名倘笑丁威鶴。問市中、壯，出門敢信長安樂。指玉河、殘柳一絲絲，俱摇落。風花散，渾無著。

蟄雲

蕭瑟金臺，渾不信、斜陽猶昨。更莫恨、江淹才盡，匡衡名薄。世事大都如説夢，人生第一須行樂。看酒杯、倒瀉似黄河，從天落。棋局换，誰高著。吟社散，空前約。望蒼茫陵闕，雲垂煙錯。如此江山巢幕燕，何爲富貴乘軒鶴。只尊前、咄咄次公狂，無多酌。

息庵原作四闋

一醉人間，鎮忘了、是非今昨。應莫笑、翻雲覆雨，小兒輕薄。何用别尋方外去，先生自有丹邱樂。把花枝、一笑醉紅裙，金釵落。扶頭酒，雙蓮著。細腰舞，千絲約。儘追歡如夢，夢中還錯。耳病猶憎床下蟻，心孤自放籠中鶴。誓从今、杯杓送年光，呼騶酌。

醉後孤襟，似缺月、即今成昨。君莫恨、强浮大白，梨花澹薄。海若不知蛙可語，濠梁還信魚之樂。願中天、長見酒星明，欃槍落。雪裏絮，沾泥著。波間梗，因風約。只醉鄉道路，到頭不錯。入世本同風與馬，此身自許雲兼鶴。但埋頭、白日瓮中眠，何須酌。

墮淚神州，嘆中座、新亭非昨。況此日、吴歈楚艷，文章浮薄。青眼幾知天下士，白雲獨愛山中樂。且卧聽、滴滴響糟床，風泉落。五花騎，金鞍著。三尺劍，珠鞘約。恁輪囷肝膽，空經槃錯。不用横行驅虎豹，更怜君子成猿鶴。算除非、痛飲讀離騷，從誰酌。

滚滚風埃，笑十載、顛毛如昨。又今日、佛前香火，貪嗔緣薄。事去成塵元等幻，年來飲水曾知樂。況相憐、尚有眼中花，春不落。棋劫罷，羞空著。酒懷懶，慚孤約。豈書生造化，十輪九錯。北去休嗟盤塞雁，東歸應夢横江鶴。笑浮生、不飲復何爲，須重酌。

鷓鴣天

庚午元夕

叵厂

水部燈殘又一時。長安故事更誰知。春風引起天涯夢，只有銀蟾悄入扉。花市近，酒旗低。媚娘鑾榼蹋歌詞。夜分却惹鄰娃笑，扶得衰翁帶醉歸。

息庵

回首東華最盛時。鼇山斷影有春知。而今獨伴堂花坐，却愛梅香静掩扉。瓊月滿，翠簾低。小紅爲唱舊歌詞。六街弦管人如海，笑看香車緩緩歸。

蟄雲

憶著銅街蹋月時。峭寒消息玉驄知。悶尋小市青帘酒，閑款幽人白板扉。箏語寂，鏡眉低。銷魂唱到柳梢詞。天涯何處紅蓮夜，珠箔飄愁黯黯歸。

立盦

燈月天街憶盛時。華年暗老更誰知。香車寶馬喧闐夜，處處狂游未掩扉。銀漏永，碧雲低。酒醒剩祝紫姑詞。鬧蛾空自風前轉，尚有紅蓮照影歸。

菩薩蠻　吟風臺雪望

息庵二闋

堆瓊屋瓦千家淨。橫飛玉蝶風難定。渾不似楊花。穿簾影自斜。平林雲亂疊。塔影煙中滅。火速一來看。高樓倚暮寒。

樓臺暗羃輕紗影。春燈萬點繁星冷。樹上漸鴉栖。望中煙盡迷。隨風輕易散。待曉應難見。欲霽倚闌干，還添一寸寒。

蟄雲

飛光遠近浮霜瓦。銀杯翻影隨驕馬。樓閣望中迷。輕煙十二梯。回看天盡處。白上河橋樹。小坐忍春寒。冥冥待鳥還。

立盦

長空繪影勻煙翠。千街鋪盡瓊瑤碎。誰識翦裁難，推窗不奈寒。春流容易去。渾忘花枝處。欲舞定隨伊。濕衣方是歸。

探春慢

用石帚韻寄懷匽厂塞上

姜盦

千障懷人，四弦坐月，條風初轉晴野。如此關河，殊慳詞賦，愁唱長城飲馬。同是天涯客，更分手、疏麻題寫。夢中遐訪雲踪，舊游經亂難話。惆悵寒江遠旅，重洗剔兵塵，長劍空把。貊帳嬉春，鑾花熏醉，暗負鳳鸞融冶。「輕鳳飛鸞，蘭氣融冶」出《杜陽雜編》。還念瘦吟苦，正拂雪、重簾須下。可伴春歸，歌尊期共良夜。

息庵

花市收燈，竹壚滅火，春風初到林野。一陣輕寒，連番薄霰，飄瞥隨車逐馬。目斷胡天雁，嘆萬里、羈愁空寫。更憐出塞新詞，別題書後如話。歌盡美人明月，更待幾多時，杯共重把。舊典貂裘，新妝鑾髻，恁逐少年游冶。頓引龍泉恨，動星斗、光芒交下。時託雙魚，眼穿憑慰愁夜。

蟄雲

小徑苔荒，重樓樹暗，春寒猶殢蘭野。過羽飛光，游蓬斷緒，暗負吟船醉馬。

盼到邊鴻信，奈獨繭、愁絲難寫。最憐寄淚冰天，錦弦凄怨如話。聞説舞筵春好，念否隔花人，杯酥慵把。畫戟銷香，珠簾尋夢，還汝燕支嬌冶。歸對官梅晚，定惆悵、銀蟾西下。還訊青琴，幾時同醉芳夜。

立盦

凍雪催融，晴煙布暖，青青新換原野。斷壘沈冤，橫江遺恨，應見胡兒牧馬。爲想危弦淚，但凄絶、國殤難寫。不知甚日歸來，高齋還共清話。書到渾如一面，笑瀲灩尊酒，鸞姬能把。耿耿嚴城，遲遲冷月，最憶盛時游冶。飛將今安在，又誰念、白頭燈下。更展新詞，遥遥愁繼長夜。

叵厂和作

稚柳荑遲，早梅英勒，危樓慵睇芳野。銹簇星鐔，香沈綺薦，覷隙流塵野馬。倦旅迷陽曲，只暗忖、懨懨誰寫。幾聲雁墜江湄，故人如共情話。休問翠筵華月，有舊夢烏啼，醪濁羞把。淚眼依花，春心促板，天地一罏愁冶。欲報君消息，想雲外、滄波東下。燭灺簾低，移箏姑遣清夜。

眉嫵

用石帚韻賦香山行宮桃花

息庵

悵連昌荒苑，絳樹臨風，千葉鬭嬌眼。乍洗盈盈態，新妝罷，含情誰語飛燕。漫容細款。折露華、芳蝶潛感。那堪訴、澹粉輕煙恨，更微逗春暖。休怨朝霞催散。有錦袍留寵，香殿傳翰。無奈劉郎老，仙源路、春潮尋誤雙纜。暗脂數點。斂秀脣、波蕩魂遠。又爭似無言，銜淚雨、楚宮見。

愔仲

恁前朝宮井，薄命芳菲，偏惹醉游眼。幾換東風世，妝慵洗，無言愁絮新燕。恨天舊款，誤嫁期、香帨休感。怕簾外、昨夜春寒峭，仗霞綺蒸暖。誰限穠華輕散。憶助嬌珠髻，飛艷瓊翰。北渚嬋媛去，空流水、閑吹花雨停纜。斷紅淚點。濕萬塵、仙劫荒遠。便重到元都，應不是、昔時見。

蟄雲

認朱樓連苑，幾樹東風，妝淚炫春眼。乍弄朝霞影，鸞車渺，芳心空鬭釵燕。

何限仙醉襟細款，繞畫欄、多少清感。記簾外、對按平陽舞，正歌袖香暖。膩脂暗點。雲飛散。枉縷巾紅蘸，愁倚青翰。飄夢霓旌路，尋源去、緑波還伴柔纜。話舊香、瑶島天遠。恁低靨無言，渾不似、武陵見。

清波引

奉和匠厂長春西園新詞兼述近感

查灣

暗花緣徑。峭笻去、悄傳幽詠。麝煤凝鏡。記籠碧紗影。一鞭度榆塞，躍馬冰河愁聽。黯然銷盡離魂，又千感、玉龍迸。

垂楊送暝。歎征客、栖羽未定。舊欄還憑。費孤緒頻省。滄塵續清話，只我平添悲哽。一任拍碎紅牙，酒邊人醒。

姜盦

暗溪穿徑。覓前度、藉茵藻詠。恍披塵鏡。再來弄鞭影。碧漲送春去，野步青鵑愁聽。幾經騷客憑臨，便無限、酒悲迸。

林光帶暝。算難得、風晚花定。疏笻聊憑。有孤抱誰省。江山劫寒後，剩對新亭悲哽。醉袂看颺尊前，怕教吹醒。

蟄雲

畫橋春冷。似圖就、滄洲詩境。亂雲無定。晚笳喚愁醒。怨歌訴流水，料有游鱗偷聽。最憐煙外殘山，漸銷盡、絮花影。

吟窗話暝。念身世、猶是泛梗。錦箋慵整。有清淚低凝。重來鬢絲改，肯負搴蘭心性。卻恐窺檻狂鶯，笑人孤憑。

臣厂原作

翠茵迷徑。溯盤馬、嬉郊舊詠。覷溪如鏡。頻搖夢華影。萬珠瀉澄碧，皺水文鱗斷聽。十年垂柳絲絲，惹將倦、旅愁迸。

斜陽送暝。只煙緒、棲泊靡定。曲廊孤憑。問笳鼓誰省。劉郎黯前度，賺得鶯花淒哽。可是中酒心情，殢春難醒。

蝶戀花

惠中夜飲書所見

查灣

倒瀉銀瓶添酒去。纖手分羹，味勝江瑤柱。葉底流鶯飛又住。銷魂莫作沾泥絮。

一翦橫波羞不語。偷眼燈脣，暗把蕭郎顧。蘇小同鄉知甚處，兒家居近長楊路。

叵厂

似向文君罏畔去。擊盞玲瓏，聲雜銀箏柱。十仗軟紅曾小住。舞衣慣惹垂楊絮。

玉立亭亭眉欲語。孱僽心情，暗怯周郎顧。三五今宵延月處。蘼蕪莫斷來時路。

息庵

月暗青帘飄夢去。澹粉輕裙，羞倚鴛鴦柱。勸我醉鄉鄉裏住。柔情漫似風吹絮。

檢點杯盤三兩語。瀲灩秋波，臨去猶回顧。明日當罏仍舊處。教郎認取仙源路。

水香

商略竹樓尋醉去。素袂人逢，羞弄沉香柱。飄蕩柳枝風裏住。撩人莫誤章臺絮。欲借微波通片語。爲問蕭郎，誰得蛾眉顧。一棧瓊漿親點處。明朝好認藍橋路。

蟄雲

縞袂飄煙來又去。笑捧金盤，斜倚玫瑰柱。家在玉河河畔住。柔條吹作漫天絮。隔座杯香眉欲語。數罷青錢，暗賺秋波顧。一朵行雲無著處。教人錯認巫山路。

鷓鴣天

露臺夜座

金　息庵

静對雙橋落照間。凌風幾度倚危欄。雲邊歌管如催雨，天外樓臺似隔山。漏轉，翠綃單。華燈錯落萬星寒。應憐銀燭秋光冷，卻愛天街夜色閑。

頻　蟄雲

風袂飄飄一倚欄。笙歌聲在碧霄間。星摇遠火收殘雨，雲展凉陰作晚山。問夜，乍驚寒。思量鬧處遣餘閑。樓臺便是滄桑影，獨愛明河隔座看。

傷　立盦

仰看飛雲自往還。好風徐漾夕陽間。倚天燈火星沉海，向晚樓臺霧隱山。逝景，怯危欄。此身能得幾宵閑。身前身後思空遍，無限悲涼有限歡。

惜紅衣

吟風臺晚集，時匜厂將東行，同填是解誌別。

匜厂

聽角呼風，攜尊送日。爲憐心力。過雨扶闌，同吟暮天碧。詩情頓減，誰與慰、飄零詞客。沈寂。愁晚噤鴉，逐垂楊棲息。　河橋綺陌。波渺雲橫，關山亂蕪藉。丁仙去後故國。念東北。引睇鶴飛遼海，莫問舊游重歷。儘寫懷高處，姑話驛亭行色。

息庵

碣石孤雲，遼城落日。目追無力。攬轡秦關，垂楊至今碧。炎飈載道，應自念、霜顛吟客。愁寂。刁斗夜嚴，託氈車棲息。　津橋市陌。留夢花前，杯痕共狼藉。高臺縱眺上國。拱辰北。料想雁隨人返，沙水萬重同歷。奈倚闌傷別，悽絕驛亭風色。

惜仲

浪跡湖天，孤吟海日。舊人才力。嘯侶登樓，奇懷破荒碧。鴻軒鳳舉，應解笑、卑栖殘客。蕭寂。閑據槁梧，逐枯蟫游息。　銅駝廣陌。連轡嘶風，聲華故京藉。霜顛換世去國。任南北。偶拾斷萍零絮，幽怨卻無來歷。更叩關東望，松杏舊時山色。

蟄雲

倦眼看天，狂歌送日。病餘心力。別路關榆，沈吟暮雲碧。征蓬漫恨，還一笑、深杯留客。羈寂。鷗夢漸醒，約荒波栖息。

高樓廣陌。惆悵空歸，歌茵亂愁藉。新亭淚斷故國。渺南北。爲憶漢陵佳氣，天外也曾攀歷。折晚香誰寄，憑問白山秋色。

蝶戀花 寄懷叵厂，題梧葉貽之。

息庵

酒醒空簾蛩語亂。一葉驚秋，百尺心空展。漢月胡天塵界換。霜高不隔傳書雁。

鼓角西風隨夢斷。怕倚高樓，目送孤雲遠。別後蓬萊波更淺。紅桑剩結麻姑怨。

悟仲

碎唾成塵書葉亂。萬疊新愁，肯放眉峰展。心字香殘人世換。遲來故國霜前雁。

淚化滄波流不斷。便到伊行，曲折知多遠。夢裏池塘秋水淺。等閑賦作蕪城怨。

蟄雲二首

葉葉梧窗秋歷亂。葉底秋心，皺盡何曾展。錦瑟年光愁裏換。西樓月好無來雁。

一縷蘭薰飄夢斷。夢向天涯，碧草和天遠。聞道洞庭波又淺。空江誰管芙蓉怨。

黯黯空林風葉亂。畫遍殘山，愁黛何曾展。芳草漸疏人事換。可憐汾水飛秋雁。

坐數斜陽紅又斷。罷酒闌干，目送行雲遠。莫道量寒羅帶淺。玉笙吹徹江南怨。

臣厂和作

雲擁邊關愁思亂。病榻孤吟，把卷還慵展。萬劫飛灰桑海換。家山休問南來雁。

舊夢絲絲吹不斷。似葉飄零，心逐秋風遠。瑤瑟宵寒湖水淺。空餘木落騷人怨。

齊天樂

和彊村

愔仲

江南自古傷心地，伶俜廿年都忍。絶代芳馨，哀時涕淚，何減湘纍天問。回瞻斗柄。更宫闕全非，黍離淒哽。繭足曾來，拜鵑臣甫寫孤憤。公歸幾見朔雁，歲寒盟未改，身世無悶。異國登樓，殘宵看劍，偏我繁霜欺鬢。壺餐從徑。恁歌哭無端，海風相應。欲翦淞波，夢中忘路迴。

蒼虬

百年垂死當何世，因依更成輕别。費淚園亭，諳愁酒盞，歷歷前痕難滅。危雲萬疊。剩緘夢淒迷，雁程天闊。撥盡寒灰，墜歡零落向誰説。蓬萊舊事漫憶，更罡風激蕩，摇撼銀闕。本領香寒，孤光月隱，堪笑冤禽痴絶。枯枰坐閲。拚一往悲凉，爛柯殘劫。自懺三生，佛前心字結。

蟄雲

飄蓬一往無南北，伶俜更教傷别。迸淚毫枯，沾愁鬢短，寸寸心塵難滅。荒雲

危枰自分斂手，縱願斷

此懷休向海鷗説。

索共書空，

亂疊。念夢裏神州，斗垂天闊。

望長安何許，離黍宫闕。亂後笙歌，愁邊鼓角，偏又啼烏凄絶。浮生懶閲。

香留，總成灰劫。未了芳情，楚蘭空結怨。

後記

孫愛霞

由昔年之《〈北洋畫報〉詩詞輯録》《沽上梅花詩社存稿》，至今日之《煙沽漁唱》，問津書院《問津文庫》系列叢書已收余天津詩詞文獻書籍三種。而《煙沽漁唱》出版之時，恰逢問津書院成立十週年之際，余理應反思、紀録與問津之因緣。

戊子歲（二〇〇八）入職社科院，庚寅年（二〇一〇）晉職稱爲副研，嗣後便專心於『育兒事業』，以敷衍考核爲目標，學術研究遂成旁落。癸巳歲（二〇一三），問津書院成立，未逾五載便以天時、地利、人和之三勢具備而成一地文化發展之地標——『問津文庫』『問津講壇』『問津學術年會』『海河名家讀書講堂』『讀書破五』等問津標誌活動湧現，並形成與政府、高校、科研院所、民間文史學者的良好互動。其時余子尚幼，不惟學術研究乏善可陳，學術活動亦無暇參與。如此，『問津』僅係余耳聞目見之詞彙。

幼子兩歲時，母親以平生未嘗出國爲憾事，余遂請纓任圓光大學交換教授，於乙未年（二〇一五）奉母攜子旅韓。期間，母親接送小兒上下幼稚園，余始有暇着手昔年與問津山長所約之『《北洋畫報》詩詞輯録』項目。猶記當時閱覽報刊之感受：百年前有趣之靈魂竟如許之多，皆鮮活而生動地存在於楮墨之間，閃耀於天津文學與歷史之穹宇，不禁嘆曰：『天津近現代文學研究大有可爲！問津書院於推動一地文史研究而言，確乎是功德無量！』

歸國後，與問津山長及其他同道討論天津文學相關議題，席間得知萬魯建兄正編纂《問津文庫》之『九河尋真』與『三津譚往』系列，余欲參與其中，便笑問魯建兄：『一人纂兩種，氣力羸乏乎？未若割捨一種？』魯建兄亦笑答：『可擇一種。』余當即曰：『字少者。』『三津譚往』系列遂入吾手三載，編輯完成《三津譚往·二〇一五》《三津譚往·二〇一六》《三津譚往·二〇一七》，其後該系列又轉入文學所其他同志之手。不再編纂《三津譚往》之後，余遂致力於津門詩詞文獻整理，《〈北洋畫報〉詩詞輯録》《沽上梅花詩社存稿》先後於丁酉（二〇一七）、己亥歲（二〇一九）出版。《煙沽漁唱》係余詩詞文獻整理第三種成果，收入《問津文庫》之『津沽名家詩文叢刊』系列，或許也是余文獻整理最後一種，因研究興趣轉移，已無心力再爲此類事。

人世際遇難料，因果有憑。以研究天津文學，故得結緣問津，又以興趣轉移或将疏離問津。但無論何人走近或疏離，問津書院都在那裏。『琥珀不取腐芥，磁石不受曲針。』氣類相投者，自會結針芥之契。問津書院恰如琥珀與磁石，會永遠吸引熱愛天津文學文化之人。『本是逍遥世外身，奈何夙慧悟前因。問津求道婆娑地，賴有初心不染塵。』此昔年贈問津山長之詩，余亦曾於此地問津求道，但天分有限，學殖淺陋，未嘗得『道』。惟願問津能於娑婆世界，証得九品蓮開。

祝福問津，祝福書院！

庚戌三月初八日於沽上无香斋

《問津文庫》已出書目（總計一〇八種另三種）

◎天津記憶

沽帆遠影　劉景周著　五九圓
荏苒芳華：洋樓背後的故事　王振良著　四九圓
津門書肆記　雷夢辰原著/曹式哲整理　四九圓
故紙温暖：老天津的廣告　由國慶著　二八圓
沽上文譚　章用秀著　三八圓
百年留踪：解放橋的前世今生　方博著　三九圓
南市滄桑　林學奇著　七九圓
津沽漫記：日本人筆下的天津　萬魯建編譯　三九圓
憶弢盦：來新夏先生紀念文集　焦静宜編　九二圓
與山河同在：天津抗日殺奸團回憶録　閻伯群編　三八圓
楮墨留芳：天津文化名人檔案　周利成著　三〇圓
布衣大師：允文允武的藝術名家閻道生　閻伯群著　三〇圓

口述津沽：民間語境下的堤頭與鈴鐺閣　張建著　二八圓
大地史書：地質史上的天津　侯福志著　二九圓
丹青碎影：嚴智開與天津市立美術館　齊珏編著　二八圓
立憲領袖：孫洪伊其人其事　葛培林著　三〇圓
津門開歲：徐天瑞日記解讀　王勇則著　五八圓
水産教育家張元第　張紹祖編著　三六圓
八年夢魘：抗戰時期天津人的生活　郭文杰著　二八圓
沽文化詮真　尹樹鵬著　四八圓
圈外談藝録　姜維群著　三八圓
記憶的碎片：津沽文化研究的雜述與瑣思　王振良著　三八圓
水産教育家張元第集　張紹祖編　五八圓
應得的榮譽：女醫生里昂羅拉・霍華德・金的故事
［加］瑪格麗特著/胡妍譯　三八圓
海河巡鹽：國博藏所謂《潞河督運圖》天津風物考　高偉編著　五八圓
析津聯話　章用秀著　五八圓

頂上功夫：賨坻剃頭匠的歷史記憶　甄建波著　六八圓
四當明霞：藏書目里的章鈺及其交游　李炳德著　六八圓
津沽舊事　郭鳳岐著　一九八圓
守望家園：天津市非物質文化遺産散論　李治邦著　七八圓

◎通俗文學研究集刊

望雲談屑　張元卿著　三九圓
還珠樓主前傳　倪斯霆著　三八圓
品報學叢·第一輯　張元卿、顧臻編　三八圓
云雲編：劉雲若研究論叢　張元卿編　三八圓
品報學叢·第二輯　張元卿、顧臻編　三二圓
劉雲若評傳　張元卿著　三二圓
鄭證因小説經眼録　胡立生著　七八圓
品報學叢·第三輯　張元卿、顧臻編　四八圓
劉雲若傳論　管淑珍著　四八圓

◎三津譚往

◎九河尋真

九河尋真：二〇一五　萬魯建編　八八圓
九河尋真：二〇一六　萬魯建編　九八圓
九河尋真：二〇一七　萬魯建編　九八圓
九河尋真：二〇一八　萬魯建編　九八圓
九河尋真：二〇一九　萬魯建編　九八圓

◎津沽文化研究集刊

《雷雨》八十年　耿發起等編　五五圓
陳誦洛年譜　張元卿著　四八圓
碧血英魂：天津市忠烈祠抗日烈士研究　王勇則著　九八圓
都市鏡像：近代日本文學的天津書寫　李煒著　三八圓
天津楹聯述略　李志剛著　三六圓
口述津沽：民間語境下的西沽　張建著　五六圓
口述津沽：民間語境下的西于莊　張建著　一〇八圓
紫芥掇實：水西莊查氏家族文化研究　葉修成著　五八圓

蘆砂雅韻：長蘆鹽業與天津文化　高鵬著　五八圓

王南村年譜　宋健著　七八圓

國術之魂：天津中華武士會健者傳　閻伯群、李瑞林編　七八圓

來新夏著述經眼録　孫偉良編　一九八圓

舉火燒天：天津抗日殺奸團紀事　楊仲達、陶麗著　六八圓

口述津沽：民間語境下的丁字沽　張建著　一六八圓

口述津沽：南開學子語境下的公能精神　胡海龍著　一六八圓

口述津沽：民間語境下的吴家窑新村　張建著　八八圓

契學初曙：天津甲骨學論集　朱彦民著　八八圓

◎津沽名家詩文叢刊

王南村集　王煐原著／宋健整理　六八圓

嚴範孫先生古近體詩存稿　嚴修原著／楊傳慶整理　四八圓

星橋詩存　蘇之鑾原著／曲振明整理　五八圓

退思齋詩文存　陳寶泉原著／鄭偉整理　八八圓

待起樓詩稿　劉雲若原著/張元卿輯注　四二圓
劉大同詩集　劉建封原著/劉自力、曲振明整理　八八圓
碧琅玕館詩鈔　楊光儀原著/趙鍵整理　五八圓
石雪齋詩稿（附遂園印稿）　徐宗浩原著/張金聲整理　六八圓
紫簫聲館詩存　丙寅天津竹枝詞　馮文洵原著/楊鵬整理　八八圓
思暗詩集　華世奎原著/閻伯群整理　三八圓
止庵詩存　周學熙原著/宋文彬整理　一二八圓
沽上梅花詩社存稿　孫愛霞整理　八八圓
天津文鈔　華光鼐編纂/石玉點校　五八圓
津沽詩集六種　侯福志整理　九九圓
津門詩鈔校箋　梅成棟編纂/楊鵬校箋　一六八圓
煙沽漁唱　孫愛霞整理　九六圓

◎津沽筆記史料叢刊

嚴修日記（一八七六—一八九四）　嚴修原著/陳鑫整理　一三八圓

桑梓紀聞　馬鴻翺原著/侯福志整理　四二圓
天津縣鄉土志輯略　郭登浩編　九八圓
嚴修日記（一八九四—一八九八）　嚴修原著/陳鑫整理　一二八圓
周武壯公遺書　周盛傳原著/劉景周整理　一二八圓
天后宮行會圖校注　高惠軍、陳克整理　一二八圓
津門詩話五種　楊傳慶整理　七八圓
《北洋畫報》詩詞輯録　孫愛霞整理　一九八圓
桑梓紀聞（增補本）　馬鴻翺原著/侯福志整理　六八圓
袁克文集　吴瞳瞳整理　五八圓
盧木齋集　盧靖著/羅容海整理　八八圓
天津朱卷集成　劉宗江編　五八〇圓
津門徵獻詩　華鼎元編纂/楊德英點校　八八圓

◎名人與天津

李叔同與天津　金梅編　六八圓

我與曲藝七十年　倪鍾之著　六八圓
辛笛與天津　王聖思編著　八八圓

◎梓里尋珠

傳承與突破：近代天津小說發展綜論　李雲著　七八圓
從租界到風情區：一個中國近代殖民空間在歷史現實中的轉義　李東曄著　六八圓
趕大營研究：天津商幫與近代新疆的經濟開發　張博著　六八圓
屏廬鉛槧：藏書家刻書家金鉞研究　胡艷杰編著　六八圓

◎隨藝生活

方寸芸香：藏書票裏的書故事　李雲飛編　九八圓
問津書韻：第十三屆全國讀書年會文集　杜魚編　七八圓
開卷二〇〇期　董寧文、董國和、周建新編　一六八圓